王妃の館 上

Château de la Reine

浅田次郎

Asada Jirō

集英社

王妃の館

㊤

主要登場人物

【光《ポジ》】ツアーメンバー

桜《さくら》井《い》　香《かおり》……上司との不倫の末、リストラされた三十八歳のＯＬ。リストラ奨励金を使い切るためにツアーに参加。

北《きた》白《しら》川《かわ》右《う》京《きょう》…ベストセラー作家。長篇小説『ヴェルサイユの百合』執筆のために、隠密旅行に。

早《はや》見《み》リツ子《こ》…精英社の文芸編集者。リフレッシュ休暇を使い、北白川右京の書き下ろしを完成させるべく、グリップ旅行に。

下《しも》田《だ》夫妻……工場経営が破綻し、数億の借金を抱える中年夫婦。心中目的で有り金はたいてパリへ。

金《かな》沢《ざわ》貫《かん》一《いち》……バブル崩壊後に成り上がった不動産王。

ミチル……元銀座のホステス。現在は貫一の恋人。

朝《あさ》霞《か》玲《れい》子《こ》……〈光〉ツアーを引率する敏腕ツアコン。社長と愛人関係にある。

【影《ネガ》】ツアーメンバー

近《こん》藤《どう》　誠《まこと》……謹厳実直、猪突猛進型の元警察官。韓国旅行での上司や同僚たちの醜態を見て退職。〝世界を見聞するため〟に参加。四十五歳。

クレヨン……本名・黒岩源太郎《くろいわげんたろう》。ゲイ・バーに勤める美形。フランス人の元恋人を探している。

丹野《たんの》夫妻……全身黒ずくめの謎の夫婦。実は世界を股にかけるカード詐欺師。

岩波《いわなみ》夫妻……元夜間高校の教員とその妻。夫はかつてゼロ戦乗りだったという過去を持つ。

谷《たに》　文弥《ふみや》……音羽社の文芸編集者。北白川右京を追ってパリへ。

香取良夫《かとりよしお》……文芸四季社の文芸編集者。谷と結託してパリへ。

戸川光男《とがわみつお》……〈影〉ツアーを引率するツアコン。朝霞玲子はかつての妻。今は娘と二人暮らし。

十七世紀「王妃の館《シャトー・ドゥ・ラ・レーヌ》」をめぐる人々
ルイ十四世…フランスの太陽王。

プティ・ルイ…本名ルイ・ド・ソレイユ・ド・フランス。ルイ十四世の息子。

ディアナ……プティ・ルイの母。ルイ十四世の寵姫だったが、ヴェルサイユを追われる。

ムノン……宮廷のグラン・シェフ。

ジュリアン…ムノンの娘婿。

マイエ………マ・ブルゴーニュの店主。

装幀・菊地信義

1

「よろしいですか、マダム。パリ十日間百四十九万八千円というこのツアーのお値段が、はたして高いか、安いか。一晩だけ、ゆっくりお考えになって下さいませ。お返事は明日の夕方五時までお待ちいたします」

女はそう言うと、手錠のようなブルガリのブレスレットをこれ見よがしに輝かせて、回答を迫るかのように腕を組んだ。

何という横柄な態度。まるで客の品定めをしているようだ。

「一晩だけ、とは？」

桜井香《さくらいかおり》は女の表情に注目しながら訊《たず》ねた。

「それはもちろん、お客様からの問い合わせが殺到しているからですわ。本来ならこちらで身元調査をさせていただきたいところなのですが、まさかそうもできませんし、いちおう先着順、ということで」

百四十九万八千円という目の玉の飛び出るような価格に、身元調査など必要あるまい。ダンピングまっさかりの海外ツアーでは、内容はともあれざっと十倍の値段だ。

「あの、つかぬことをお伺《うかが》いしますが――」

と、香はおそるおそる訊《き》いた。

「ローンは……」

とたんに女は、ブルガリのブレスレットをジャランと鳴らして大げさにのけぞった。

つかぬことを口にしてしまった。百五十万円の超豪華ツアーに参加する客の頭の中に、そもそもローン支払いなどというセコい考えはないのだろう。

「ジョークですわよね、マダム」

「え？　――あ、はい。ジョークです、ジョーク。ハッハッハ」

「それならけっこう。一瞬お断りしなければという思いがかすめましたが、ま、ジョークということで。よろしいですか、マダム。無理にとは申しません。申しませんが――ご存じの通り、パリ・ヴォージュ広場の『王妃の館《シャトー・ドゥ・ラ・レーヌ》』に滞在できるチャンスなど、一生に二度とはめぐってきませんことよ。なにしろあのホテルは世界中のヴィップの垂涎《すいぜん》の的。プラザ・アテネもリッツもクリヨンも目じゃない。もちろん一見《いちげん》さんはお断り、ツアー旅行での滞在なんて、奇跡ですわよ、奇跡」

やはり商売っ気はあるのだろう。

香はデスクの上に置かれた女の名刺を手に取った。

パン・ワールド・ツアー・エンタープライズ。セールス・マネージャー。朝霞玲子《あさかれいこ》。

こんな旅行会社、聞いたことがない。事務所も神田の雑居ビルの中だし、両隣りは消費者金融と英会話教室。通された応接室はオフィスに不似合いなくらい立派だけれど、それがまた怪しい。

「あの、朝霞さん。ひとつお訊ねしてよろしいですか」

女の居丈高な態度にすっかり気圧《けお》されて、香の物言いは卑屈になっていた。

「はい、何なりと」

「このダイレクト・メールなんですけど、どうして私の住所をご存じなんですか」

「あら、わが社をお疑い？」

「いえ……べつにそういうわけじゃないんです。ただ、どうしてわかるのかな、って」

「そりゃあ、あなた――あ、失礼。それは桜井様。広いようで狭い業界のことですからね。夏休みとお正月休みと、毎年海外にお出かけのクライアントは、どの会社も存じ上げておりますわ」

「それって、データ流出とか……」

「ご迷惑、でした？」

「いえ。でも、ダイレクト・メールって、あんまりこないから」

もしかしたらこの会社は、やけくそで百五十万の金をポンと出してしまいそうな客のプライバシーまで知り尽くしているのではないか、と香は思った。

怪しみながらもツアー参加をほとんど決めてしまっている自分が怖ろしかった。

たしかにパリ・ヴォージュ広場に三百年の伝統を誇る「シャトー・ドゥ・ラ・レーヌ」は、世界中のツーリストたちの憧れの的だ。そこに十日間も滞在できるなどとは、まさに夢のような話で、しかも往復をファースト・クラス利用となれば、けっして高い値段だとは思えない。

しかし、百五十万は大金だ。

「一生の思い出を作りませんこと？　マダム」

朝霞玲子はあでやかな微笑を香に向けた。

「あの、朝霞さん。私、マダムじゃないんですけど……」

と、香は小さな抗議をした。

「エクスキュゼ・モワ。でも桜井様、マダムはミセスとはちがいましてよ」

そんなことはわかっている。「マダム」は大人の女性に対する、一種の敬称だ。だがその本質である「人妻」というニュアンスが、香にはこたえた。

三十八歳。独身。マダムという敬称が、はたしてふさわしいのかどうか。

「ちなみに、代金のお支払いは現金か、もしくは小切手でお願いいたします」

「クレジット・カードは？」

「なにぶん高額でございますから、万一のトラブルを防ぐためにご遠慮いただいておりますの。出発まで日もございませんし」

朝霞玲子はデスクのひきだしから、エア・メールの小包を取り出した。まるで宝石でも見せるように、おごそかな手付きでボール箱を開く。赤い蠟《ろう》で封印された封筒の束が現れた。

「ごらん下さい。これがご予約と同時に発送される、シャトー・ドゥ・ラ・レーヌのメッセージです。かつてこの水色の封筒を、どのようなお方が手ずからお開けになったか、ご存じ？――ウォルフガング・アマデウス・モーツァルト、サマセット・モーム、アルバート・アインシュタイン、チャーリー・チャップリン、グレース・ケリー。そうそう、聞くところによれば、ヴィクトリア女王も帝政ロシアのニコライ皇帝も、歴代のローマ法皇もお忍びで」

朝霞玲子はカードを繰《く》るように水色の封筒をデスクの上に並べた。

「ダイレクト・メールでお知らせした通り、限定十名です。日にちのつごうで、ホテルから直接みなさまのお手元に送付できないのは誠に残念ですと、支配人も申しておりました」

「あの、一人だと相部屋でしょうか」

「まさか。百四十九万八千円のツアー代金に、相部屋なんて――でも、お一人でご参加の場合は、五十万円を追加させていただきますので、あしからず」

「に、二百万！」

思わず声が出てしまった。高い。いくら何でも高すぎる。

「どうかなさいました？　シャトー・ドゥ・ラ・レーヌは十五室のゲスト・ルームのすべてが、ルイ王朝期そのままのスペシャル・スイートですのよ。最愛の王妃のために、太陽王ルイ十四世が心をこめて御自《おんみずか》らデザインしたお部屋に、たったひとりで十日間も滞在するという贅沢《ぜいたく》。はっきり言って――」

朝霞玲子はきついまなざしで香を睨《にら》み、思わせぶりに言葉をとざした。

「はっきり言って！」

香は声を上げた。わずかなためらいを吹き飛ばしてくれる一言が欲しかった。二百万円がけっして浪費ではないと信じさせてくれるあと一押しの言葉が。

玲子は香に目を据えたまま、低い、おどろおどろしい声で言った。

「格安ですわ、マダム」


悲しい夢を見た。

誰もいない、真暗な汀《みぎわ》に香は佇《たたず》んでいた。一糸まとわぬ裸で。

湾《いりうみ》に寄せる波が足うらの砂を奪って行く。雲居《くもい》の満月が白い体を、ぼんやりと、命のない人形のように染めていた。

恋人の名を呼んだ。十年間ずっと、金曜日の夜だけをともに過ごした恋人。正しくは、先週の金曜日まで恋人だった男。

「宮本さあん――」

沖合から、「桜井君」と返事が聴こえたような気がしたが、岬からはじけ返る谺《こだま》だった。

いくども名を呼び、嗚咽《おえつ》しながら香は目覚めた。

寒い。いつの間にかカーペットの上で寝入ってしまったらしい。放送をおえたテレビが部屋を銀色に彩っている。乾燥した音が潮騒になって、悲しい夢を作ったのだろう。

起き上がって泣き濡れた髪をかき上げ、きょうはベッドで寝ようと香は思った。

金曜の夜、宮本に引導を渡された。男の匂いの残るベッドに入る気にはなれず、三晩をソファと床の上で眠った。十年間のならわしだった金曜の逢瀬も、宮本が役員に昇進した二年前から少しずつ間遠になり、この半年は月に一度、それも香のほうから社内メールでおねだりをして、ようやく夜も更《ふ》けてから義理事のようにやってくる有様だった。

だから覚悟はしていた。社長の勇退が決まって、来年の春には筆頭専務が後任におさまる。するとほぼまちがいなく、宮本は常務に昇格する。

「でも、それはないよねえ、宮本さん」

冷えきった膝を抱えて、香は独りごちた。

金曜の夜、気持ちのまるでこもらない乾いたセックスの後で、宮本はひどい提案をした。きっぱりと別れるか、それとも会社を辞めて今まで通りの関係を続けるか。

むろん喧嘩になった。今まで宮本にわがままを言ったことはない。男として愛してもいたし、上司として尊敬もしていた。口応えをしたのは初めてだったと思う。

(それはないよ、宮本さん。十八年も勤めた会社を辞めて、三十八のハイミスがどこで働くのよ)

(だったら辞める必要はないさ。でも、本社にいてもらっては困る)

(え?　……何ですか、それ)

(専務に釘を刺された。何もかもお見通しだと。辞めさせられないのなら、転勤させるそうだ。希望の営業所はあるか?)

枕を投げつけた。五十を過ぎた宮本が、醜悪な老人に見えた。

(辞めるより、そのほうが利口だな。任地を選ばなければ課長職で行けるよ。ロートルの経理担当者がリタイアする営業所を調べてみようか。本社の課長待遇でいるよりいいぞ。給料は上がるし、気楽だし)

宮本はいささかも悪びれるふうがなかった。まるで短大卒の女を課長待遇係長の地位まで引き上げてやったのは俺だ、とでも言わんばかりに。

(私、会社を辞めます。もうご迷惑はおかけしません)

(辞める？　へえ、またどうして)

宮本の目は笑っていた。それが最も都合の良い結果なのだろう。けっして意地ではなく、香は恋人のためになろうと思った。

(辞めてどうするんだね)

(何とかなります。えり好みをしなければ、働くところはあるわ)

(どこか取引先をあたろうか。本社からの天下りなら歓迎してくれるよ)

(いいです。のんびり求人案内でも見ますから)

(勤め先よりも、いい男が見つかるといいな。まだ若いんだから、永久就職が一番いい)

太りじしの背中をねじって、宮本はカーテンのすきまからほんのりと明けそめる空を見上げた。

(おっと、こんな時間か。朝まで飲んでいたにしては酒が抜けちゃっているな。酔ったふりもけっこう難しいんだよ)

（飲み直しますか？）

（いや、そこまでしなくてもいいだろう。どうせかみさんは高いびきで寝てるさ。酔ったふりは難しいが、二日酔は簡単だ）

じゃあね、と宮本は香の乳房に向かって言った。十年親しんだ女の体に、別れを告げた。

（たしか中途退職者には一時金が出るんだよな。退職金のほかに）

（知ってます。私の仕事ですから）

（あ、そうか）

（現場ではね、トラガネっていうんですよ）

（トラガネ？　――何だね、それは）

（リストラ奨励金の略です）

宮本は声高に笑った。

（で、いくらくらい出るの？）

（私の等給だと――二百万ぐらいかな）

（へえ。いいじゃないか。外国にでも行って、パッと使ってこいよ。修学旅行だと思ってさ）

香は宮本の冷たさに気付いた。愛していたからこそ、男のわがままをそうとは思わずにすべて呑み下してきたのだった。

（そういう言い方、ひどいよ、宮本さん）

（すまんすまん。修学旅行は言いすぎか）

（修学旅行なら、一緒に行って下さい。二人とも卒業するんだから）

（くだらんね）

香は殴られたようにきつく目を閉じた。

十年の間、この男の幸福の犠牲になってきたのだと、初めて感じた。

（じゃあな。何かあったら社内メールで）

（さよなら。楽しかったわ）

宮本が出て行ってしまったあと、玄関の靴箱の上に投げ捨てられるように置かれている合鍵を見て、香はようやく泣いた。鍵はすっかりメッキがはげて、真鍮《しんちゅう》の金色に変わっていた。


「冗談じゃないわ」

香はまた独りごちた。淋しい夜をせせら笑うようなテレビのスイッチを切り、「よおし」と気合をこめて立ち上がる。

こうなったら全部バラしてやる。辞表を提出する前に、当たるを幸い全社員に言いふらし――いや、てっとり早くコンピュータに書きこんで、社内の全端末に配信してやる。

〈おはようございます。経理部のおつぼね、桜井香です。これから全社員のみなさまに仰天告白をいたします。私は過去十年の長きにわたり、取締役総務部長宮本一雄氏の愛人でした。来春の人事でおそらく常務取締役に昇進する宮本氏は、あろうことか邪魔者の私をリストラしたのです
……〉

やっぱり、ばかばかしい。社内不倫なんて今どき珍しくもないし、昼休みの噂話になるのがせいぜい。商社の人物評価は仕事っぷりだけで、プライバシーにかかわることは警察のお世話にでもならないかぎり、当事者たちの未来には何の影響も及ぼさない。笑いものになるのは、そんな方法でプライバシーを公開してしまった自分だけ。

よし、それなら――。

香は両手を腰に当ててリビング・ルームを見渡した。週に一度だけこのマンションにやってきて、しかもけっして存在の痕跡を残さなかった宮本だが、十年の間にしみついた男の匂いはいくらでもある。段ボール箱に詰め、宅配便で自宅に送りつけてやろう。

バスローブ。歯ブラシ。コーヒーカップ。枕。灰皿にスリッパ。そうだ、使いかけのコンドームも入れてやる。

部屋中を走り回ってそれらをかき集め、ダイニング・テーブルに積み上げたとたん、香の闘志は萎《な》えた。

たったこれだけ？　十年間愛し続けた男が残したものは、たったこれだけ？

この部屋の外で会ったことさえ、数えるほどしかなかった。海外旅行に行こう、温泉に行こう、映画を見に行こう、ドライブに行こう――宮本の口癖はお題目のようなもので、実現してくれたものは何ひとつとしてなかった。一輪の花すら贈られたことはなかった。

結局、集めた品々はゴミ袋に入れて、固く封をした。

「たいしたものだわ、宮本さん。あなたの勝ち。完全勝利でした」

悲しみのありかさえわからぬほど、心がうつろになってしまった。宮本が出て行った部屋はどこも変わりがないが、心には大きな穴があいてしまった。このさき能《あと》うかぎりのどんな喜びを詰めこんでも、けっして塞《ふさ》がることのない空間。けっして塗りこめることのできぬ、真白な壁。

コーヒーを淹《い》れ、ゴミ袋に詰め忘れた煙草をくわえた。喫《す》いかたも知らないが、宮本のそぶりを真似て脚を組み、ひとくち吹かしてみた。敗北の苦い味がした。思いついて、ハンドバッグの中から書類を取り出した。ダイレクト・メールのパンフレットと、昼間に旅行会社で手渡された申込みの用紙。

新都心の摩天楼をおさめた窓辺に、九月の朝が訪れていた。からっぽの頭の中で、香はそのときはっきりと決心したのだった。

パリへ行こう。

世界中のツーリストの憧れの宿、「シャトー・ドゥ・ラ・レーヌ」へ。男の身勝手で押しつけられたリストラの奨励金なんか、十日で使い果たしてやる。

「そうよ！　十年より長い十日間を、二百万で買えばいいんだわ！」

摩天楼に向かって、香はグレース・ケリーのように背中を伸ばし、それからウォルフガング・アマデウス・モーツァルトのように、からからと朗らかな笑い方をした。

「よろしいですか、ムッシュウ。パリ十日間十九万八千円というこのツアーのお値段が、はたして高いか、安いか。一晩だけ、ゆっくりお考えになって下さいませ。お返事は明日の夕方五時までお待ちいたします」

男はそう言うと、手錠のようなロレックスの金時計をこれ見よがしに輝かせて、回答を迫るかのように腕を組んだ。

何という横柄な態度。まるで「連れて行ってやる」とでも言っているようではないか。

「ちょっと待て。おまえ、客に向かってその態度はなんだ。第一、きょうびパリ十日間十九万八千円のツアーが、安いはずはなかろう」

近藤《こんどう》誠《まこと》は、とうてい四十五歳とは思えぬ隆々たる筋肉をギシリと軋《きし》ませて席を立った。いやほとんど、席を蹴って立ち上がった。

巨大な影の中にすっぽりとおさまってしまった男は、痩せぎすの肩をすくめて急に態度を改めた。

「あ、いえ……話は最後まで聞いて下さい。このツアーはそもそも――」

「もう聞く必要はない。組織は人だ。おまえのその態度を見れば、この会社がろくでもないものであることは歴然としている」

「まあまあ、そうおっしゃらず、コーヒーでも」

近藤誠が改めて椅子に座ったのは、話の続きを聞くためではなかった。コーヒーを飲み残すのが惜しかったからだ。旅行社を訪ねる途中、駅前の喫茶店に入って八百円という法外な値段を請求され、激怒したばかりだった。このコーヒーも町なかの喫茶店で飲めば八百円の値打があるのだと思えば、飲み残して帰る気にはなれない。

「では、多少の説明を加えましょう。お客様は『王妃の館《シャトー・ドゥ・ラ・レーヌ》』をご存じですか?」

「知らん。何だ、それは」

「シャトー・ドゥ・ラ・レーヌ。世界中のツーリストたちの憧れの的。パリの最高級ホテルです」

「何だと?　さっと出られんホテルか。ずいぶん不自由だな。勝手に出入りもできんのか」

「いえ、さっと出られんのではなく、シャトー・ドゥ・ラ・レーヌ」

怒りがふつふつと滾《たぎ》ってきた。こいつは高卒をバカにしている。近藤誠は言葉より先にたちまち盛り上がる右腕の筋肉をかろうじて押しとどめた。

「たしかに、俺は高卒だ。しかも四年がかりで卒業した」

「え?　……いやべつに、そういうことは……」

「ダイレクト・メールを送りつけてくるからには、そういうことも先刻承知の上なのだろう。ゆえあって、仕事はこの春に辞めた。今はイラン人や中国人にまじって、道路建設に従事している。こういう生き方を、おまえは内心バカにしているのだろう」

「いいえ、そんな……海外旅行にたびたびお出かけになるお客様あてに、ダイレクト・メールを発送させていただいただけです」

これは怪しい、と近藤誠は上目づかいに男を睨みつけた。物腰に落ちつきがない。犯罪の匂いがする。

「海外といえば、この正月に韓国に行っただけだが」

男は一瞬、しまったという顔をした。

「だが俺自身の名誉のために言っておくが、俺は天地神明にかけて妓生《キーセン》パーティには参加しておらん。ウォーカー・ヒルのカジノにも行ってはおらん。ひたすら焼肉を食っていただけだ」

近藤誠はコーヒーを荒々しく啜《すす》りこんだ。言葉が滑っている。警察官を辞めたのは、その韓国旅行で上司や同僚たちの醜態にあきれ果てたからだった。世間を騒がせている現職警察官の相次ぐ不祥事は、けっして出来心などではないと確信してしまったからだった。

警察官は公僕でなければならない。そう信じて、二十五年間を職務に邁進してきた。生まれてこのかた、法に触れることは何ひとつしてはいない。キセル乗車もしたためしはなく、ソープランドも知らず、飯を食っても酒を飲んでも、いつも割勘だった。一方、どんなささいな悪でも見すごすことはなかった。おのれの肉体は世のため人のためにあるのだと信じて、鍛えに鍛え抜いてきた。

その自負と信念とが、あの韓国旅行でポキリと折れてしまったのだ。

「……だが、俺は誇りを失ってはいない」

「はァ……?」

いまわしい記憶のためにうつむいてしまった顔を、近藤誠はもういちど男に向けた。

「俺は工事現場の昼休みに、ダイレクト・メールを読みながらふと思ったのだ。俺はあの一回きりの韓国旅行で、海外に対する偏見を持っていはしないか。ために今も心のどこかで、出稼ぎのイラン人や中国人を蔑視してはいないか——」

「あの、近藤勇《いさみ》さん」

「近藤勇ではない。近藤誠だ」

「ちょっと人生を深く考えすぎではありませんか。何もそこまで——」

「いいや」

と、近藤誠は強い声で遮《さえぎ》った。

「俺はまちがっていた。歌舞伎町のマンモス交番に勤務していたころ、外国人を目の敵《かたき》にしていたのだ。外国を知らない俺が、たまさか一度きりの韓国旅行で外国の何たるかを判断するのは、まさに井の中のカワズ。今後の日本の治安は、すべからく外国人との協和にあるべきなのに、俺は外国の何たるかを知らぬ。さよう、井の中のカワズは大海を知らぬのだ。俺は外国に行かねばならない。そのためにはまず、真の国際都市、パリ!」

「パリ!」

近藤が椅子を揺るがして立ち上がると、男も一緒に席を立った。

「行きましょう、近藤さん。おっしゃる通りパリは真の国際都市、世界中の人々が集まります。しかも、シャトー・ドゥ・ラ・レーヌの建つヴォージュ広場は、ありとあらゆる国の観光客のくつろぎの場所です」

「それは、まことか」

「はい、世界を知りたければ、まずパリのヴォージュ広場へ」

少々セールス・トークめいてはいるが、男の言葉は近藤を魅惑した。差し出された男の掌《てのひら》を、思わず握り返して近藤はにっこりと笑った。

「お一人でのご参加になりますと、相部屋になりますが、よろしいですか」

「かまわん。独身寮もずっと相部屋だったから、慣れている。旅は道連れ世は情けと、シェークスピアも言っている」

「では、書類にサインを」

「金は？」

「現金でお願いいたします。なにぶん出発まで日がないものですから」

「了解。では今すぐそこいらの銀行でおろしてくる。十九万八千円だな」

近藤誠は書類に花押《かおう》のようなサインを書きなぐると応接室を出た。思慮深さと軽薄さが、常にあやうい均衡を保っている体育会系中年男であった。むろんその均衡をかろうじて保っているものは、彼の並はずれた筋肉である。

雑居ビルから秋風の立ち始めた街に飛び出ると、近藤誠は太い眉をきりりと上げて、「さくら銀行」の看板を探した。

最寄りの銀行でキャッシュ・カードを使用し、多少の手数料を支払うことは、その質朴な性格が許さなかった。

「決まったみたいね」

応接室のドアから顔を覗《のぞ》かせて、朝霞玲子が囁《ささや》いた。

「はい。これでこっちの定員は揃いました。そちらは？」

「さっき来たハイミスのＯＬは、たぶんＯＫだと思う。それで定員よ」

秋色のスーツを着た玲子は美しかった。夕陽に縁取られたソファに長身をゆだね、細い脚を組む。しぐさのひとつひとつがことさら優雅に見えるのは、自分の胸に今もくすぶる未練のせいだろうかと、戸川光男《とがわみつお》は思った。

「しかし、マネージャー。いくら何でも同時に企画する二つのツアーが、片方は百五十万、もう片方は二十万——ちょっと極端じゃないですか」

「君は黙って言われた通りになさい。これは社命よ。いい、戸川君。世の中には光《ポジ》と影《ネガ》がある。そんなこと、君は誰よりも承知しているはず。光と影。表と裏よ」

辛辣《しんらつ》な言い方だった。セールス・マネージャーとして「パン・ワールド・ツアー・エンタープライズ」の業務一切を取りしきっている朝霞玲子は「光」で、バイトあがりの採用者である自分は「影」だ。

「いい。ポジ・ツアーはファースト・クラスのチケットにスイート・ルーム。三ツ星レストランのディナーも、オペラ座の桟敷席もつくのよ。ネガ・ツアーのほうは、もちろんエコノミー。お部屋はワイン倉庫を改造した地下室」

「地下室！」

「だいじょうぶ。けっして不平の出ないようにしてあります。そのあたりは納得の行くように順次説明します。君にも、お客様方にもね」

戸川は暗鬱な気分になった。「ネガ・ツアー」の添乗員は自分なのだ。

「あの、マネージャー。どうしてもよくわからないんですが、この企画」

「知りたい？」

朝霞玲子はしばらく言いためらってから、仕方なさそうに戸川の顔を招き寄せた。

「ここだけの話よ」

「はい。わかっています」

「この月末までに一千二百万の決済資金を現金で集めなければ、うちの会社は潰《つぶ》れるの。ポジ・ツアーの売上げ一千百万、ネガツアーの売上げ百六十万、これで何とか間に合ったわ」

背筋がすっと寒くなった。

「乗りかかった船よ。覚悟なさい。この企画は気心の知れた君と私とでなければできない。いいわね」

玲子の目は宝石を嵌《は》めこんだように据わっていた。

2

すっかり旅仕度をおえ、迎えの車を待ちながらルージュを引いていると、鏡の中の自分が話しかけてきた。

(カオリ、あんた何考えてんのよ)

圧《お》し潰されたように低く意地悪い、悪魔の囁《ささや》き。

「なに、って?」

紅筆の動きを止めて、桜井香は声に出した。

(とぼけてるんじゃないわよォ。十年も付き合った男にお払い箱にされて、十八年も勤めた会社をクビになって、あげくのはてはリストラ奨励金で豪華パリ・ツアーですって? ——バッカじゃないの、あんた)

ごもっともである。返す言葉もなく、香は鏡を見つめた。

(辞表を受け取ったときの、あいつの勝ち誇ったような顔。まさか見なかったとは言わせないわ

よ。有休、たまってるだろう。とりあえず旅行でも行ってこいよ、ごくろうさん、だって。ハハッ、ほんとにごくろうさんだわ）

宮本一雄の卑屈な微笑をありありと思い出して、香はきつく目をつむった。たしかに、ごくろうさんだ。

「やり直すわ」

（やり直す？　あんた、自分の齢《とし》、知ってるの。三十八よ、三十八。そりゃあ、バカな分だけ多少は若く見えるけどさ。この不景気に、短大出のハイミスを雇ってくれる会社なんて、あると思ってるの？）

「だめだったら、郷里《くに》に帰るわ」

（ふん。今さらどのツラさげて帰るの。おとうさんはあんたのことばっかり心配して死んじゃった。おかあさんはすっかりボケて老人ホーム。冷たい兄貴と意地の悪い兄嫁がセッセと畑を耕してる家のどこに、あんたの居場所があるのよ）

「農家は嫁不足なのよ」

（あのねえ、カオリ……農家の嫁っていうのはね、畑を耕すことと、子供を産むことが大事なの。わかってるの？）

「子供ぐらい、まだ産めるわよ」

（ハイハイ。だったらやったァんさい。コンピュータのキーしか叩いたことのないその指で、芋を掘って、苗を植えて、そんで、田舎じゃ赤っ恥のマルコーの子をコロコロ産んで――）

「やめてよ！」

（あら、怒ったの。怒鳴りつけるのなら相手がちがうんじゃない？　やりたい放題のあいつには何ひとつ言い返せずに泣き寝入り。鏡の中のてめえに文句をつけてりゃ世話ないわ。ま、パリ十日間二百万円の超豪華やけくそツアー、せいぜい楽しんでくることね——ほら、お迎えがきたわよ。じゃあね、ボン・ヴォワイヤージュ。よいご旅行を！）

ドアホンが鳴った。午前八時三十分、ぴったり予定通りにハイヤーのお出迎えだ。

「ア・ビアントー。それじゃお留守番、よろしくね」

（あ、やっぱり私も行くわ）

スツールから立ち上がると、鏡の中のもうひとりの香もそそくさと身仕度を始めた。

（行くわ。スイート・ルームのシングル・ユースなんて、あんたには贅沢）

「こないでよ」

「こないでったら」

（どうせ置いてけるわけないくせに。さあさ、パリで一緒に悩みましょ）

スーツ・ケースを曳《ひ》いて振り返る。鏡の中にはがらんとした女の部屋だけが映っていた。

ドアを開けると、紺色の背広を着たドライバーが立っていた。白手袋をさし延べて、香の手からスーツ・ケースを受け取る。

「お待たせいたしました、桜井様。成田空港までお伴《とも》させていただきます」

「はい。よろしくお願いします」

早朝からハイヤーのお出迎え。悪い気分ではない。忠実なドライバーの背中を見ながらふと、宮本一雄は毎朝こんなふうに出社するのだろうと思った。様子の良い奥方に見送られ、役員専用のハイヤーに乗って。そしてたぶん常務に昇進する来年の春からは、車もひと回り大きなセダンになる。

「まことに申しわけございませんが、ご同乗のお客さまがおいでになりますので、助手席にお乗りいただけますでしょうか」

エレベーターの中で、少し言いづらそうにドライバーは背中を丸めた。

「それはかまいませんけど、どなたかしら」

「はい。同じツアーにご参加のご夫妻の方です。成田までご一緒にお送りさせていただきます」

べつに不満というほどではないが、一生に一度ぐらいハイヤーのリア・シートにひとりで座ってみたかったと香は思った。

さわやかな秋の朝である。

古ぼけた賃貸マンションの玄関にはおよそ不似合いなハイヤーが香を待っていた。

「ただいまドアを開けますので、少々お待ち下さい」

勝手にドアを開けないのは礼儀なのだろう。ドライバーはハイヤーの大きなトランクにスーツ・ケースを詰めこむと、リア・シートの窓を軽く叩いた。スモークをかけた暗い窓が開き、居ずまいの良い中年夫婦の横顔が覗いた。

「ご紹介させていただきます。こちらは桜井香様」

「よろしくお願いします」

と、香は頭を下げた。

「こちらは下田《しもだ》様ご夫妻です」

よろしく、と夫人はわずかに愛想笑いをうかべて会釈を返した。奥の席の夫は仏頂面で正面を向いたままである。外国旅行に出かけるにしては服装も地味で、華やいだ様子がない。夫はグレーの背広にネクタイを締め、夫人は喪服のようなアンサンブルを着ている。

車内の空気は心なしかどんよりと淀んでいた。

「いいお天気で、何よりですね。よかった」

車が走り出すと、香はリア・シートをなかば振り返って言った。

答えはない。かわりに夫が、まるで命を吐き出すような切ない溜息をついた。

きっとこの人たちは、空港までの相乗りが不愉快なのだろう。条件は自分だって同じなのだから、機嫌をとる必要はないと香は思った。

真黒な沈黙が続き、下田夫妻がようやく重い口を開いたのは、新都心の入口から首都高速に乗ったあたりだった。

「こうして見ると、日本はいやな国だな」

「いやな国って、外国なんか知らないくせに」

「比べなくたってわかるさ。いやな国だ。万事が金、金。金で買えないものはない」

「それは外国だって同じじゃないんですか。お金で幸福は買えるわ」

それから二人は、同時に深い息をついた。やはり命を吐きつくすような、切ない溜息だ。車は外苑のあたりから渋滞に巻きこまれ、のろのろと進み始めた。

「ところで、いくら高級なツアーだからといって、やっぱりこんななりはまずかったんじゃないのか。そちらのお嬢さんだってジーンズにジャケットだぞ」

ようやく会話の糸口が見つかって、香は微笑みながら振り返った。

「あの、私、お嬢さんじゃないんですよ。四十に近いハイミスです」

へえ、と夫妻は同時に声を出した。どうもこの二人は息が合っている。一卵性夫婦というのか、おしどりというのか、きっと齢をとってどちらかが逝《い》ってしまえば、たちまちもうひとりも死んでしまうにちがいない。

「四十近いって、それじゃ僕らとあまり変わらんじゃないか。わからんねえ、今の人は」

クスッ、と夫人が笑った。

「今の人、なんて、そんな言い方が年寄りくさいんですよ。ま、たしかにひと回りくらいしかちがわないんだけど」

ひと回り上だとすると五十歳。表情はよく見ていないが、雰囲気や言葉づかいはなるほど老けている。

「苦労の分だけ老けこんじまったんだなあ」

「そういうことでしょうかね。たしかに五十一と四十六には見えないわ。やれやれ……」

「すまんな。おまえにも苦労のかけ通しで」

「それはおたがいさまですよ。私もわがままの言いっぱなし」

夫妻の会話は、まるで一人の人物が声色《こわいろ》を使い分けて自問自答しているように聞こえた。

そのとき突然、香の脳裏に「偕老同穴《かいろうどうけつ》」という四文字熟語がそそり立った。それは去年の春、漢字検定試験でとりこぼした痛恨の言葉だ。字が書けずに試験が終わってから辞書を引いたとき、目に飛びこんできた衝撃的な意味は今も忘れない。

偕老同穴――夫婦なかよく、生きてはともに齢をとり、死んでは一緒に葬られること。

下田夫妻の会話は暗く低く続く。

「最初で最後の海外旅行、か……」

「ありがとうございます、あなた」

「そんなふうに言われると返す言葉もないが」

「お返事はいらないわ。私、今とても幸せな気分です」

「ありがとう。君は僕にはできすぎた妻だった」

聞くほどに、香は胸が悪くなった。怒りのかたまりが腹の底から湧き上がり、咽元《のどもと》で呑み下しきれずに唇を震わせた。

「いいかげんにしてよ！　あんたたち、バッカじゃないの！」

桜井香の怒鳴り声が忠実なドライバーと善良な中年夫婦をちぢみ上がらせた、ちょうどそのころ――。

新宿発成田空港行きの特急「成田エクスプレス」のシートに筋骨隆々たる体軀《たいく》を押しこんで、黙々とガイド・ブックを読みふけるひとりの男がいた。

近藤誠、四十五歳。この春思うところあって長年つとめた警察を辞めた。

ちなみに、「思うところ」というのはきわめて個人的な退職理由であり、同僚の誰から見てもそれは発作的な辞職だった。もっとも、その「思うところ」は彼自身にもさほどハッキリとはわからないのだから、この場合は本人の主張よりも周囲の見解のほうが正しい。

しいて言うのなら――近藤誠は四十五歳独身警察官という、不確かな境遇に耐えられなかったのである。

金ならしこたまあった。退職金の額など問題にならぬほどの貯金がある。根がセコいうえに道楽知らずのカタブツで、金の使い途《みち》というものをよく知らなかった。賄《まかな》い付きの独身寮にさながら牢名主《ろうなぬし》のごとく住み続け、酒はそこいらの安酒しか飲まず、バクチは打たず煙草は喫わず、一方的に想いを寄せていた交通課の婦警にもフラれた。

そんな具合だから、給料の八割方は天引きの財形貯蓄と定額積立に回り、年を経るごとにそれは、あたかも降っても降ってもまだ降りやまぬ雪のように、ずんずん積もった。

犬のように喜んで庭を駆け回る知恵はない。かと言って、猫のようにコタツで丸くなっていたのではこのまま老いる。

ではどうすると彼なりに懊悩《おうのう》した末、ある日卒然として職場を去ったのだった。むろん、韓国旅行で上司や同僚たちの醜態にあきれ果て、義憤を感じて野に下るなどという理由は、誰かに質問されたときのオフィシャルな回答にすぎなかった。つまり近藤誠の「思うところ」とはこういうもので、早い話が何も考えてはいなかったのである。

それでも、ガイド・ブックを睨みながら彼は思う。十九万八千円というとてつもない大金をわずか十日間で費消するのだから、この旅は有意義に過ごそう。国際都市パリのありようを十全に見きわめ、その社会制度や文化によく着眼し、もって後半生の糧《かて》とするべくつとめよう、と。

それにしても、近ごろ目が遠くなったような気がする。

「……ええと、まずはパリのシンボル、凱旋門。なになに、その真下には無名戦士を悼《いた》む永遠の炎が燃えている、か。いの一番にここを訪れるのは、外国人としての礼儀だな」

長い独身寮生活と交番勤務の結果、独り言は彼の癖になっていた。

「順序からすると、凱旋門を降りたあとはシャンゼリゼを歩いて……カフェ・フーケ。なんと、映画『凱旋門』でシャルル・ボワイエが親友と再会を誓った場所、か。ううむ、何だかわからんが格好がいい」

シャンゼリゼ大通りの陽光に照らされた赤いテント。しばらくの間、近藤誠は頬の筋肉を緩めてガイド・ブックのカラー写真に見入った。

オープン・エアのテーブルには、若い恋人たちがくつろいでいた。

交通課の水野警部補をこの旅に誘わなかったのはあやまりであった、と近藤は悔いた。

なぜホワイト・デーのあの日に、パリに行こうとは言わず、伊香保《いかほ》温泉に行こうなどと言ってしまったのだろう。しかも、パトカーの中でいきなり、拳銃でも抜くように京王観光のクーポン券をつきつけて、「水野警部補、自分と伊香保温泉に行ってくれませんか。男子一生のお願いです」などと言ったのだろう。

思えば、バレンタインのチョコレートを義理チョコと認識しえなかった自分はおろかであった。十年間、人知れず想いを寄せていた。有名大学出の彼女は、アッという間に自分を追い越して警部補にまで昇進してしまったが、そんなことはどうでもよかった。愛に階級はない。

口説き文句は徹夜で考えたものだったが、現実には「男子一生のお願いです」の決めゼリフまでには至らなかった。「自分と伊香保温泉に」のあたりで、ビンタを貰《もら》ったのである。

もしその部分が「自分とパリに」であったとしたら、彼女の反応はどうだったであろう。

むろん、パリと伊香保の観光地としての価値を論ずるわけではない。伊香保はよいところだと信じているから、箱根とも草津とも言わずに、伊香保と言ったのだ。しかし、パリはまちがいなく女心を魅惑する。少くとも、パトカーの中でビンタを貰うという不測の事態は避けられたはずだ。

ガイド・ブックの細かい活字を読むうちに、目が疲れて、近藤は内ポケットに隠し持った水野警部補の写真をとり出し、車窓の光にすかし見た。

美しい。精悍なショートヘアーと、小づくりな顔。淋しげな一重瞼《まぶた》も、初恋のころからゆるがせにできぬ自分のタイプだ。

「淳子。俺と一緒に、パリに行こうな。セーヌ川のほとりを歩き、シャンゼリゼで、カフェ・オ・レを飲もうな。俺とカフェ・オ・レ、なーんちゃって」

虚しいオヤジギャグをひとりごちたとたん、ふと隣席の視線を感じて、近藤は写真を隠した。眠っていると見えた隣の旅行者が、やおら身を起こして手元を覗きこんだのだ。

「あらら……おにいさんの恋人、死んじゃったの？」

「死んでない！」

一瞬、こいつは男か女かどっちだと思った。骨格は明らかに男の相をしているが、目と唇に薄化粧を施し、長い髪を金色に染め、耳たぶには大げさなピアスがぶら下がっている。服装はというと、胸の透ける桃色のシャツの上に、薄紫のコートを羽織り、襟元《えりもと》に孔雀の羽のような妖しい色のストールを巻いていた。サテンのスパッツをはいた脚はあくまで細い。

「そう……死んじゃったの。交通事故？　それとも癌？　自殺、じゃないわよね」

「死んでないっ！　勝手に殺すな」

「だって……おにいさん、泣いてるじゃない」

ハッと近藤は瞼を拭《ぬぐ》った。たしかに頬が濡れていた。

「死んでいようと生きていようと、他人には関係ないだろう。ほっとけ」

「でもさあ……あたし、新宿からずっとおにいさんの様子が気になってたんだけどね。何だかひどく思いつめてるみたいで。あれこれ考えたってロクなことないよ。思うようにならないのが人生なんだからね。はい、涙を拭《ふ》いて」

「けがらわしい。やめろ」

と、近藤はオカマの差し向けたハンカチを振り払った。

「ごめんね、おにいさん……」

生まれつきオカマと朝日新聞は嫌いだった。

「パリ、行くの？」

心もちしなだれかかってくるオカマから身をかわして、近藤は車窓に過ぎ行く秋景色を眺めた。

「おにいさん、どこのツアー？　もしかして——」

もしかしてこんなやつと一緒だったらどうしようと近藤は思った。

「おにいさんみたいな人と一緒だったらいいのにな。何となく頼りがいがあるし。慰めてもあげられるし。あたしはね、ええと……」

オカマは近藤の肩に頬をもたせかけながら、赤い革の手帳を開いた。

「ええと、十一時四十分発のＪＡＬ４０５便」

ギクリ、と近藤は背筋を伸ばした。たしか同じ飛行機だったような気がする。

「ちょっと時間が早いけど、同じじゃないかなあ。あたし、二丁目のお店に行ってるんだけど、朝までお客さんと騒いで、その足で来たの。よろしくね」

オカマは藤色の名刺を差し出した。

「クレヨン、っていいます。可愛い名前でしょ。お店のママがつけてくれたんだけど、気に入ってるの。パリは初めて。ずっと憧れてて、あの『シャトー・ドゥ・ラ・レーヌ』に泊まれるっていうから、お給料を前借りして申しこんじゃった」

クレヨンという名のオカマは、耳元に口を寄せてそう囁いた。近藤は窓辺に追いつめられた。

「一緒じゃないの？　おにいさん」

「ち、ちがう」

「そう……ガッカリ。せっかく慰めてあげられると思ったのに」

近藤誠は喪《うしな》われた恋人の写真をそっとキャフェ・フーケのテーブルに置き、ガイド・ブックを閉じた。


「アン、ドゥー、トロワ、カトル、サンク、シス、セット……ええと……『8』は、何だっけか……」

「ユイットよ」

「ああ、そうだ。シス、セット、ユイット、ヌフ」

香水の匂いに頬をなぶられて顔を上げると、朝霞玲子が冷やかな目で見おろしていた。戸川はベンチから腰を上げた。

「おはようございます、マネージャー」

「はい、おはよう。ツアコンが空港の出発ロビーでアン、ドゥ、トロワ、ですか。ゾッとするわね。パリは初めてだっけ、戸川君」

どうしてこの女はわかっていることを訊くのだろう。まるでいじめっ子だ。

「いい。お客様の前では、けっしてその会話ブックを開いちゃだめよ。不安になるから。パリまでは十三時間もある。その間に基礎会話を手帳に書き写しなさい」

フランス語どころか英会話も満足にできぬ自分が、どうやって八人の客を、十日間も引率するのだろう。不安も恐怖もとうに通り越して、もはやどうにでもなれという気分だ。

「はい、これ」

と、朝霞玲子は携帯電話を差し出した。

「私の番号は登録してあるわ。つまり、ツアコンのホット・ライン。困ったときは私を呼び出しなさい」

なるほど便利な道具もあるものだ。玲子の〈光《ポジ》〉ツアーと戸川光男の〈影《ネガ》〉ツアーは、当然別々に行動するが、これさえあればパリのどこにいても玲子の助けを借りることができる。

「何とかなるかな。自信ないけど」

「何とかなるんじゃなくって、何とかするのよ。いい、戸川君。わが社にはもう君しかいないの」

正しくはこのおかしなツアーのコンダクターを、すべて承知の上で務めることのできる社員がほかにはいないのだ。

「背水の陣よ。わがパン・ワールド・ツアー・エンタープライズを、たかだかこの程度の不景気で潰してなるものですか」

玲子は凜々《りり》しい眉を上げて時計を見た。午前九時三十分。集合時間はフライト二時間前と伝えてあるから、そろそろ客がやってくる。

「あの、まだ何が何だかよくわからないんですけど」

「詳細は機内で打ち合わせしましょう。とりあえず今からやることは――」

朝霞玲子はいちど旅客ターミナルを見渡してから、戸川を壁ぎわに導いた。低く歯切れのよい、男まさりの声をひそめる。

「いい、この企画は前代未聞、空前絶後の離れワザなのよ。シャトー・ドゥ・ラ・レーヌに直前キャンセルが出たのは不景気のおかげ。来週から始まるパリ・コレに参加予定のファッション・メーカーが倒産した。月末の資金繰りに万策尽きたわが社にとっては、まさに起死回生のチャンス」

「うん。そこまではわかるんですけど……」

「だったらもうぜんぶわかってるじゃないの。世界中のツーリストが一生に一度は泊まってみたいと憧れるシャトー・ドゥ・ラ・レーヌに、できる限りのお客様を詰めこむのよ」

「うん。それもわかるんですけど……」

戸川光男の頭の中は混乱しきっている。何でも彼の率いるネガ・ツアーの客には、ホテルのワイン蔵を改造した地下室をあてがうそうだが、そんな説明は一言もしてはいない。

「今からでも、ちゃんと説明をしたほうがいいんじゃないですか」

「その必要はないわ。パリに行っちゃえばワインセラーだろうが何だろうが、どうしようもないんだから」

「そんな……僕は自信ないですよ。まるで詐欺じゃないですか」

「ノン。サ・ヌ・フェ・リアン。大丈夫よ」

と、玲子はしたたかな笑い方をした。

「苦情は出ないわ」

「なぜ?」

「ネガ・ツアーのお客様にも、ちゃんとスイート・ルームをご提供します。ワインセラーの地下室は、寝るだけ」

「……わからない」

「時間よ。ほら、君のお客様がやってきた。きょろきょろしちゃって、ずいぶん迷ったみたい」

出発ロビーのはるか彼方から、ミスマッチな二人の客が歩いてくる。大きなスーツ・ケースを転がしながら、元警察官だという大男はときどき立ち止まり、あたりを見回している。そのかたわらをぴたりと離れず、まるで恋人のように寄り添っているのは、申込書に「クレヨン」とかいう妙な名前を書いた、二丁目のオカマだ。

「ポジ・ツアーの第一陣も来ましたよ、ほら」

「あら、ファースト・クラスは時間をずらしておいたのに、道路がすいてたのね」

車寄せのエントランスから、三人の客が入ってきた。小柄なハイミスのOLと、暗い感じのする中年夫婦。ハイヤーの運転手が三つのスーツ・ケースを積んだ台車を押している。

「一緒にいるところを見られちゃまずいわ。ツアーネームも、私のほうはパン・ワールド・ツアー。君のほうはP・W・T」

「同じじゃないですか」

「口で言う分にはわかるものですか。いいわね、戸川君。君はP・W・Tの戸川よ」

ネガ・ツアーの客との連絡にはけっして「パン・ワールド・ツアー」の社名を名乗らず、ワープロで打った申込書やパンフレット類にも、「P・W・T」と書かれていた。

「ああ、そうか。そういうことだったのか」

玲子はうんざりとした目で戸川を見た。

「まったく君っていう人は……命ぜられたことはソツなくやるくせに、自分の頭では何ひとつ考えないのね。ま、この企画にはむしろ適役だけど。じゃあね、P・W・Tの戸川さん。あとは機内でお話ししましょう。ボン・ヴォワイヤージュ。ア・ビアントー！」

「ア、ア、ア、ア・ビアントー……」

玲子はにっこりと微笑んで歩きだした。

この女はいったい誰なのだろうと、戸川光男は今さらのように思った。

ジョルジオ・アルマーニのパンツスーツがよく似合う。しかも、シックでシンプルな黒のアルマーニに、華やかなブルガリのブレスレットと栗色のロングヘアーを、何の矛盾もなくフィットさせてしまう女性は、世界中にもそうはいないだろう。

教養に満ちあふれ、世界中のあらゆる言語に堪能で、パン・ワールド・ツアー・エンタープライズが飛ぶ鳥を落とす勢いで急成長した好景気の時代に、航空会社からヘッド・ハンティングされてきた。

しょせんアルバイトあがりの自分が、想いを寄せるべき女ではないのだ。

だが、しかし――。

胸に応えるアリュールの香りを追いながら、戸川光男は今このときにどうしても言わねばならぬことを考えた。

無能で、貧相で、齢も三つ下で、すり切れた安物のジャケットを着、コッペパンのようなウォーキング・シューズをはいた自分は、たしかに彼女には似合わない。そんなことはわかっている。

だが、しかし――。

前のめりにスーツ・ケースを曳きながら、戸川光男はようやく声を出した。

「玲子」

グッチの踵《かかと》をコツンと鳴らして、朝霞玲子は振り返った。横顔が琺瑯《ほうろう》のように白かった。

「美雪《みゆき》が、ママによろしくって。パパとママはパリにハネムーンに行くのねって、喜んでた」

かつてひとときの妻であった女の横顔が、わずかに歪《ゆが》んだ。

「そう――元気でやってる?」

「来年の入学式には、行ってやってほしいんだけど」

「おばあちゃんがいるじゃない」

「おふくろは、ママじゃないよ。なあ、頼むよ玲子」

根の生えたように立ちすくんだまま、玲子は悲しい目で、かつて夫であった齢下の男を見返った。

「その話の続きは、シャンゼリゼのキャフェで……」

君の愛を取り戻そうとしているわけじゃないんだ。君の恋人には社長《ボス》がふさわしいってことぐらい、よくわかっている。僕は、君のことも、社長のことも、心から尊敬しているんだよ。嘘じゃない。だから君と社長のためになることなら、何でもする。でも、美雪にはやっぱりママが必要なんだ。それだけは、わかってください――。

つなぐ言葉は声にならず、戸川光男は人ごみの中で俯《うつむ》いた。

3

「ねえ、あなた！　ほら見て、見て。飛ぶわよ、飛ぶ飛ぶ飛ぶ、うわあっ、飛んだァ！」
「おおっ！　これがボーイング777《トリプルセブン》か。ううむ、聞きしにまさるパワーだ。さすがは米国が世界に誇る最新鋭機。敵ながらアッパレと言うほかはない」

窓ぎわではしゃぐ老夫婦を横目で睨《にら》みながら、近藤誠は離陸の恐怖によく耐えていた。口にこそ出せぬが、何度乗っても飛行機は怖い。何度、と言うよりまだ三度目なのだが、やっぱり怖い。鉄のかたまりが空を飛ぶという不条理。しかも墜落すれば無辜《むこ》の人間がひとたまりもなく全員死亡する。しかもしかも、そうした災難はたいてい離着陸のときに起こるのである。どうしてみんな涼しい顔をして乗っておられるのだろうと、のしかかる重力に耐えながら近藤は左右を見た。

思いがけぬほどの間近にオカマの顔があった。柑橘《かんきつ》系の甘ずっぱい香水の匂いをまき散らしながらクレヨンは笑いかけ、しっとりと濡れた掌を近藤の手の甲に重ねてきた。

気色が悪い。だけど怖い。この際オカマであろうと何であろうと、手を握ってくれるのは有難かった。

「おにいさん、怖いんでしょう」

逃げ場のない訊問だった。まさか飛行機が怖いとは言えぬ。かと言って恐怖を否定すれば、自分はオカマの求愛を受け容れたことになる。

「こ、怖くない。怖いわけないだろう」

とたんにクレヨンは嫣然《えんぜん》と笑った。

「あ、そう。うれしい」

「指を握るな。たのむから手を握ってくれ。そうじゃない、指のマタに指を入れるな。上からそっと、そうそう、それでいい」

オカマの手付きに注文をつけるいかがわしさに自己嫌悪を覚えながら、近藤は目を閉じ、深呼吸をした。

「大丈夫よ、おにいさん。飛行機はね、車や電車より安全な乗物なの。ほら、こっちいらっしゃい」

手を握ったまま、クレヨンはもう片方の手をさし延べて近藤のうなじを引き寄せた。抗《あらが》う気力はない。薄いブラウスの肩に顔を埋めると気持ちがいくらか楽になった。

窓ぎわの老夫婦の歓声がうっとうしい。

「見て、あなた！　地面が斜めになって、ぐるぐる回ってる」

ゲ、と近藤は生唾を呑みこんだ。
「右旋回、よーそろー。高度八百、出力よおし！」

「思い出したのね、あなた」

「ああ、思い出した。土浦から飛び立って、よくこのあたりを飛んだものだ。五十年前が、まるできのうのようだよ」

「よかった。あれほど飛行機に乗るのをいやがっていたのに。ねえ、ゼロ戦って、これより速かったの？」

「まさか。ゼロ戦はプロペラで飛ぶんだ。だが小さいから、スピード感ははるかにあったな。そう、爆撃にやってきたこいつの祖先を、ちっぽけなゼロ戦で迎え撃ったんだよ。B29はバカでかくて、接近するとこっちが蚊かハエになったみたいな気がした」

「カッコいい。あなた、いくつだったの」

「十九かはたちだね。勇介や大介と同じ齢ごろさ。そう考えれば、呑気《のんき》な孫たちだ」

老人はシートに背中を沈めると、過ぎにし青春を思いたどるように目を閉じて深い息をついた。

近藤はクレヨンの肩から顔を上げて老夫婦を見た。倅《せがれ》に代を譲って引退した事業家とそのつれあい、といったところか。老人は紺色のブレザーにアスコット・タイを締め、なかなかおしゃれである。豊かな銀髪も真白な口髭《くちひげ》も、極め付きのブリティッシュだった。

「……ふん。聞こえよがしの武勇伝か。五十年もたっちまえば、何だって言えるよな」

声が届いたのだろうか、老人はちらりと近藤を見て、軽く咳払いをした。

「シッ。聞こえるわよ、おにいさん」

「かまうものか。俺はああいうじじいは大嫌いだ。勝手な戦《いくさ》をして、生き恥を晒《さら》したうえにヨーロッパ・ツアーで武勇伝か。いい人生だよな」

「声が大きいってば。おにいさんの声はヒソヒソ話でもふつうの人の話し声より大きいぐらいなのよ」

クレヨンは近藤の頭を引き寄せ、耳元で歌うように続けた。

「あのね。あたしさっき、出発ロビーであのご夫婦の隣りにずっといたの。ご主人ったら、飛行機には乗りたくないって駄々をこねてた」

「おおかた俺と同じだろう」

「そうじゃないわ。奥さん、一生けんめい説得してた。思い出はきちんと整理しなければいけないって。あんなにはしゃいでいるのはね、ご主人を励ましてるのよ、きっと」

きれいごとに過ぎる、と近藤は思った。

雲をつき抜けて、機体はようやく安定した。チャイムが鳴った。とたんに、近藤はクレヨンの手をまるでけがらわしいもののように振り払った。

「あら、どうしたの」

「トイレだ。いちいち他人に干渉するな」

シート・ベルトをはずして立ち上がると、近藤はすぐ後ろのツアー・コンダクターの肩を摑んだ。

「ちょっと顔を貸せ」

気弱そうなツアコンは近藤の不穏な態度に怯《おび》えながら、トイレまでつき従ってきた。

「あの……何か不手際でも」

「席をかえろ。オカマの隣りだということがわかっていたなら、最初から申込みはしなかった」

「申し訳ありません。ごらんの通り満席なので」

「ゴメンですむなら警察はいらん。しかも、通路を隔てた隣りからは聞かでもの武勇伝だぞ。戦争アレルギーとオカマアレルギーの俺は、生涯の不幸を両手に抱えて十三時間を耐え忍ばねばならない。これがゴメンですむか」

ぐいと睨みつけると、気弱なツアコンは塩を振ったナメクジのようにちぢこまってしまった。頼りない添乗員ではあるが、その顔には「善良なる市民」と書いてあった。

「……まあ、仕方がない。不手際と言っても、べつに法をたがえたわけでもなし。君を責めても始まらん」

ぺこぺこと頭を下げながら、気弱なツアコンは席に戻って行った。

男四十五歳。もう少し鷹揚《おうよう》になれなければいけないと、近藤誠は深く自省した。

ところで——トイレのドアが開かない。「あき」とたしかに表示されているのに、開かない。乗客たちの視線が自分に注がれているような気がしてならなかった。

たぶん、開け方というものがあるのだろう。韓国ツアーに参加したときも、北海道に行ったときも、恐怖のあまりトイレにも立てなかった。したがってこのシチュエーションは生まれて初めてである。

これだ、と信じてステンレスのバーを引いたところ、それはただの手すりだった。あせるほどに尿意はつのった。

「はい、お客様。ドアはこのように」

スチュワーデスの白い手が魔法のようにドアを開けてくれた。ハッハッと笑ってごまかすと、客席からも失笑が洩《も》れた。

巨体には不自由な狭いトイレで用を足しながら、近藤は情けなくなった。

四十五年間、まこと名前の通り実直誠実に生きてきた。顧《かえり》みて天に恥じる行いは何ひとつしてはいない。その結果、署内では変人扱いをされ、惚れた女にもビンタをもらった。あげくの果てにトイレの開け方もわからず、人々の失笑を買った。

自分を遥かなパリへと飛翔させる力は、コンプレックスにほかならないのだと悟ったとき、近藤は暗澹《あんたん》となった。たかだか十日間の旅で何が変わるわけでもあるまい。おそらく自分は行くさきざきで人々の失笑を買い、変人扱いをされるのだろう。誠実であろうとすることは、時代に取り残されることなのだろうか。

日ごろの習慣でていねいに手を洗い、トイレから出ようとしたとき、あろうことか武勇伝の老人と鉢合わせした。一瞬、睨み合ってしまった。

「何か？」

不器用に問いかけたとたん、老人はいかにも退役軍人のように気を付けをして、白髪頭を下げた。

「どうしたんですか、いきなり。トイレ、どうぞ」

いえ、と老人は顔を上げずに呟《つぶや》いた。

「用足しではないのです。これから同じ旅をするあなたに、ひとことおわびを」

「おわび、ですか？」

「はい。五十年ぶりに空を飛んで、私はいささか有頂天になっておりました。あなたのおっしゃった通りです。私は勝手に戦をし、おめおめと生き恥を晒した上に、言わでもがなの武勇伝を口にいたしました。今しがた、あなたのご意見をずっと考えておったのです。で、ひとことおわびを」

老人はまるで叱責を待つ子供のように、小さな顔を近藤に向けた。

「……あの、私はべつに……ちょっと言いすぎました。気にしないでください」

「いえ。あなたのおっしゃったことはいちいちごもっともです。今後、身を慎みますので、どうかご容赦ください」

「はあ……こちらこそ、よろしく」

老人は大空の極みを見はるかすような、まばゆく清らかな瞳で、じっと近藤を見上げるのだった。

（何て下品な人たち。先が思いやられるわ）

ファースト・クラスのシートから身を起こして、桜井香は眉をひそめた。

パリ十日間、ペアで三百万という超豪華ツアーに、めったな客はいるまいと思っていた。だが、めったな客がいた。

まず身なりからして並ではない。四十代なかばのでっぷりと肥えた男は、エルメスのプリントシャツの胸をはだけて、成田山のお守りみたいな黄金のペンダントを覗かせている。靴もベルトもポーチもクロコダイル。はじめはやくざかと思ったが、それにしては緊張感に欠ける。つまり、ただの成り金。オーデコロンの匂いが、通路を隔てたこっちまで匂ってくる。しかも、頭はカツラ。離陸して体を起こしたとたん、演歌歌手みたいにキッチリと決めた髪形が前のめりに歪んだ。

スチュワーデスのことを、ねえねえおねえちゃん、だって。いきなりワインを注文して、あれやこれやと蘊蓄《うんちく》をたれながらガブ飲み。おまけに携帯電話を使おうとして注意された。

連れの女性は——フィアンセです、と紹介していたけれど、そういう言い方はまるで似合わない。

化粧や身なりからすると、女は水商売にちがいない。とってつけたようなシャネルのスーツにバッグ。男の駄ジャレにいちいち大げさな反応をする。

後ろの席で、下田夫妻が不平を言い始めた。

「あの方たち、ずいぶんご機嫌ですわね」

「ああ。楽しい気分は結構だが、ちょっと耳ざわりだな」

「世の中、いろいろな人生があるものなのね。まだ若いのに、夫婦で三百万なんて」

「あれは夫婦じゃないよ。婚約中というのも怪しいものだ。大方ただの不倫旅行だろう」

「私たち、あの人の年ごろには何をしてたのかしら。海外旅行どころか、温泉にも行ったことがなかった」

「すまない。苦労のかけ通しで……」

暗い。どうしようもなく暗い。バブリーなカップルも我慢ならないが、香にとってはこの陰鬱な夫婦のほうがむしろたまらなかった。

幸福が金で買えるとは思わない。しかし三百万を湯水のごとく使う旅が楽しくなかろうはずはない。現に自分だって、マンションを出たとたんから、とりあえずひとでなしの男のことは忘れている。だからはしゃぎ立てるバブリー・カップルは百歩譲って許すにしても、どんよりと灰色のカーテンを張りめぐらしたような下田夫妻の存在は苛立たしかった。

「パリでは、何でも好きなものを買いなさい」

夫の声は相変わらず半分が溜息だ。

「今さら宝石やお洋服を買ったところで始まりませんよ。それより、おいしいものでも食べましょう」

「そうだね。それが一番賢い金の使い方かもしれない」

いいかげんにしてよ、とまた怒鳴りたい気持ちをかろうじてこらえ、香はスケジュール表を開いた。

十日間のパリ滞在。一都市から動かぬ旅は贅沢だ。心ゆくまでパリを堪能しよう。面倒なオプションがないかわりに、自由時間はたっぷりとってある。

ノートルダム寺院やルーヴル、セーヌ川下り、ヴェルサイユ観光といったおしきせのコースはみんなで回るが、それも一日に一カ所で、時間の余裕はたっぷりある。まるで「きょうはルーヴルにでも行きましょうか」とでもいうような、のんびりとしたスケジュールだった。

これならメンバーの人たちと必要以上に仲良くなることもない。朝はホテルの朝食などとらずにぶらりと町に出て、おしゃれなキャフェでクロワッサンを食べよう。できるだけ自由に行動すればいい。小さなツアーなのだから、わがままはいくらでも許されるはずだ。

今回の主たる目的はショッピング。パリ・コレのシーズンだからどのお店も最高の品揃えをしているはず。あとさきのことなんか考えずに、爆発してやるわ。そう、バクハツよ!

お買物といえば、まずシャンゼリゼ。そしてグッチとエルメスがしのぎを削るフォブール・サン・トノレ通り。穴場はサン・ジェルマン・デ・プレ周辺。ＶＩＳＡとアメックスのゴールド・カードがパンクするまで、買って買って買いまくってやる。

「あら、ショッピングのご計画ですか?」

通りすがったツアコンに手元を覗きこまれて、香はガイド・ブックを閉じた。

「ええ。お買物の時間、たっぷりありますよね」

「そりゃあもう。何しろ今回のツアーにご参加のお客様は、みなさま選び抜かれたエグゼクティブでいらっしゃいますから。もしよろしかったら、私もお伴させていただきますわ」

この人と一緒なら心強いと香は思った。すごい美人。フランス語もペラペラだし、センスも抜群。

周囲を見渡して、香は声をひそめた。

「みなさんとゾロゾロ出かけるのはいやなんだけど……」

「もちろんですわ、マダム。ショッピングは働く女性の楽しみ。お忍びで出かけましょう、ぜひ」

「ありがたいわ。私、フランス語は全然ダメだし、見映えもしないからいつもなめられちゃうの。フランス人って、けっこうそういうところあるでしょう」

「ご安心を。シャンゼリゼのルイ・ヴィトンにも、フォブール・サン・トノレのエルメス本店にも、近ごろ品揃えが良いと評判のサン・ジェルマン・デ・プレのプラダにも、懇意にしている店員はおりますわ。サ・ヌ・フェ・リアン・マダム。おまかせ下さい」

ちょっと高慢な感じはするけれど、そのぶん頼りがいのありそうなツアコンは、にっこりと国籍不明の笑みを返して去って行った。添乗員は何と言ってもキャリア。あの落ち着いた物腰はただものではない。

香は朝霞玲子の後ろ姿に見惚《みと》れて振り返った。ふと、ゆったり配置されたシートの斜め横に座る男が目に留まった。同じツアーのメンバーなのだが、ずっとサングラスをはずさず、スウェードのハンチングを目深《まぶか》に冠《かぶ》っている。

黒のスーツに黒のタートル・ネック。アパレル関係か芸能人のイメージがある三十代なかばとおぼしき男。

(北白川右京《きたしらかわうきよう》!)

確信したとたんに男と目が合って、香はひやりと向き直った。心臓が轟《とどろ》いた。あれはまちがいなく当節のベストセラー作家、北白川右京だ。

『ダ・ヴィンチ』恒例の「抱かれたい作家」人気投票では三年連続ぶっちぎりのナンバー・ワン。香はこのところ、彼の描き出す恋愛小説にどっぷり嵌まっていた。

(まちがいないわ。本物の北白川右京よ。なんてラッキーなの)

もういちど振り返る勇気が湧かず、香は耳をロバにして斜め後ろの会話に神経を集中させた。

「先生。少しおやすみになられたほうがよろしいでしょう。だいぶお疲れのようですし」

連れの女性は編集者だろうか。パサパサに乾いた感じの四十女で、どう見ても恋人や秘書ではなかった。

「うむ……そうしようか」

キャー、と香は胸の中で叫んだ。イメージをけっして裏切らないバリトン。

「ところで早見《はやみ》君。ガードは確かだろうね。去年のイタリア取材のときのように、他社の原稿取りが追っかけてきたりはしないだろうね」

「心配はご無用です。パリには電話一本、ファックス一枚入ることはありません。書き下ろし長篇の残り二百枚、心置きなくお書き下さい。ガードは十全です」

「イタリア旅行のときにもたしか、ガードは万全、と言っていたが」

「は。何とご記憶のよい。しかし今回は万全にまさる十全です。何しろこのツアーは私が個人的にご用意したものですから。万が一わが精英社の内部に他社のスパイが潜入しているとしても、入社二十年目のリフレッシュ休暇が、まさか右京先生のグリップ旅行の隠れ蓑になっているとは考えもしないでしょう」

「なるほど……」

「向こう十日間、先生の行方は杳《よう》として知れません。まさに忽然《こつぜん》と、煙のように消えるのです。このことはわが精英社の役員すらも、編集長でさえ知らないのですから」

オフィスで鍛えた桜井香の地獄耳は、的確に二人の会話を捉えた。

そういう事情なら正面きってサインをもらうわけにもいくまい。せめて朝のキャフェで、カフェ・オ・レを飲みながらお話をするチャンスに恵まれたら――。

北白川右京が好んで書くパリの朝を、香はうっとりと夢見た。


「いい、戸川君。これから私の言うことを、ひとつ残らずメモして。あなたはバカなんだから、けっして頭で覚えようとしてはダメ。この計画には、わがパン・ワールド・ツアー・エンタープライズのすべてがかかっている。もちろん私と君の人生もかかってるわ」

エコノミー・シートの最後部の席に身をひそめて、朝霞玲子は全知全能をふりしぼった計画の一部始終を語り始めた。それはたしかに、戸川光男の頭脳では及びもつかない離れわざだった。

「シャトー・ドゥ・ラ・レーヌには十五室のゲスト・ルームがある。太陽王ルイ十四世が、おん自ら設計したパリ市内の別荘。客室はすべてスイートで、現代の旅行者にもけっして不自由させないだけの改装は施してあるわ。しかも、ルイ王朝の優雅はいささかも損なわれてはいない。その十五室の部屋のうち五室をキープした。部屋割りはここにあるわ。まず２０１号室は下田様ご夫妻。川崎で電機部品の工場を経営なさっている。顔色から察するに、あまり景気は良くなさそうだけどね。次に、２０２号室は自称不動産王の金沢様とそのフィアンセ。こちらは妙に景気が良さそう。タイミングのずれたバブル紳士というところかな。何でも、暴落した不動産を買い叩いて大儲けしているらしい。連れの女性は婚約者だと言ってるけど、さて、どうだか。２０３号室は桜井香様。お気の毒に、会社をリストラされたって言ってた。これはシングル・ユースです。２０４号室は私。ここは作戦司令部よ。出入りするときは人目に触れぬよう気をつけてね。それから、２０５号室は――」

お疲れさまです、とスチュワーデスがお愛想を言いながら通り過ぎた。いったん背を伸ばして微笑み返してから、二人はまたシートの蔭《かげ》に身を沈めた。

「これはヴィップ中のヴィップ。君は気付いてないようだけど、パスポートは本名だから無理もないわ。この部屋のゲストは、今をときめくベストセラー作家の、北白川右京先生」

えっ、と思わず声を上げた戸川光男の脇腹を、玲子の肘《ひじ》が突いた。

「シッ。お忍びよ、お忍び。連れの女性は恋人じゃないわ。出版社のお付き。機密事項だけど、何でもこの旅行中に小説を書き上げなきゃならないんですって。メモ、取ったわね。これが〈光《ポジ》〉ツアーのすべてよ」

戸川は緊張の余り咽が渇く思いだった。問題はその先だ。

「さて、君の担当する〈影《ネガ》〉ツアーは、半地下のワインセラーを改造した五つの部屋に入ってもらう。倉庫といっても、ふだんは従業員が使っている部屋だから、最低限の設備は整っているわ」

「ち、ちょっと待って下さいよ、マネージャー。いくらエコノミー・ツアーだからって、最低限の設備だなんて……」

「エクート。話はちゃんとお聞きなさい。いい、ともかくシャワー・ルームとベッドはある。どだい十九万八千円で、あのシャトー・ドゥ・ラ・レーヌに泊まろうっていうんだから、みなさん多少の覚悟はしているはず」

「それにしても、半地下の従業員室じゃ、いくら何だって……」

玲子は薄い唇を歪めて、不敵な笑い方をした。

「マジックを使うわ」

「マジック?」

「そう。私の考え出した魔法よ。ワインセラーは〈影《ネガ》〉のみなさんに眠っていただくだけの場所。それぞれちゃんと、シャトー・ドゥ・ラ・レーヌのスイート・ルームをご提供します」

「ど、ど、どうやって」

「あなた、スケジュール表は読んでるの?」

戸川光男は〈影《ネガ》〉ツアーのスケジュールを開いた。

「聞こうと思っていたんだ。これ、まちがいじゃないのかな。毎朝八時にホテルを出て、キャフェで朝食。観光は午前中に終わって、午後はホテルに戻るって、どういうことですか」

「わからない?」

戸川は生唾を呑み下した。まさかとは思うが、そんなことが果たして可能なのだろうか。

「つまり、その……二つのツアーが一つの部屋を共用するっていうことですか。他人同士が、同じ部屋を……」

「ウィ・ムシュウ。トゥット・メ・フェリシタシオン。よくできました、おめでとう」

玲子が差し出した手を、戸川光男はとうてい握り返す気にはなれなかった。

「私の〈光《ポジ》〉ツアーは、ゆっくりとお昼前にホテルを出て、夕食をおえるまでは帰らないわ。毎日、名だたる三ツ星レストランのディナーが付きますからね。少くとも正午から午後九時までは戻らない。いえ、私が帰しません。あなたの〈影《ネガ》〉ツアーのお客様は、その間ご自由にスイート・ルームを使うことができます」

「そんな……信じられないよ……」

「大丈夫。ホテルも共犯だから」

「何だって？　ホテルが、あのシャトー・ドゥ・ラ・レーヌが共犯――」

「ウィ・ムシュウ。ご存じの通り、今は世界的な大不況。フランスも十一パーセントの失業者を抱えているわ。いくら格式が高くたって、ゲスト・ルームが十五室しかないホテルがやっていけるはずはない。しかも、パリ・コレに参加するために全館を予約していた日本のアパレルメーカーが倒産した。ホテルとしては致命的なバッド・タイミングよ。わが社とシャトー・ドゥ・ラ・レーヌは利害が一致したの。おたがい緊急に必要なお金を調達するためには、この方法しかない」

戸川は背筋が寒くなった。一つの部屋を二組の客が共用するなど、観光史上において前代未聞だ。

「社長《ボス》は頭がいいわ。月末の手形決済に必要な一千二百万、ゴリ押しをしてシャトー・ドゥ・ラ・レーヌを共犯に仕立て上げたってわけ。きょうび百五十万円のツアーに参加する客なんて、わが社の集客能力ではせいぜい六、七人が限度。不足分は半地下の従業員室に泊まらせるエコノミー・ツアーで何とか補う。シャトー・ドゥ・ラ・レーヌの看板を利用して、この大ピンチを乗り切るのよ」

「もし、失敗したら――」

玲子は切れ長の目を剝《む》いて戸川を睨みつけた。

「失敗は許されない。もしお客様から不平が出たら、わがパン・ワールド・ツアーは倒産する。

へたをすれば三百年の歴史を誇るシャトー・ドゥ・ラ・レーヌも道連れね。計画の詳細についてはまた改めて説明するわ。ともかくアウトラインはそういうこと」

戸川光男は玲子から目をそむけて、眼下に行き過ぎる雲海を眺めた。

鉄のかたまりが、どうして空を飛んでいるのだろう。支えるものは何もないというのに——。

4

最新鋭機ボーイング777《トリプルセブン》は、涯《は》てもなく続くシベリアのツンドラ上空を、一路パリに向かって飛行する。

スチュワーデスが窓の日除《ひよ》けをおろし、機内の灯りをおとしてしまうと、時も場所も定かならぬふしぎな闇がやってきた。

戸川光男は腕時計を見た。日本時間の午後五時二十分。そんな時刻など、もう何の意味もないが。

ツアー客たちは眠りについただろうか。きっと美しいシャンゼリゼの夢を見ているのだろうと思うと、戸川は暗い気分になった。

読書灯をつけ、朝霞玲子の指示をぎっしりと書きこんだ手帳を開く。押し殺した声が耳に甦《よみがえ》った。

（いい、戸川君。あのシャトー・ドゥ・ラ・レーヌに泊まる十日間の旅が、たったの十九万八千円。これは夢よ。同じ値段で四十日間の世界一周ができると言ったほうが、まだ信じられるくらいの。お客様はこの奇跡を承知している。だから多少の不都合は辛抱するはず。そう、多少の不都合よ――）

いったん手帳を閉じ、戸川は酸素を求めるような深呼吸をした。めまいがするのは、乱気流のせいではあるまい。どんなベテランの添乗員だって、こんな仕事を与えられれば正気を失う。

〈私の〈光《ポジ》〉ツアーは、ゆっくりとお昼前にホテルを出て、夕食をおえるまでは帰らないわ。毎日、名だたる三ツ星レストランのディナーが付きますからね。少くとも正午から午後九時まではは戻らない。いえ、私が帰しません。あなたの〈影《ネガ》〉ツアーのお客様は、その間ご自由にスイート・ルームを使うことができます。いいですか、あなた方はまず朝の八時にホテルのダイニングで朝食をすませ、即刻市内観光に出る。どんなことが起こっても、正午まではホテルに帰しちゃだめよ。午後一時からは、自由にスイート・ルームを使わせて。部屋割りはここにあるわ。そして夜の八時になったら、夕食に連れ出す。まさか三ツ星レストランというわけにはいかないけど、全食事付。リーズナブルでおいしいフランス家庭料理や、中華やアラブ料理を毎晩味わっていただきます。〈光〉と〈影〉が入れ替わる間に、ホテル側は万全のルーム・メイクをする。何ひとつ存在の痕跡を残さないようにね。遅い食事がすんだら、地下のワインセラーに戻って、おやすみなさい。十日間これをくり返すだけよ。難しいことなんて、何もないわ）

明晰《めいせき》な頭脳と男まさりの胆力を兼ね備えた朝霞玲子にとっては、たやすいことなのだろう。だが、実務経験にとぼしく、フランス語どころか英語も満足にはしゃべれない戸川にとって、この計画はまさにめまいのするような話だった。

ひとつのゲスト・ルームを、二組のツアー客が共有する。不景気という魔物が考え出した、これは空前のトリックだ。

読書灯を消し、戸川は薄闇をすかし見た。はるかな通路の先の、灰色のカーテンの向こうに、〈光《ポジ》〉ツアーの七人の客が眠っている。成田のチェックイン・カウンターで、遠目に見たひとりひとりの姿が思い起こされた。

桜井香さんというリストラOL。下田さんという工場主とその夫人。金沢さんというバブル紳士とその連れ。そして、流行作家・北白川右京氏と女性編集者。

どれも一筋縄ではいかない感じがする。もっとも、どのような内容であれ、十日間の旅に百五十万円の大金を出す人間が、ふつうであるはずはないが。

戸川は席を立って洗面所に向かった。ともかく、矢は放たれてしまったのだ。できるかできないかではない。やらねばならない。

顔を洗い、胃薬を飲んで席に戻る。午前十一時四十分に成田を発ち、地球をぐるりと回ってフランス時間の午後四時五十五分にパリに到着するJAL405便は、とりわけ旅行者に人気があるそうだ。十三時間の長いフライトだが、たしかにこの時間割は体に負担がかからない。

ブローニュの森やシャンゼリゼの街路樹が色付き始める美しい季節。ロンシャンでは世界の駿馬が凱旋門賞を競い、パリ・コレの幕が華やかに開く。機内に空席が見当たらないのは、当然だろう。

元警察官の近藤誠さん。大きな体をエコノミー・シートにやっと嵌めこんで眠っている。隣りの席は、黒岩源太郎《くろいわげんたろう》さん。ブリーフィングのとき名前を呼んだら、「やめて。クレヨン、って呼んで」と言った。それまでは誰もが女性だと信じていたようだ。クレヨンさんはなかなか寝つかれぬらしく、近藤誠さんの肩に頬を預けて、ポロシャツの襟元から溢《あふ》れ出る胸毛を指先で弄《もてあそ》んでいる。

この二人には同じワインセラーの客室を使っていただくのだけれど――まあ、何とかうまくやって行くだろう。

ふいに窓から、一条の朱《あか》い光が差しこんだ。

「少しお休みになったほうがいいですよ、あなた」

岩波《いわなみ》夫人がまばゆげに瞳をかばいながら言う。

「ああ、起きてたのか――見てごらん、シベリアだよ。一木一草もない。こんなところに何年も抑留されていた人たちは、さぞご苦労だったろうねえ」

「またそんなことばっかり……」

夫人が手を伸ばして日除けをおろしても、岩波さんはまるでそれを見透《みとう》すように窓に向き合っている。背を向けた夫人の表情に、昼間の朗らかさはなかった。

「五十年たちましたよ、もう……」

「私にとっては、きのうのことだよ」

言い返そうとする言葉が声にならずに、夫人は毛布で顔をくるんでしまった。つい先ほどまでは周囲の顰蹙《ひんしゅく》を買うほど明るいご夫妻だったのに、何かあったのだろうか。

だが、この岩波さんご夫妻は服装もきちんとしているし、齢なりに良識的な人格者だと思う。いざというときには、きっと力になってくれるだろう。

そのうしろの席は、丹野《たんの》さんご夫妻。このお二人はとても神経質だ。まるで指名手配犯の逃避行みたいに落ちつかない。成田のターミナルでも、ずっとキョロキョロし通しだった。

夫人は「パリお買物ガイド」を読んでおり、夫は電卓を片手に何やら計算をしている。戸川が微笑《ほほえ》みかけると、まるで悪事が露見したように手元を隠した。

「何かご用？」

と、キツネのように細い目を吊り上げて丹野夫人は言った。

「いえ。何かご不自由なことはありませんか」

「不自由？　――不自由って言えば、世の中不自由なことだらけだわ」

夫がギョロリと横目で睨んだ。こちらも糸を引いたようなキツネ目である。

「余計なことは言うな――ああ、べつに不自由などないよ。かまわないでくれ」

この二人が一番厄介な客かもしれない、と戸川は思った。

丹野さんご夫妻と通路を隔てた席に、仲良しビジネスマンの二人。谷《たに》さんと香取《かとり》さん。三十代後半の、エリート中間管理職といったところか。

きちんとネクタイを締めたこの二人は、何でも大手アパレル会社のバイヤーだそうだ。そのわりには地味なスーツを着ている。パリ・コレの視察ということなのだが、だったらなぜこのツアーなのか、という疑問は残る。

「ああ、戸川さん」

と、香取が黒縁のメガネを指先で押し上げながら戸川を呼び止めた。

「ちょっとお訊ねしたいことがあるんですが」

「はい、何なりと」

「ファースト・クラスにもう一組、ツアーが入っていますよね」

戸川は一瞬ひやりとして、しどろもどろになった。

「え？　……あ、はい。そのようですね」

ぶ厚い小説を読んでいた谷が顔を上げて、質問を続けた。

「そのツアーの宿泊先は、ご存じですか？」

「ええっ……いや、その……ホテルまでは」

「だって、さっきあなたと話していたのは、そのツアーの添乗員でしょう。きれいな女性ツアコン」

「あ……あれはただの知り合いです。ツアコンって、旅先でしょっちゅう一緒になりますから」

「そうですか。では、そこでお願いがあるのですが」

言いかけて、二人のビジネスマンは何やらヒソヒソと言葉をかわした。香取がクソ真面目な顔を向けた。

「そのツアーの宿泊先はどこか、調べてもらえませんかね」

膝が震えた。いったいこの二人は何者だ。

「あのう……」

戸川はあたりを窺《うかが》いながら通路に屈《かが》みこんだ。生来、嘘をつくのは苦手である。いや、真実を主張することさえ満足にできぬ内気な性格なのだ。このさき十日間、さまざまの嘘をついてこの人たちを欺《だま》し続けるのかと思うと、ただでさえ蚊の鳴くような戸川の声は、まるで虱《しらみ》の囁きのようになった。

「ツアコンはお客さまのプライバシーを守らなければなりませんから……そういうことを調べたり、口にしたりするのは、ちょっと……」

二人は顔を見合わせ、またヒソヒソと不穏な会話をかわした。

「わかりました。おたがいビジネスマンですからね。戸川さんに頼むことじゃなかった。失礼しました」

自分たちで調べる、というふうに聞こえた。

まずい。これはまずい。

「あの……どういったわけで?」

「実はね、キタ——」

キタとたしかに言いかけた香取の口を、横あいから谷の手が蓋をした。

「実はね、キタフィラファワ、フヒョウフェンフェイノフィバフョヲ」

「黙れ香取。それを口にする必要はないだろう」

「いえ、谷さん。こういうことははっきりとしておいたほうが」

「いかん。なにもツアコンの力を借りることはないんだ。あのキタ――」

こんどは逆に香取の手が谷の口を押さえこんだ。

「あのキタフィラファワ、フヒョウフェンフェイノフィバフォハ、ファレファレデフィラベヒョウ」

「谷さん」

「香取くん」

たがいの愚かしさに気付いて、二人は引っこめた手を握り合い、決心するように見つめ合った。

咽がからからに渇いてしまった。謎《なぞ》の客に一礼をして、戸川光男は席に戻った。

寝つかれぬ八つの頭が、薄闇の中で昆虫のようにうごめいている。ミネラル・ウォーターで渇いた咽を癒しながら、戸川は気付いたのだった。

百五十万もの大金を出して十日間のパリ・ツアーに参加する客がふつうでないのと同じぐらい、たったの十九万八千円であのシャトー・ドゥ・ラ・レーヌに十日間も逗留しようとする客は、一筋縄ではいかないのだ。

いやたぶん、それ以上にふつうではない。

「谷さん。まちがいないですよね」

「ああ、まちがいない。いくら変装をほどこしても、あの体全体から立ち昇るオーラは北白川右京先生のものだ」

「しかしそれにしても、われわれを出し抜いてパリにグリップ旅行とは、精英社も油断がなりませんね」

「まったくだ。精英社はコミック誌と女性誌で成り立っているという業界の共通認識は、今後あらためねばなるまい。おそるべし精英社。おそるべし、早見リツ子……」

香取良夫《よしお》は悔やしさのあまり拳を握りしめ、唇を嚙んだ。

北白川右京のこのさきの執筆原稿をめぐって、三社の間に「闇の談合」が成立したのは、わずかひと月前のことである。むろんそれぞれの会社の関知するところではない。三人の担当編集者の間で、「右京先生の原稿は三社で持ち回り」という闇協定を批准《ひじゅん》したのだった。

三人の担当編集者とは、文芸四季社の香取良夫、音羽社の谷文弥《ふみや》、そして精英社の早見リツ子である。

この協定は北白川右京の担当者懇親会である「右京会」の定例旅行の際、箱根湯本のホテルのバーで、まったく秘密裏に取り決められたものだった。もちろん法的拘束力などない。契約書もなければ、それぞれの上司さえも知らぬ密約である。

「早見リツ子を、甘く見ましたね」

「ああ。まさかあいつが、これほどの抜け駆けをやらかそうとは——」

二人は一瞬見つめ合い、同時に咳払いをして目をそらした。

谷が何を考えたのか、香取良夫にはよくわかった。要するに、自分と同じことだ。

闇協定が成立したとき、もしこの密約を破って抜け駆けをするとしたら、音羽社の谷だろうと考えた。谷も香取だけを警戒したにちがいなかった。つまり、精英社の早見リツ子については、二人の間の緩衝剤、もしくは密約の立会人、という程度にしか認識していなかったのだ。

「歌って踊れる編集者、としか考えていなかったんだがな。甘かった」

と、谷はベテラン編集者らしい的確な表現をした。まさにその通りである。懇親会の席でも、早見リツ子はカラオケのマイクを離さなかった。そういうキャラクターなのだと信じ切っていた自分たちが甘かった、ということになる。

「問題は――」

と、谷文弥は見ようによっては聡明に見える軽薄な顔を、はるかな闇に向けた。

「問題は、抜け駆けをした早見よりも、それを許した右京先生のほうだと思うが、どうだね香取君」

「たしかに。今後はわれわれ三社でお仕事を取りまとめますと報告したとき、先生は大喜びをなさいました。そりゃそうですよ、他の出版社や新聞社といっさい付き合わなくていい。大手三社からだけ本が出版されれば、流行作家にとってこんな楽なことはないですからね。しかもきちんと順序の決まった、持ち回りの出版計画が提示されれば、ご自身もじっくりといい仕事ができる。プライベートな時間も作れます」

「では、なぜだ。なぜ先生は自ら協定を壊すようなまねをなさったんだ」

まったくの謎である。銀座の文壇バーで、ちかぢか右京先生がパリに行くという噂を耳にしたとき、てっきり音羽社の谷が抜け駆けをしたと思った。しかし、谷は潔白だった。その期《ご》に及んでも、まさか精英社の歌って踊れる編集者・早見リツ子の仕業だとは毛ほども考えなかった。

右京先生に問い質《ただ》しても、ヤボなことは訊くなよ、と笑うばかりである。しかしどう考えても、女どころか酒もタバコもやらぬ右京先生に、訊くだけヤボなパリ旅行は似合わない。どこぞの出版社が仕組んだ、原稿を書かせるためのグリップ旅行にちがいないと、香取は確信していた。

で、こうなったらパリで待ち伏せするしかない、と思った。

「それにしても谷さん。このクソ忙しい時期に、よく休暇が取れましたね」

と、嫌味をこめて香取は訊ねた。

「そりゃキミ、右京先生の原稿は、わが社の最優先事項だからね。そっちだって同じだろう?」

「まあ、そうにはちがいないですけど。でも、二人してパリで待ち伏せっていうのも、よく考えてみれば何だか大人げない気もします」

「いや、当然の行動だ。作家が他社にグリップされたときは、必ず横槍を入れること。文芸編集者のセオリーだよ、セオリー。何しろわれわれは、限りある原稿の奪い合いをするのが仕事なんだから」

やはりこの男は信用できない、と香取は思った。そもそも密約の提唱をしたのは谷文弥である。そのときはたしか、先生に名作を書いていただくためとか、先生のご健康のためにとか、きれいことばかりを言っていた。

「そういう君こそ、このクソ忙しい時期によく十日間も休暇が取れたね」

「実は社用ですよ。休暇じゃありません」

「社用？」

「はい。右京先生のパリ旅行に随伴する、ということで」

急な話だった。右京先生のパリ行きの日程を確認したのは一週間前である。連載エッセイを担当している週刊誌の編集者をしめ上げて、「絶対秘密」の旅程を聞き出したのだった。あわてて飛びこんだそこいらの旅行社に、ただの偶然か神の配慮か、同じ日程のパリ十日間格安ツアーが売れ残っていた。谷は二つ返事で香取の誘いに乗った。

やはり、これはただの偶然などではあるまい。成田空港の出発ロビーで、まごうかたなき北白川右京先生のお姿と、黒子のように付き随《したが》う早見リツ子を発見したとき、これは神の配慮だと信じた。

「ところで、香取君。『憧れのシャトー・ドゥ・ラ・レーヌに泊まる十日間の旅』って、どういうこと？」

読書灯にパンフレットをかざしながら谷が訊ねた。パンフレットと呼ぶほど上等ではない。ワープロで打ったチラシである。

「さあ。有名なホテルなんじゃないですか」

「知ってるの？」

「ぜんぜん。パリは生まれて初めてですから。谷さんは？」

「知るわけないだろ。独身ＯＬじゃあるまいし——なになに、ルイ十四世の時代からおよそ三百年の歴史を誇る、パリの中のパリ、だってさ。前代未聞にして空前絶後の企画、だそうだ」

「ま、そんなことはどうだっていいですけど。ともかくパリに着いたら、右京先生の宿泊先を何とか調べなくては」

「それほど難しいことじゃないよ。今をときめく北白川右京が泊まるんだから、超一流のホテルに決まっている。だとすると、プラザ・アテネか、クリヨン。リッツかもしれない」

「ホテルをつきとめたらどうしますか」

べつに何をする必要もない。偶然を装ってディナーの卓を囲めばそれでいいのだ。勝手な真似をしてもらっては困る、すべてはお見通しなのだよということを、右京先生と早見リツ子にわからせればいい。

しかし、谷文弥は空港で買った『るるぶパリ』を読みながら、唇だけで言うのだった。

「右京先生をわれわれの手に奪還する。いいね、香取君。このパリ旅行はまさにわれわれのアイデンティティーをかけたデモンストレーションじゃないか。われわれの実力をもって、右京先生を奪還するぞ」

「早見君、おい、早見。起きろ」

早見リツ子はまどろみから目覚めた。右京先生が眉間に皺《しわ》を寄せて覗きこんでいる。ファースト・クラスのシートをフル・フラットに倒して、ぐっすりとおやすみになったはずなのに、いつの間にかフル・フラットは自分のほうだった。

リツ子はあわててシートを起こした。

「これは失礼しました。どうなさいました、おやすみになれませんか?」

「いや……」

右京先生は扇のような睫《まつ》毛《げ》を伏せて言い淀んだ。いけない、鬱状態に入ったらしい。さっきまであんなに朗らかだったのに。

「なにか?」

「あのな、今ふと思い出したんだが、成田空港に誰か見送りが来てやしなかったか」

「見送り? ――まさか」

「そうか。そうだよな。錯覚だよな」

言いながら右京先生は、痛みに耐えるかのように顔をしかめた。

「チェックイン・カウンターのあたりで、音羽社の谷と、文芸四季の香取を見かけたような気がしたんだが」

ホッホッホッ、と早見リツ子は笑いとばした。

「夢ですよ、夢。今しがた寝入りっぱなに、そんな夢をごらんになったのですよ。考えてもごらんなさいな、先生。もしチェックイン・カウンターで彼らを見かけたのなら、そのときそうとおっしゃるはずでしょう」

「だが、しかし――」

と、右京先生は少女のように黒目の勝った瞳をリツ子に向けた。

「しかしね、早見君。僕はちかごろ、現実とイマジネーションの見分けがつかなくなっているんだ。そのときも、一瞬たしかにそう思ったんだが、じきに見えなくなったので幻だと自分自身に言い聞かせた。だが、今から考え直してみると、やはりあれは――」

「まぼろしです」

と、リツ子は断定的に言った。

「さきほども申し上げましたように、今回の旅についてのセキュリティは万全です。先生のお姿は、向こう十日間、日本から煙のように消えてなくなるのです」

右京先生は疲れ切っている。連載小説を五本、エッセイを九本、他に書き下ろし小説を二十一世紀のなかばまで抱えこんで、ほとんど数時間おきの締切に追われている。奥様が泣く泣くおっしゃるところによれば、近ごろでは執筆も食事も睡眠も用便も、書斎の椅子に座ったままなのだそうだ。

たしかに、出版業界で言うところの「書ける作家」ではある。右京先生の原稿はまるで封建時代の年貢のように、「絞れば絞るほど出る」のである。しかし、紙おむつまではいて原稿を書くのは、いかんせん労働の限界を越している。

また業界には、「右京先生マゾ説」という根強い噂もある。そのようにして自分自身を痛めつけることに、先生は快感を覚えている、というのだ。しかしその点は奥様に確認するまでもなく、身近に仕事ぶりを見ている早見リツ子にははっきりと否定できた。

先生は佐渡のお生まれである。だからマゾではない、と断言するのはいささか詭弁《きべん》であるが、要するに若い時分、志を立てて上京し、ひどい苦労をして作家デビューを果たした。そんな右京先生の胸のうちには、長いこと抱き続けていた小説家への夢が、流行作家となった今も一種の強迫観念となって燃えさかっているのだ。

書かねばならぬという使命感。それは悪魔のように、右京先生の痩せた体を被《おお》いつくしている。

「ところで、早見君」

と、右京先生は少し平静を取り戻して訊ねた。

「本当にあのシャトー・ドゥ・ラ・レーヌに泊まれるのだろうね。それは夢ではないのだろうね」

「はい。夢ではありません。世界中のツーリストの憧れの的、ヴォージュ広場のシャトー・ドゥ・ラ・レーヌに、十日間もご逗留になれるのです」

「信じられん……まったく夢のような話だ。スタンダールが、バルザックが、こよなく愛したシャトー・ドゥ・ラ・レーヌ。ヘミングウェイがアメリカ人だというだけの理由で断られたという、あの格式ある〈王妃の館〉に……」

「もちろん今はそれほどまでに無慈悲なことは言いませんが」

見知らぬ旅行社からのダイレクト・メールを開いたときは、リツ子もにわかに信じられなかった。百五十万円は目の玉の飛び出るような価格である。だが、あのシャトー・ドゥ・ラ・レーヌに十日間も宿泊できるチャンスなど、一生に二度とあるはずはないと思った。

さして迷いもせずに申し込んだとたん、シングル・ユースは二百万円と言われた。しごく当然である。そういうことなら誰かを誘わなくてはと思い悩んでいるうちに、まるで天から降り落ちてきたような名案が浮かんだのだ。

書きかけのまま二年間も頓挫《とんざ》している書き下ろし小説の原稿を、一気に手にするチャンス。そして、いつも自分を「歌って踊れる編集者」などと言って小馬鹿にしている、谷と香取を出し抜くチャンス。いえ何よりも、前半二百枚を読んだだけで、畢生《ひっせい》の大傑作だと確信できる『ヴェルサイユの百合』を、世に出すチャンス。

百五十万円はとりあえず自腹になるが、結果を考えればそんなものは痛くもかゆくもない。

「ああ、そうだ。たしかこの旅行は編集長も知らない極秘事項だと言っていたけど、勘定はどうなっているの？」

リツ子の胸のうちを見すかすように、右京先生はやさしく低いバリトンで訊ねた。

「え？　――お金ですか。そんなことでしたらご心配なく」

「まさか君の自腹じゃないだろうね」

長い苦労の末に作家となった右京先生はいらぬ気くばりをする。編集長も知らぬことを、経理が知るはずはなかろうと、考えついたのだ。

「こんな夢みたいな話なのだから、代金はすべて僕が払わせてもらうよ。むろん君の分も。ぜひそうしてくれたまえ」

ただ気くばりがいいだけではない。この人はなんてやさしい人なのだろうとリツ子は思った。

だが、ここは心を鬼にして——。

「そんなことより、先生。『ヴェルサイユの百合』の残り二百枚、必ず十日間でお願いします」

わかってるよ、と言い残して、右京先生の体はフル・フラットのシートとともに闇の底へと沈んだ。

溜息がやがて寝息に変わるまで、早見リツ子はぼんやりと、先生の骨張った手を見つめていた。

5

ふしぎな二組のツアー客を乗せたＪＡＬ４０５便は、ふしぎなくらい何ごともなく、フランス時間十六時五十五分ぴったり定刻通りに、ヨーロッパの大地に着陸した。

パリ北方二十五キロに位置するシャルル・ド・ゴール空港は、三一〇四ヘクタールの敷地内に二つのターミナルを持つ、ヨーロッパ最大のエアポートである。

低空からそのたたずまいを見下ろしたとき、人々はまず緑の森と豊かな田園風景に驚かされる。パリから二十五キロということは、要するにほんのそこいらである。東京ならば家を建てるどころかおいそれと駐車場も借りられぬ至近距離に、ヨーロッパの玄関にあたる大飛行場があるのだ。午前便に乗るためにはへたすりゃ成田に一泊しなければならない多くの日本人にとって、このロケーションはまことに信じ難い。

そしてさらに観光客の度肝を抜くのは、まるでＳＦ映画を見るような空港の意匠である。シャルル・ド・ゴール空港はさながら宇宙ステーションのごとく、強化ガラスとジュラルミンでできている。

　ボーディング・ブリッジを出たとたんから、近藤誠の口はぽかんと開いたまま塞がらない。警察というアナログな職場で生きてきた彼にとって、そこの印象は憧れのパリに到着したというより、遥かな未来にタイム・スリップしてしまったようなものだった。

　サテライトを通過し、動く歩道でトランジット・フロアを抜け、トンネル状の長いエスカレーターに乗る。いまわしいオカマの手がずっと自分の体を支え続けていることにさえ、近藤は気付かなかった。

「な、な、なんだここは。外人ばかりじゃないか」

　フフッと、見ようによっては艶《あで》やかな口元をほころばせて、クレヨンは笑う。

「なに言ってるの、おにいさん。外人はあなたでしょうに」

「ばかなことを言うな。俺は日本人だ」

「しっかりして。ほら、ちゃんと歩かないと置いてけぼりになるわよ。おいっち、に、おいっち、に――そうじゃないでしょうが、歩くときは左手と右の足、右手と左足を揃えて。はい、おいっち、に」

「こ、こうか」

「そうじゃないってば。右手と右足を一緒に出すから歩きづらいのよ」

「え？　……フランスの歩き方は難しいんだな」

「ちーがーうーっ！　もう、やだ。面倒みきれないわ。あたし先に行くからね」

「待ってくれ、おい、クレヨン。俺をひとりにするな。ええと、右手と右足を揃えて、と。わあ、疲れる。しかも思うように前へ進まん。いったいどうなっているんだ、フランスという国は」

不自由な歩様《ほよう》で人々の後を追いながら、近藤はおのれの人生を深く反省した。

自分は誰よりも努力をし、誠実に職務を遂行し、肉体を鍛練してきた。だが所詮は井の中のカワズであったのだ。ひとたび日本を離れれば、満足に歩くことさえできない。フランス人は子供のころからよほど厳しいしつけをされているのだろう。もともと努力そのもののレベルがちがうのだと、近藤は思った。

「みんな、たいしたものだな」

ようやくクレヨンに追いすがって、近藤はしみじみと言った。

「何が?」

「ツアーのみなさんだよ。郷に入《い》っては郷に従えとばかりに、何ら苦心する様子もなくサクサクと歩いているではないか」

「……わかったわ。あたしが教えてあげる。肩を抱いて」

「こ、こうか。なるほど、二人三脚の要領だな」

「おいっち、に、おいっち、に。ほうら、簡単でしょう、おにいさん」

「おお。何だかフランス人になったような気分だ」

ふと、胸のときめきを感じた。いかん。こいつはたしかに器量よしで、一見したところ妙齢の美女に見えぬこともない。しかしその正体はれっきとした男なのだ。

抱き合って歩くうちに突然思いうかんだ「伴侶《はんりょ》」という言葉を、近藤は懸命に打ち払った。情ない話だが、ちかごろむやみに人恋しい。

「肝心なことを聞き忘れていたんだけどさ、おにいさん、結婚したことないの？」

近藤の腰を引き寄せて歩調を合わせながら、クレヨンは訊ねる。

「バツイチに見えるか。ま、年齢からすれば、そうだよな。だがあいにく、そういう過去はない」

実は結婚どころか、きまった女性とまともに付き合った経験もなかった。むろん、恋は星の数ほどもした。いわば通りすがりにでも恋に落ちるタイプである。だがそれらの輝かしい星ぼしは、不器用な告白のとたんにことごとく消滅した。

思えば性懲りもなく犯罪をくり返す、スリや痴漢のようなものだと思う。片想いの常習犯だ。

「ありがとう。もう大丈夫だ」

クレヨンの肩をそっけなく押し返して、近藤はとぼとぼと歩き出した。

水野警部補のことは――いや、もう職場は離れたのだから、あえて「淳子」と呼ぼう。

そう、淳子を心から愛していた。どのくらい愛していたかというと、夜な夜な欠かしたことのない孤独な悦楽のオカズにしたためしもなかったくらいだ。妄想のあとで近藤は必ず制服姿の淳子の写真を見つめ、おのれの不倫を詫《わ》びた。

「そうか、わかった。おにいさんフラれたのね、彼女に」

「わかるか」

と、近藤は歩きながら訊ねた。

「だってさ、ときどき彼女の写真をジッと見つめてるじゃない。死んじゃったんじゃなけりゃ、フラれたんでしょ」

淳子の写真を眺めることは、食事や用便と同じくらい近藤の日課になっているのだった。

「つまり、これは傷心の旅ね。あたしと同じよ」

「同じ？」

「うん。実はあたしもね、彼にフラれちゃったの……ピエールには、すべてを捧げたわ」

クレヨンの横顔には、長い夜の間に伸びた髭が、うっすらと浮いていた。

「外人か」

「そう。フランス人よ。三年も一緒に暮らしたんだけどね、雨の朝に目が覚めたら、いなくなってたの」

地の底まで続くかと思われるほどの、長いエスカレーターを下る。足元から照らし上がる光が、丸い天井をほの白く染めていた。

「エクスキュゼ・モワ」

あわただしく脇をすり抜けたフランス人に肩を押されて、クレヨンはあやうく踏みこたえた。

「ジュ・ヴー・ドゥマンド・パルドン」

フランス人はクレヨンの腕を扶《たす》け起こし、低いバリトンで詫びた。そのとたん、さして考えるふうもなく、クレヨンは流暢《りゅうちょう》なフランス語で答えた。

「パ・デュ・トゥー・ムシュウ。サ・ヌ・フェ・リアン。アプレ・ヴー・ジュ・ヴー・ザン・プリ」

　フランス人はにっこりと笑い返して、エスカレーターを降りて行った。

「おい。何だよおまえ、いま何て言ったんだ」

「ご心配なく、お先にどうぞ、って」

「ひえ。フランス語、しゃべれるのか」

　振り返ったクレヨンの顔は、暗い紗《しゃ》がかかったように沈んでいた。

「だって……だってさ……」

　ルージュのはげかけた唇を噛《か》みしめると、下瞼《まぶた》にみるみる涙が盛り上がった。成田エクスプレスの中で出会ってから、かたときも絶やすことのなかった微笑は消えてしまっていた。

「わかった。もういい、もうその先は言うな」

　エスカレーターの一段下からクレヨンは近藤を見上げ、つなぐ言葉を探しあぐねていた。

「ピエールとは、ずっとフランス語で話してたから……」

「もういいって。忘れろ、忘れちまえ」

　このオカマはいったい何のためにパリまでやってきたのだろうと思ったとたん、近藤は両腕の中にクレヨンを抱きしめていた。

　エスカレーターの白い光の中で、クレヨンは傷ついた小鳥のように、ずっと痩せた肩をわななかせて泣き続けていた。

小旗をかかげて、戸川光男はうしろを振り返った。

〈影《ネガ》〉ツアーの八人の客は行儀よく一列に並んでエスカレーターに乗っている。

内ポケットの携帯電話が鳴った。朝霞玲子とのホット・ラインだ。掌で口元をかばいながら、戸川は声をひそめた。

「もしもし、戸川です。いまどこですか」

〈荷物のピックアップはすんだわ。これからリムジンに分乗してホテルに向かう。そちらは、どこ？〉

「もうじきエスカレーターを降りますけど」

〈ジェ・コンプリ。今のところ問題は何もないわ。荷物を受け取ったら、全員揃って入国審査よ。ほとんど素通りだから大丈夫。もし係員に呼び止められたら――〉

戸川は機内で丸暗記してきたフランス語をたどたどしく口にした。

「グループ・ドゥ・トゥーリストゥ」

〈そう。それでいいわ。ツアー旅行に面倒なことは言わないから。税関を通ったらロビーに両替所があります。なるべく時間をかけて、全員に両替をさせて。最低三十分は時間を稼ぐのよ。それからエアポート・バスに乗って、ポルト・マイヨのターミナルまで四十分。ヴォージュ広場の

ホテル前まではタクシーを使ってちょうだい〉

タクシーの利用についてはいささか不安があった。乗客の定員は三人ということだから三台に分乗しなければならない。

〈行先はシャトー・ドゥ・ラ・レーヌ。それだけでわかるはずよ。もし新米の運転手だったら——〉

「プラス・デ・ヴォージュ」

〈そう。ホテルはヴォージュ広場の北側よ。運転手にそれぞれちゃんと目的地を教えること〉

「空港からタクシーに乗ったらまずいですか」

〈だめだめ、それじゃこっちの準備ができないわ。どうしても一時間は欲しい。あなたたちがホテルに到着するころには、私たちはウェルカム・ディナーに出かけている。セーヌ川をクルーズして、ホテルに戻るのは午後十時。いいわね〉

飛行機の中では、夢見ごこちに計画を聞いていた。だがパリに到着したいま、それは現実なのだ。

「ちょっと待って下さい、マネージャー」

〈迎えのリムジンが来たわ。計画を復習しているひまはない。ホテルに着いたら、とりあえず全員をゲスト・ルームにチェック・インさせて。頑張ってよ、戸川君〉

電話が切られた。まるで真暗な海のただなかに置き去りにされたような気分だった。

二組の客を同じ部屋にチェック・インさせる。そんなことが果たして可能なのだろうか。しかもその時間差は、わずか一時間だ。

エスカレーターを降り、ツアー客が荷物をピックアップし終わるまで、戸川光男はぼんやりと朝霞玲子の指示を反芻《はんすう》していた。

午後六時、〈光《ポジ》〉ツアーの七人の客はおのおのスイート・ルームにチェック・インするが、荷を解く間もなくセーヌ川ディナー・クルーズへと出発する。

その一時間後、〈影《ネガ》〉ツアーの八人の客が到着する。このときすでに、スイート・ルームに運び込まれた〈光《ポジ》〉ツアーの荷物は、メイドたちの手で鍵のかかるクローゼットに隠されている。

しかしスイート・ルームに案内されて歓喜するのもつかの間、ただちに〈影《ネガ》〉ツアーの客たちは、地下のダイニング・ルームに集められる。そして彼らにだけ、告白がなされる。


みなさん、お疲れさまでした。さていよいよ世界中のツーリストたちの憧れ、「王妃の館《シャトー・ドゥ・ラ・レーヌ》」におけるパリの暮らしが始まります。

すでにご存じのことと思いますが、このツアー企画はほとんど奇跡と呼んでもさしつかえのないものです。おそらくこのさき、たとえ何百万の大金を積んでも、同じ体験はできますまい。

たとえばみなさんがこの旅をおえて帰国し、多少なりともパリ通を自認する友人に、みなさんの体験を語ったとします。そう、ヴォージュ広場のシャトー・ドゥ・ラ・レーヌに十日間滞在したのだ、と。

そのとき友人たちがどんな顔をするか。驚くよりも感心するよりもまず、笑いながらこう言うでしょう。

冗談だろう？　と。

どうかみなさんが見たままを、十日間ゆっくりとおくつろぎになったままを、彼らに語ってあげて下さい。

ルイ太陽王が御《おん》自《みずか》ら装飾を手がけられたゲスト・ルームのありようを。

ヴェネツィアのマエストロが腕によりをかけたシャンデリアの輝き。壁を飾る化粧漆喰《しっくい》。天井に描き出された、めまいのするようなフレスコ画。そして、ルイ王朝ふうの香り高い調度品の数々。

まだゆっくりとはごらんになってらっしゃらないでしょうが、今しがたみなさんは、すでにそのゲスト・ルームにチェック・インなさったのです。もちろん宿帳には、ナポレオン・ボナパルトや、グレース・ケリーや、チャーリー・チャップリンと並んで、みなさんのお名前が永久に記載されます。

さて——ここでひとつだけ、みなさんにお願いがあります。

当然といえば当然のことですが、ヴェルサイユ宮殿の別館とでもいうべきこのホテルのゲスト・ルームには、文化財保護上の使用制限があるのです。つまり、いかにゲストとはいえ、まさか他のホテルと同じように、みなさんがお部屋を自由に占有することはできません。ルイ王朝期そのままのスイート・ルームでゆっくりとおくつろぎになる時間は、午後一時から午後八時までと限らせていただきます。

むろんその時間内ならば、ベッドでマリー・アントワネットの夢を見ようが、ルーム・サービスのワインを飲みながらサッカー中継をごらんになろうが、バスやシャワーをお使いになろうがご自由です。

いや、その時間内だけゲスト・ルームを自由に使えるというより、おやすみになるときだけ、別に用意したサービス・ルームを利用して下さい、という意味です。

よろしいですね。

みなさんが十分にルイ王朝の優雅を堪能できますように、市内観光等は毎日午前中にすませ、また夕食は少々遅めにご案内いたします。

では、ボン・ヴォワイヤージュ。すばらしい十日間を。

戸川光男は悪い夢から覚めようとでもするように、掌で瞼をこすった。

顔色ひとつ変えずに、そんな説明ができるだろうか。肚《はら》をくって、いかにも当然至極と言えば、客はみな納得すると思う。しかし戸川には自信がなかった。いつもそうなのだけれど、朝霞玲子の才能にはついて行けない。そう――いつもそうだった。

機内の闇の中で、玲子はこんなことも言った。

（いい、戸川君。この説明には何の破綻《はたん》もないわ。考えてもごらんなさいな。海外ツアーのあわただしいスケジュールで、ホテルの部屋にいる時間はどのくらい？　せいぜい七、八時間がいいところでしょう。あの人たちはちゃんと、午後一時から八時までの七時間を、スイート・ルーム

で過ごせるのよ。不満なんて、あるわけないわ)

その通りだと思う。十九万八千円の予算で憧れのシャトー・ドゥ・ラ・レーヌに十日間も滞在できるのだから、はなからこの条件を提示しても、希望者は大勢いただろう。

何も怖れることはないのだと、戸川は自分を励ました。

(問題は、君の〈影《ネガ》〉ツアーのほうじゃないわ。私の〈光《ポジ》〉ツアーのほうよ。あの人たちには、どんなことがあってもけっして〈影〉の存在を気付かせてはならない。自分たちの部屋を、もう一組の別のツアーが使っているなんて、彼らにとってはとんでもない話だから。なにしろあの人たちは、百四十九万八千円のお金を支払っている)

同じホテルに宿泊している二組のツアー客を、けっして接触させてはならない。そんな手品のようなことが、果たして可能なのだろうか。

(君は私の指示通りに、君の客を掌握していればいいの。たったの八人よ。こんなこと、バイトのツアコンでもできる)

ターン・テーブルから荷物をピックアップした客たちが、宙に掲げられたまま凍《こご》えついた旗をめざして集まってくる。どの顔もパリに到着した喜びに溢れている。

近藤さん、クレヨンさん、谷さん、香取さん。岩波さんと丹野さんのご夫妻。

笑顔に囲まれると、戸川は次の指示をするどころか、歩き出すことすらできなくなってしまった。

「これ、戸川さんのスーツ・ケースよね」

クレヨンさんの押すカートには、戸川の荷物が載っていた。

「顔色がすぐれないようですが、ご気分でも悪いのですか」

岩波さんが心配そうに顔を覗きこんだ。

「いえ、ちょっと飛行機に酔っただけです」

「それは大変だ。そこのベンチで休みましょう」

「両替を、しなくちゃ」

人々の善意に取り巻かれて、戸川の顔からはいっそう血の気が引いた。

「そんなことはあんたがいなくてもできるよ。俺がみんなに教えるから、休んでろって」

丹野さんがキツネ目をいっそう引きつらせて、叱るように言った。

乗物酔いではない。不安と緊張のあまり貧血を起こしたらしい。滴《したた》り落ちる汗を拭いながら、戸川はたまらずその場に蹲《うずくま》ってしまった。

「あっ、大丈夫ですか」

「しっかりしろ、おい」

谷さんと香取さんの声が、遥かな谺《こだま》のように聴こえた。近藤さんのたくましい腕が、崩れ落ちる体を抱き止めた。

「わあ、たいへん、たいへん。医務室はどこかしら。アタンシオン。ウ・エ・ル・ドクトゥール！」

クレヨンの思いがけぬフランス語を聞きながら、戸川光男はたちまち闇の底へと落ちて行った。

「トレビアン！」

リムジンを降りたとたん、桜井香は思わず声を上げた。

赤レンガの貴族の館が、ルイ王朝期そのままの姿で正方形の公園を囲んでいる。ひんやりとした十月の風が吹き抜ける回廊に佇んで、香は自分を縛《いまし》めていた鎖が、一本ずつ足元にほどけ落ちて行くのを感じた。

身勝手だの理不尽だの打算だの、男を責めたところで始まらない。

あの男は人間の皮をかぶった悪魔だったのだと、思うことにした。恋の鎖で罪もない女の体をがんじがらめに縛り上げ、夜な夜な耳元で空疎な愛の呪文を囁き続けた悪魔。

捨てられたのではない。取り憑《つ》いていた悪魔が、やっと退散してくれたのだ。

パリに来てよかった。救われた、と香は思った。

「お気に召したようですね。ヴォージュ広場は、初めてですか？」

心地よい男の声が、背中に囁きかけられた。広場をめぐる回廊のたそがれの光の中に、黒いスーツを着た北白川右京が佇んでいた。

「ええ。パリは何度か来ているんですけれど、ここは初めて。美しい場所ですね」

右京は香に並んで立った。ポケットに両手をさし入れ、まるで思索に耽《ふけ》るように夕空を見上げる端正な横顔。パリの似合う人だ。

「チェック・インしなくちゃ」

「あわてることはありませんよ。美しいものは、美しいと心が感じたときに味わっておかなくては」

振り返ると、小さな中庭が回廊の向こうに見えた。広場に南面したアーチ門を通り抜ければ、そこは太陽王ルイ十四世が愛する妃のために建てた優雅な城、「王妃の館《シャトー・ドゥ・ラ・レーヌ》」だ。

「美しいものは永遠でも、それを捉える人の心はたえまなく動き続け、揺れ続けます。だから人は、美しいものを美しいと感じたときに、それを見つめなければいけない。そうしなければ、美しいものはみな、風のように鳥のように、通りすぎてしまいます」

北白川右京は長髪をかき上げたなり、ふと目を閉じて、風を聴くふうをした。

くさい。だが、くささもここまでくれば感動を誘う。

「あの、もしまちがったらごめんなさい。あなたは小説家の北白川右京先生では？」

風を聴いたまま、北白川右京は長い睫毛をもたげ、夕空を往く鳥を目で追った。くさい。ものすごくくさい。だが香は、さらなるくさいセリフを期待した。

やや間を置いて、北白川右京は極めつきのバリトンで言った。

「ヴィクトル・ユゴーには、見えませんか」

百点をあげよう、と香は思った。そう、とかく日本人の男は、女性の質問にイエスかノーかで答えることしか知らない。

照れを装いながら、北白川右京は素足にはいたグッチの爪先で影を踏んだ。

「ヴィクトル・ユゴーはかつて、広場の向かい側にある――ほら、あのアパルトマンに住んでいました。百五十年も昔の話ですがね」

「へえ……あそこに」

「僕は僕の人生を完全なものだと信じていますが、ただひとつの悔いを口にするとしたら――」

「どうぞ、おっしゃって下さい」

香は胸のときめきを摑《つか》むように、両掌を組んで北白川右京を見つめた。

「いや、やめておきましょう。いかにさすらいの旅先とはいえ、愚痴になります」

これじゃ小説と同じだ。北白川右京の恋愛小説はすれちがいとためらいの連続で、ともかく気を持たせる。

「続きは、いずれまた」

「待って」と、香は踵《きびす》を返そうとする右京の袖を摑んだ。

「そんな連載小説みたいなこと言わないで下さい。つづく、つづく、って、読売の連載なんかホテルの部屋でワインを飲みながらかれこれ一カ月」

「はい、それは承知の上です。部屋に入る前はエレベーターの中で一週間。駐車場で十日。このあともベッドに入るまでに最低三カ月はかかります――ええと、ところで何の話でしたっけ」

「僕の人生は完全なものだけど、ただひとつ悔いが残るとしたら、ってとこ」

「ああ、そうか。そうだった」

「あの、先生。もしかして、いま考えてません？」

「いや」と、北白川右京は明らかにいま思いついた顔をした。

「さすらいの旅先で、行きずりのあなたに愚痴を言うことを、どうかお許し下さい……」

「許しますっ！　早くして」

ナマ殺しの読者の声を代弁して、香は命じた。再び少年のようなしぐさで影を踏みながら、北白川右京は呟いた。

「僕は僕の人生を完全なものだと信じていますが、ただひとつの悔いを口にするとしたらそれは──僕がヴィクトル・ユゴーではなかったこと。初めまして、北白川右京です」

さし出された手は、女のように白く細かった。

日本人の男たちは、女性のどのように真摯《しんし》な問いかけにもイエスかノーかでしか答えてはくれない。まるで寡黙さを男の美徳と信じてでもいるかのように。

だがこの人は、自己紹介にすら五分以上の時間をかけてくれた。まるで気を持たせる連載小説みたいに。

「こちらこそ、初めまして。私──」

思わずハンドバッグの口金を開けようとして、香は悲しくなった。もう初対面の人にさし出す名刺はないのだ。

「桜井香、です」

北白川右京の手は、情熱的な瞳とはうらはらに冷たかった。

「手を離す前に、ひとつお訊ねしたいのですが」

「何なりと」

「あなたはいま、恋をしてらっしゃいますか」

あまりに唐突だが、胸をえぐる質問だった。握手をしたまま、香はとまどった。

「日記を、閉じたところです」

少し考えるふうをしてから、北白川右京はにっこりと微笑んだ。

「焼いてはなりませんよ」

「どうして？」

「あなたはきれいな人だから。きっとじきに、新しい日記をつけ始めます。そうすれば、古い日記は思い出になる」

「思い出したくもないんだけど……」

離した手で香の肩を抱き、北白川右京はシャトー・ドゥ・ラ・レーヌの開け放たれた青銅の門をくぐった。

古い建物にうがたれたトンネルに、小説家の声が響く。

「男の思い出はみな傷だが、女の思い出はみな美しい。わかりますか、カオリ」

「わからない。あなたの言うことは難しくって」

「ではもう少し平易に——男は傷を負いながら強くなるが、女は記憶の化粧をして美しくなります。僕は今しがた、あなたをとてもきれいな人だと思いました。つい声をかけてしまったくらい」

　トンネルを抜けると、物語のような庭が豁《ひら》けた。シャトー・ドゥ・ラ・レーヌ。パリの町なかに時を超えて佇む、夢の城。

6

ヴォージュ広場に立ったとたん、逆バブル不動産王・金沢貫一《かんいち》はこのうえなく下品な、ほとんど野獣の遠吠えにも似た歓喜の雄叫《おたけ》びを上げた。

「ワォー！　さすがはパリの中のパリ。このゴージャスかつデリシャスなたたずまいは、まさに俺のためのものだ。どうだミチル。いかにハデ好みのおまえでも、この景色の前じゃグウの音《ね》も出ねえだろう」

「キャー、すてき！　まるであたしのためにあるような町じゃない。アッ、パパ、あんまり大げさに笑わないで。カツラが落ちる」

金沢はひやりとして頭に手を当てた。カツラはミニ・ベンツ一台分に匹敵するほどの高級品なのだが、頭の形が悪いせいでしばしばズレる。

けっこう不自由を感じる。ふつう人間は、頭を抱えて悩み、腹を抱えて笑うものなのに、金沢貫一の場合は楽しいときも苦しいときも頭を抱えなければならないのだった。

頭を抱えて笑うという不自然さのために、歓喜はいつも中途半端で萎えてしまう。

「……ゴージャスだけど、古いものはやっぱり地味だな。俺には似合わねえや」

「そんなことないわよ、パパ。いつも言ってるじゃない。俺はルイ太陽王の生まれ変わりだって」

これほどエルメスの似合う男はいない。いや正しくは、これほど日本的にエルメスを消化する男は二人といないだろう。

大柄のプリントシャツにオレンジ色のジャケットを着、相撲取りのまわしのように下腹に巻いたベルトも、靴も、ハンドポーチも、すべてピカピカのクロコダイルである。

容貌は魁偉《かいい》かつ怪異であり、背は高いがでっぷりと肥え、首はない。胸元や手首のすきまは、馬具を象《かたど》った黄金のアクセサリーで埋めつくされていた。総額一千万円はくだるまいと思われる、純正エルメス・ファッションだった。

「どうしたの、パパ。あらあら、またちょっとナーバスになっちゃったのね。大丈夫よ、誰もパパがカツラだなんて、気付いてないから」

そうじゃねえ、と金沢は頭を抱えたまま俯《うつむ》いた。

歓喜の声を上げたとたん、美しい貴族の館たちがいっせいに後ろを向いてしまったような気がしたのだ。いくら金があっても、教養のない自分にやはりパリは似合わないと思う。

「東京とちがって、なんだか風が気持ちいいよな。サラサラしてる」

ヴォージュ広場の四角い空を見上げて、金沢はふしぎな気分になった。ミチルには内緒だが、海外旅行は初めてだった。四十代のなかばを過ぎるまで日本から出たことのない男は、きょうび珍しかろうと思う。

まさか自分の人生がこんなふうになろうとは、夢にも思ってはいなかった。若い時分から職を転々とし、やることなすことうまく行ったためしがなかった。無学歴、無教養、無一文、あのめくるめく好景気の時代にもただオロオロするばかりで、同じ不動産業界にいながら、指をくわえて仲間たちの成功を眺めていた。

それがどうしたわけか、バブルがはじけ飛んだとたんに自分だけ目を持ったのだ。法外な抵当権を設定したままにっちもさっちも行かない物件を安く買い叩き、値下がりをじっと待っていた客に売る。しごく単純なその方法を堅くくり返すうちに、「信用のおける唯一の業者」と言われるようになった。

いったん信用がつくと、銀行はタダ同然の低金利でいくらでも金を貸してくれる。このご時世では、他に優良な借り手などいないのだ。現金さえあれば物件は買い叩ける。たとえば三億円の根抵当が付いている物件も、一億円で手に入る。差し引きの二億円はいわゆる不良債権として処理されてしまうから、誰も損はしない。つまり不良債権処理の潤滑油としての役目を果たしながら、株式会社金沢興産は景気に逆行する超優良企業に成長したのだった。

おのれの能力を考えれば、これは奇跡である。人生をあきらめかけた四十二の年にブレイクしたのだから、厄《やく》当たりも甚だしい。

「なあ、ミチル。俺って、カッコ悪いか」

ヴォージュ広場をめぐる回廊の柱にもたれて、金沢は恋人に訊ねた。

恋人――そう、愛人ではない。ひとりだけ精彩を欠いていた好景気の時代に女房子供にあいそをつかされた。以来バツイチ独身なのだから、ミチルは「愛人」ではなく「恋人」でいいと思う。

「カッコいいよ、パパ」

と、ミチルはあまり金沢の顔は見ずに、腕をからめてきた。

この女のことをよくは知らない。時代おくれの銀座のミニクラブで、たまたま隣りに座ったホステスだった。とりたてて美人というわけではないが、上から下まで純正シャネルというケバさが、金沢の趣味に適った。だが、付き合い始めてみるとそのケバさとはうらはらに案外と素朴な性格で、何となく自分と似たもの同士だと思った。

惚れたのだから、この女のことを深く知る必要はない。たぶんミチルも、同じ気持ちだろうと思う。たがいのことは何ひとつ知ろうとせず、ただ淋しい心と体とを慰め合うような数カ月が過ぎたころ、見知らぬ旅行会社からダイレクト・メールが配達されてきたのだった。

おそらく昨年度の高額所得者の名簿から、金沢貫一を選び出したのにちがいない。それにしても十日間で百四十九万八千円のパリ・ツアーとは畏《おそ》れ入った。

「ところでミチル。このシャトー・ドゥ・ラ・レーヌとかいうホテル、そんなに高級なんか」

ミチルは獅子のたてがみのようなロングヘアーをかき上げながら、ホテルのエントランスを振り返った。

「さあ、お店のママはね、一生に二度とないチャンスだから行ってらっしゃいって。あたしはよく知らないけど」

「つまり、大したものってわけか」

どうしてもそれほどたいそうなホテルには見えない。ヴォージュ広場をめぐる赤レンガの館にトンネルのような穴があいていて、その奥にこぢんまりした中庭と、白い建物がある。

リムジンのトランクから取り出したトラベル・ケースを、緑色の制服を着たポーターが運んで行った。トンネルの入口と出口には、青銅の門扉《もんぴ》が開かれていた。中庭の光の中で美しいツアコンが手招きをした。

「ムシュウ・カナザワ。どうぞお入り下さい。チェック・インしますよ」


(なるほど、これが王妃の館――シャトー・ドゥ・ラ・レーヌか。聞きしにまさるセンスのよさだわ)

早々にチェック・インを済ませてしまうと、早見リツ子は革張りのソファに身を沈めてロビーを見渡した。

建設に当たっては、ルイ十四世が細かな指示をしたといわれているから、さぞかし豪華絢爛《けんらん》たる代物だろうと思っていたのだが、意表をついた地味な内装だ。城というよりはむしろ、町なかにある貴族の館、という感じである。

「一種の懐古趣味、かね。少くともヴェルサイユの優雅さとはほど遠い」

かたわらに腰を下ろして、右京先生もあたりを見回した。

「いいえ、懐古趣味というより、庶民趣味とでも言うべきでしょう。ルイ十四世は酔狂《すいきょう》な方だったようですわ」

「酔狂、か。うん、なるほどね。わざと庶民の家を真似た、というわけだ」

壁は象牙《ぞうげ》色の漆喰で、天井には太い梁《はり》がむき出しになっている。きらびやかな意匠は何ひとつとしてない、清潔で簡素なロビーだった。中庭に向かって開かれた窓から、乾いた秋風が吹きこんできた。

「ルイ太陽王のキャラクターについて、少し考え直さねばならない。あながち派手好みの人ではなかったようだ」

「冒頭から書き直す時間はありませんけど」

北白川右京先生の書き下ろし長篇、『ヴェルサイユの百合』は、すでにそのなかばを書きおえている。今さら主人公のキャラクターを考え直されたのでは、たまったものではない。

「ともかく十日の間に残り二百枚、お願いします」

右京先生は答えずに、細い顎《あご》の先を拳で支えて天井を見上げている。どうやら早くも物語の天使が降りてきたらしい。

「続きを、お書きになって下さいね」

やはり答えはなかった。少年のような黒目がちの瞳が次第にうつろになり、色白の頬がほんのりと赤みを帯びる。やがて乾いた唇を小刻みに震わせて、右京先生は呪文を唱えるように何ごとかを呟き始めた。

天使が降りたのだ。早見リツ子はソファから立ち上がると、チェック・インの手続きをするツアコンに駆け寄った。

「ルーム・キーを、早く」

「ちょっとお待ちくださいね、すぐご案内しますから――」

「早く、早くしてちょうだい」

美しいツアコンは不審げに振り返った。

「何かございましたか？」

「あったわ。大ありよ。先生に早くも天使が降りた。それもハンパな天使じゃない。あの急激な変わりようからすると、ミカエル級の大天使だわ」

「は？　……」

「ええい、面倒な説明をしている場合じゃない。早くルーム・キーを」

リツ子はツアコンの手から古風な真鍮のルーム・キーを奪い取ると、ソファに駆け戻った。先生はすでにトランス状態に入り、唇からぶつぶつと文章をたれ流している。細い指先はペンを持つ形で、虚空に文字を記していた。

めったにあることではない。しかしいったん天使が降りれば、先生はほとんど自動筆記のように原稿を書きまくる。

「ポーター、早く荷物を。これとこれとこれ、２０５号室よ」

ルーム・キーを見せながら、リツ子はポーターに指示をした。こうしている間にも先生の口からは『ヴェルサイユの百合』の続きがダラダラとたれ流されている。もったいない。目に見えるものなら掬《すく》い取って溜めておきたいのだが。

ツアコンがふいにリツ子の腕を摑んだ。

「早見さま、いったい何があったんですか」

「仕事の話ですからいちいち説明はできないわ。ともかく一刻も早く先生をデスクに座らせなくちゃ」

「ということは、これからお仕事を――」

どうしたわけなのだろう。冷静沈着で笑みを絶やさなかったツアコンの表情が青ざめている。

「それは、ダメです」

「ダメ？　……冗談はやめてよ、あなた。ゲスト・ルームをどう使おうが客の勝手でしょうに」

「いえ、チェック・インしたらすぐに全員で市内観光に出ます。ご一緒していただかないと――」

「私たちはけっこう。先生も私もパリの名所なんてうんざりするほど見てますからね」

おしきせの名所案内に出かけるつもりなど、はなからなかった。多くの独身ＯＬと同様、リツ子も東京タワーには登ったことがないがエッフェル塔には三度も登っている。浅草寺にも靖国神社にも詣でたことはないけれど、ノートルダム寺院には何べんも行った。パリ通の右京先生にしても、それは同じだろう。

「困りますわ。いかにエグゼクティブなツアーとはいえ、単独行動はタブーです。ことに初日のきょうは、皆様の親睦を兼ねてのディナーを用意しておりますので」

「あのねえ、朝霞さん――」

トランス状態の右京先生に面倒な話を聞かせてはならない。リツ子は気持ちを落ち着けて、朝霞玲子をロビーの隅にいざなった。

「私たちの旅行目的について詳しい説明をしておかなかったのは私のミスだったわ。でも、言わなくたってわかりますよね。北白川右京先生は今をときめく流行作家、私は担当編集者。要するに先生は書く人、私は書かせる人です。この旅行はべつに観光が目的じゃないのよ」

「はい、わかっています。それはよくわかっています」

朝霞玲子はリツ子の目をまっすぐに見つめながら、長い髪をかき上げた。

この女性ツアコンには、ひとめ会ったときから好感を抱いている。美貌もセンスの良さもさることながら、仕事ぶりにそつがない。年齢はリツ子よりいくつか下だろう。編集部にこんな後輩がいればいいいと、何度か考えた。

こういう有能な女性とは言い争うべきではない、とリツ子は思った。キャリア・ウーマンとしての長きにわたる学習効果により、男性とはときとしてヒステリカルにやり合うことも必要だが、女性とは冷静に話し合うべきだということを、リツ子は知っている。

「ちょっと外へ出ましょうか」

困惑する朝霞玲子の背中を押して、リツ子は玄関から中庭へと出た。

涼やかな風が小さな空から吹き降りてくる。中世の館の壁は深い蔦《つた》に被われ、中庭に向いた窓々には真赤な花をたわわに咲かせたインパチェンスの鉢が並んでいた。芝生から立ち上がったバラの幹が、赤と黄の大輪を咲かせながら、紫色のクレマチスとからみ合い睦み合って屋根まで延びている。

「何かご事情がおありのようね」

と、リツ子はいきなり訊ねた。

「いえ、べつに……」

向き合ったまま視線だけをはずして、朝霞玲子はバラの壁を見上げた。

「では、改めてお願いをします。北白川右京先生はこれからすぐ執筆にとりかかります。したがって私と先生は、みなさんとご一緒することができません。スケジュール表によれば、ディナーは毎晩ついていいるようですから、みなさんとの親睦はべつにきょうでなくともいいでしょう」

バラの壁を見上げたまま、美しいツアコンは瞼を閉じ、ほんの一瞬だが何ごとかを深く考えるふうをした。

おしきせの市内観光とウェルカム・ディナーから二人のメンバーが欠けることに、いったいなぜそれほどの不都合があるというのだろう。ましてやこのツアーには一人あたり百五十万もの大金が支払われている。参加者の都合は最優先されるべきだ。

「よろしいですね。では部屋に入らせていただきます。先生が執筆に疲れてお休みになるまで、ご訪問はいっさいお断りします。電話も取り次がないで下さい」

踵《きびす》を返して玄関に入ろうとするリツ子を、ツアコンは「待って」と呼び止めた。背中に追いすがるような、ひどく切実な声だった。

「まだ何か?」

朝霞玲子はいちどためらいがちに咳払いをしてから、低く、めりはりのある言い方をした。

「ひとつだけ承知しておいていただきたいのですが――このシャトー・ドゥ・ラ・レーヌはパリの名所でもあり、貴重な文化財でもあります。ごくたまにマスコミの取材や写真撮影などで、おじゃますることがあるかもしれませんが」

「そういうこともすべてお断りいたします」

待って、とツアコンはリツ子の腕を摑んだ。

「北白川先生と早見さまがお泊まりになる205号室は、二つのベッド・ルームにリビング・スペースの付いたロイヤル・スイートです。取材等はいつもそのお部屋を使うことになっているそうですから」

「なによ、それ。そんなこと聞いてないわ」

「ですから、ごくたまに。秋はパリのトップ・シーズンですので、きょうも一件の取材申込みがあるそうです。私もつい今しがたフロントで聞いたのですが……手順がちがってしまって、申しわけございません」

なるほど。どうあってもきょうの市内観光に連れ出さねばならぬ理由というのは、それだったのか。雑誌のグラビア撮影など、そうたびたびのことではあるまい。ごくたまの取材日に、来合わせてしまったというだけなのだ。

「だったら初めからそうおっしゃって下さればいいのに――わかりました。では、こうしましょう。ベッド・ルームが二つと、リビングですね。先生にはメインのベッド・ルームでお仕事をしていただきますから、撮影等はほかの部屋をお使い下さい。時間は十五分。なるべく静かに終わらせるように」

それだけを宣言すると、リツ子は振り向きもせずに歩き出した。当然の権利である。最大の譲歩である。何はさておき、今は右京先生をいち早く机に向かわせねばならない。

ロビーのソファに深々と背をもたせて、右京先生はぶつぶつと文章を呟き続けていた。魂は空の彼方へと飛び、その表情はすでに天のものである。

「先生、お部屋の用意ができました。どうぞ」

瘦せた体を抱きしめる物語の天使を傷つけぬように、リツ子はそっと手をさし延べた。

右京先生はふわりと立ち上がると、うつろな瞳を宙に据えたまま歩き出した。歩様にも指先にも、人間の力は感じられない。

「早見君――」

「はい。早見はここにおります」

「ペンを。紙を……」

「かしこまりました。部屋に入りましたら、たちどころに用意いたします」

「早く書かなければ。さもないと僕の体は、吐きつくせぬ言葉の虫たちに食いちらかされてしまう……ああ、またきた。またやってきた……青空に向かって高々と水を噴き上げるオベリスクの泉のほとり、ルイ太陽王は侍臣《じしん》たちを引き連れてそぞろ歩く。風がわたり、水しぶきが人々の上に倒れかかる。嬌声《きょうせい》を上げて逃げまどう人々をよそに、ルイはただひとり濡れるのもいとわず双《もろ》手《て》をかざしてこう言うのだ——おお、空よ、虹よ。彩《あや》かなる天の恵みよ。朕《ちん》はついに、天のものなる虹すらも、わが腕に抱き止めたのだ。ワッハッハッハ！」

ルイ太陽王になりきって高笑いをする右京先生の背中を、リツ子は懸命に支えながら歩かねばならなかった。

「先生、もうじきお部屋です。クールダウン、クールダウン。今のセリフ、いいですね。そのまま原稿に書いて下さいな」

「それは無理だよ早見君。僕は口にするそばから忘れてしまうからね」

「そ、そんな。ああ、もったいない」

階段を昇りながら、リツ子は思わず後ろを振り返った。絨毯《じゅうたん》の図柄が取り戻しようのない言葉の骸《むくろ》に見えた。

この人は天才だ。百年に一人、いや数百年に一人しかこの世に現れぬ、神に選ばれた芸術家だ。

２０５号室は二階の細い廊下のつき当たりにあった。

「ボンジュール・マダム」

背の高いポーターがにっこりと笑いながら扉を開ける。部屋の中に歩みこんだとたん、リツ子は立ちすくんで「トレビアン！」と声を上げた。

やっぱりルイ太陽王は酔狂な人だ。瀟洒《しょうしゃ》な民家を装ったホテルのゲスト・ルームは、ヴェルサイユの絢爛そのままの街なかの宮殿——まさに「王妃の館《シャトー・ドゥ・ラ・レーヌ》」だった。

携帯電話の呼音で戸川光男は我に返った。

真白な天井とカーテン。ベッドに横たわった片腕には点滴が打たれている。

「サ・ヴァ・ミュー?」

フランス人の看護婦が顔を覗きこんだ。

「大丈夫です」

と日本語で答えて、戸川は電話機を耳に当てた。看護婦の肩ごしに、クレヨンと近藤誠の不安げな顔が見えた。

病院? ——いや、たぶん空港の医務室だろう。

「もしもし、戸川です」

毛布の中で声をひそめる。

「すみません、マネージャー。空港でちょっとトラブルがあって」

〈トラブル? ……どうしたの、いったい〉

けっして物事に動じない玲子の声が、戸川を安堵させた。

「気分が悪くなって、医務室にいるんです」

〈あら、それは大変ね。どなたが?〉

「実は、僕なんです。貧血を起こしちゃって」

一瞬の沈黙のあとで、玲子は軽蔑しきった言い方をした。

〈ツアコンが貧血? バッカじゃないの、あなた。まあいいわ、お客様じゃなければ。ところで、みなさんは大丈夫ね。きちんと把握しているわね〉

「たぶん。何人かは病室にいらっしゃいますから」

〈たぶんじゃ困るわ。すぐに顔ぶれを確認しなさい〉

戸川は半身を起こしてカーテンを開いた。近藤さん、クレヨンさん。ドアごしに岩波夫妻の顔も見える。

「ほかの方は?」

「心配しなくていいわ。丹野さんご夫妻とあと二人、ええと何てったっけ。ともかくほかの人たちは、すぐそこのキャフェで待ってるから」

クレヨンはそう言って片目をつむり、流暢なフランス語で看護婦と話し始めた。

「人は見かけによらんものだな。このオカマがいなかったら、俺たちはパニックになっていたぞ」

と、近藤が誇らしげに言った。意外は意外だが、フランス語どころか英語すら満足にしゃべれぬ戸川にとって、これほど心強いことはない。

改めて電話機を耳に当てる。

「みなさん近くにいらっしゃいます」

〈そう、それならいいわ。すぐそばに誰かいるみたいね。受け答えには気を付けてよ。現地ガイドと話しているふりをして〉

「わかりました」

朝霞玲子の声は落ち着き払っている。それに引き比べ自分の不甲斐なさは情ない。

〈いい、戸川君。必要なこと以外は口にしちゃだめよ。実はね、こちらでもトラブルが発生しました〉

えっ、と戸川は早くもうろたえた。

「ト、ト、トラブルって、何ですか」

〈ほら、必要なこと以外は言っちゃだめだって。なあに、大したトラブルじゃないわ。あのね、205号室のお客様がどうしても部屋にいるってきかないの。私はほかの人たちを連れてこれから出るわ。あと、よろしくね〉

電話機を耳に当てたまま、スッと気が遠くなって、戸川は再びベッドに沈みこんだ。

「あのう……マネージャー……必要なこと以外は言いませんから、もう少し説明してください……」

〈つまり、北白川右京先生が急な仕事をしなければならなくなったの。お連れの早見リッ子さんとお二人でホテルに残ります。ついては、205号室を使うそっちの二人なんだけど――〉

血圧が下がって行く。ガンバレ、と戸川は自分自身を励ました。

「そっちの二人」とは、正体不明のビジネスマン、谷文弥と香取良夫である。

〈その二人には部屋だけをチラッと見せて、すぐに連れ出すこと。いいわね〉

「いいわねって、簡単に言わないで下さいよ、マネージャー」

〈簡単よ。右京先生と早見さんはベッド・ルームにこもっている。あなたは谷さんと香取さんについて行って、ベッド・ルームのドアだけをガードしていればいいの。どっちにしろ今の時間からすると、チェック・インしたらすぐに食事に出なければならないわ。みなさんそれぞれのゲスト・ルームをチラッと見て、ロビーに集合。不自然は何もない。私たちは午後八時に戻ります。あなたたちはセーヌ河畔でもそぞろ歩いて、九時に帰ること。で、地下のワインセラーにみなさんを閉じこめて。いいわね〉

いいわねと言われても返す言葉はない。いいも悪いも、そうするほかはないのだ。

「つまり、その……九時に戻ったときに、例の説明をするんですね」

〈いいえ。できれば食事中に、さりげなく説明してちょうだい。そっちのきょうの夕食はシーフードだったわね。おいしいカキを食べながらマニュアル通りの説明をすれば、みなさんわかってくれるはず。あなたが勝手なことを言っちゃだめよ。私の作ったマニュアル通りに話せば、誰からも不満は出ない。私を信じなさい〉

まるで宗教家のようにそう断言したあとで、電話はプツリと切れた。

目の前が暗くなった。このままひと眠りしたい気分だ。

「看護婦さんが、調子はどうかって聞いてるけど」

クレヨンが微笑みかけながら戸川の手を握った。

「そろそろ行かなくちゃ。もう大丈夫、元気ですって伝えてください」

戸川は時計を見た。一時間ちかくも気を失っていたらしい。

「サ・ヴァ・ミュー。メルスィ」

クレヨンが通訳をすると、看護婦は点滴の針を抜いた。

「あんまり無理をしちゃいけないって。血圧が低いうえに疲労と時差ボケが重なってるから、きょうはぐっすりと眠らなきゃだめですよ、って」

近藤誠のたくましい腕が戸川を支え起こした。待合室から岩波夫妻が上品な顔を覗かせている。

「戸川さん、もし何だったらホテルで寝てなさいよ。幸いクレヨンさんが通訳をしてくれますから、食事ぐらいなら私らだけでもできます」

「そうですよ。ご無理をなさって余計に具合が悪くなったら、かえって明日から困りますよ」

岩波夫妻の心からの気遣いが戸川の胸に刺さった。

「いえ、初めての食事は大切ですから。私からもいろいろと説明しておかなければならないし」

戸川はベッドを降りた。できるかできないかではない。やらねばならないのだ。

7

「フッフッフッ……なあるほど、これがパリの中のパリと呼ばれるヴォージュ広場か。で、このホテルが世界のあこがれ、シャトー・ドゥ・ラ・レーヌ。なにせここのゲストは国賓級のヴィップばかりだから、警察の目も届かない。十日間やりたい放題、食い放題、と……」

キツネ目の男は昏《く》れなずむヴォージュ広場の空を見上げながら、低い声で笑った。暗い。底抜けに暗い。糸のような細い目といい、やや猫背の痩せた体といい、エコーのかかったおどろおどろしい低音といい、まさしく現代に甦った悪魔である。

男の名は、丹野二八《にはち》という。二八とは妙な名前だが、おそらく偽名であろう。三十九歳という年齢も、生年月日も現住所も、パスポートに記載されている項目はすべて虚偽にちがいない。

影のようにピッタリと寄り添う女も、また暗い。亭主とそっくりのキツネ目を持ち、さらに猫背で、声にはいっそうのエコーがかかっている。カラオケのマイクを通せば、歌詞などひとつも聞きとれまい。そのうえカラカラに乾いた長い髪が顔の輪郭をすっかり被《おお》って、キツネのように細い目だけが、真暗な表情の中に輝いている。

「そう。食い放題よ……花のパリを、片っぱしから食いちらかしてやるわ」

女の名は丹野真夜《まよ》という。名前からして暗い。むろんこれも偽名であろう。

そう言えば亭主の二八という名前も、バクチ用語では「二八のブッツリ」、つまり足してゼロになるという不吉このうえない意味を持つ。

この二人が、実は世界を股にかける史上最強のカード詐欺夫婦であるという事実を、知る者はいない。ここだけの話、である。

「まずは……」

と、丹野二八は回廊を行き過ぎる人々に気遣いながら声をひそめた。

「ヴァンドーム広場のカルティエ……」

すかさず妻が地図を拡げ、黒いマニキュアを塗った魔女の爪で、そのあたりをなぞる。

「次に、ショーメ。そして……」

「そして、ヴァン・クリフ・エ・アーペル……」

「宝石や貴金属は、一日おきに一軒ずつ……」

「そうだな。で、その間には……」

「一流ブティックを軒並み回る……」

「シャンゼリゼ」

「サン・トノレ」

「サン・ジェルマン・デ・プレ」

「忘れちゃいけないわ。ヴィクトル・ユゴー通り……」

フッフッフッ、と二人はエコーのかかった声を揃えて笑った。まさしく悪魔と魔女による、世紀末のデュエットである。

「カードは、あるな」

「はい、この通り」

妻はポシェットの中から、銀色に輝くクレジット・カードを抜き出した。一見したところ普通のカードだが、よくよく見ればその銀色の輝きはただものではない。

業界最高のステータス、アメックスの「プラチナ・カード」である。

「このカードを手に入れるために、ずいぶん苦労をさせられたな」

「そうね。まともな買物を、コツコツと五年もさせられちゃったわ」

「すべてはこの日のためさ」

「バイヤーは？」

「心配するな。この近くのユダヤ人街に、何でも即金で買ってくれる故買屋《こばいや》がいる。名前も聞かず、顔さえロクに見ずに、どんな品物でもキャッシュに替えてくれるのさ。あとはアンギャンのカジノにでも行ってマネー・ロンダリングをすれば……」

「完全犯罪ね……この、悪党」

「その悪党に惚れたのは、どこのどいつだ」

キツネ目の女は爪先立って、夫の唇を塞ぐように接吻をした。

「私と一緒になってから、仕事はやりやすくなったでしょう?」

「男が堂々と買えるものの値段は知れているからな」

「女がひとりで買えるものの値段も知れているわ。でも、夫婦なら誰も怪しまない」

夫は古い煉瓦《れんが》の柱に背をもたせかけ、妻の痩せた体を抱きしめた。

黒い塊になった影が、石畳の上に長く延びる。二人の緊密な愛を保障しているものは、邪悪。神も法も、決してほどくことのできぬ、黒く固い絆――。


〈影《ネガ》〉ツアーの八人の客にそれぞれのルーム・キーを手渡すと、戸川光男はしどろもどろの説明を始めた。

「あ、あの……さきほどはご迷惑をおかけしました。ごめんなさい。ええと……チェック・インをすませましたら、お荷物はこのままにして、とりあえずお部屋をご覧下さい」

「あら!」

と、クレヨンが不本意そうに口を挟んだ。

「荷物はこのままって、着替えをしなくちゃ食事に行けないわ」

言われてみればもっともである。だが、まさか携帯電話で朝霞玲子の指示を仰ぐわけにはいかない。

机に向かって書類を繰《く》っていたコンシェルジュが、丸い老眼鏡をかしげて戸川に目くばせを送った。真白な頬髭をたくわえた上品な老人である。

笑顔で片目をつむり、胸に手を当て、客たちのスーツ・ケースを指さして「どうぞ」という素振りをする。どうやらこの老コンシェルジュは、計画の共犯者であるらしい。到着したときからさかんにひそみ声で話しかけてくるのだが、むろん戸川には片言も理解できなかった。

「ああ、そうですね。ではスーツ・ケースはポーターがお部屋までお持ちしますから、着替えだけをすませてすぐここにお集まり下さい。お食事の時間が決まっておりますので」

言いながら戸川は鳥肌立った。ひとつの部屋に二組の荷物が運び込まれてしまう。

立ちすくむ戸川を尻目に、客たちは上機嫌でそれぞれのゲスト・ルームに向かって歩きだした。

「すぐにお戻り下さい。お食事の時間が――」

ふいに肩を摑まれて、戸川は青ざめた。振り返ると、近藤誠が仁王のような顔で睨みつけている。

「おい、どういうことだ、いったい」

「は、はい……何か」

「よもやとは思ったが、やっぱりそうだったのか」

「え？　……そ、それは、その……」

近藤が退職警官だということを思い出して、戸川はいっそう青ざめた。

「よりにもよって、なぜ俺があのオカマと同室なんだ。何とかしろ。いや、何とかして下さい、頼むから」

とりあえずホッと胸を撫《な》でおろして、戸川はしごく当たり前の説明をした。

「いちおう単独参加の男性同士、ということで、ご了解下さい」

「いやだ。いーやーだっ！　あのなあ、それはわかるよ。わかりますよ。しかしねキミ、あいつが男に見えるか」

「ごもっともです。たしかに男性には見えませんが、あの方はレッキとした男性で、黒岩源太郎さんという立派なお名前もお持ちです」

「名前なんかどうだっていいだろう。だいたいあのはしゃぎようは何だ。俺と同室だとわかったとたん、キャーうれしいと跳び上がったんだぞ。おい、何とかせよ。頼みます、男子一生のお願い」

マコちゃーん、とエレベーターの前でクレヨンが近藤を呼んだ。

「マ、マ、マコちゃんだと……」

「とりあえずお部屋へ。万がいち不都合がありましたら、そのときに何らかの対応をさせていただきますから。ささ、ともかくお荷物を」

「おい戸川さん……不都合って何だよ。不都合が起こってからでは遅いんだよ。わかってくれ、俺はものすごくノーマルな人間で――」

「ですから、ともかくお部屋へ。お話はのちほどうかがいます」

「きっとだぞ。きっと考えてくれよな」

それどころではないのだ。ビジネスマン二人組がチェック・インする205号室には、〈光《ポジ》〉ツアーの客が居残っている。チラッと部屋だけを見せて、すぐに連れ戻さなくては。

「谷さん、香取さん！　ちょっと待って下さい。私がご一緒します」

狭い階段を昇りかける二人を、戸川は大声で呼び止めた。


「青空に向かって高々と水を噴き上げるオベリスクの泉のほとりを、ルイ太陽王は侍臣たちを引き連れてそぞろ歩いていた――と。うん、いいね」

右京先生は溢れ出る文章を呟きながら、原稿用紙にペンを走らせる。快調だ。この勢いなら十日間で二百枚もまんざら夢ではない。

「風がわたり、水しぶきが人々の上に倒れかかった。嬌声を上げて逃げまどう人々――ン、待てよ。人々じゃなくって、嬌声だから女たちにしよう」

「それでしたら先生、女官たちのほうが」

「女官たち、か。よし、それで行こう。逃げまどう女官たちをよそに、ルイはただひとり濡れるのもいとわず双手《もろて》をかざして言った――いや、ちがう。叫んだ、だな。双手をかざして叫んだ――ええと、何て叫んだんだっけか」

右京先生とともに、早見リツ子も頭を抱えた。さきほど廊下のあちこちに垂れ流した言葉を、何とか思い出さなくては。

「思い出せ、早見君」

「うー」

たしかその文句は、北白川右京ならではの絢爛たる名ゼリフだった。

「うー。……おおっと、思い出しましたよ、先生。いいですか、こうです。おお、空よ、虹よ。彩《あや》かなる天の恵みよ！」

「朕《ちん》はついに、天のものなる虹すらも、わが腕に抱き止めたのだ。ワッハッハ！」

ワッハッハ、とリツ子も声を上げて笑った。

隣室に人の気配を感じたのはそのときだった。執筆にとりかかっている主寝室とドア一枚を隔てたリビング・スペースにどやどやと人が入ってきた。どうやら朝霞玲子が言っていた雑誌のグラビア撮影が始まるらしい。

「騒々しいな。何だね、いったい」

「ご安心下さい、先生。きょうはホテルの中を写真撮影するとかで。リビングを何枚か撮らせてくれということです。どうかお気になさらず」

「そうか――」

突然、右京先生の指先が動きだした。原稿用紙の上を猛然とペンが滑って行く。まるで自動筆記だ。こういう状態になると、先生の耳には浮世の物音など何も聴こえない。魂は原稿用紙の枡《ます》目《め》をくぐり抜けて、十七世紀のヴェルサイユへとすっとんでしまった。

早見リツ子はそっと机を離れると、先生のうしろでガッツ・ポーズを決めた。これで早くも明日の朝までに、五十枚はかたい。

　と、そのとき――リツ子は耳の奥に、思いもかけぬ日本語の会話を聴いたような気がした。壁ごしのかすかな声である。

（うわあ、すごい部屋ですね、谷さん）

（まったくだ。まるでルイ太陽王になったような気分だな、香取君）

　幻聴にちがいない。文芸四季の香取や音羽社の谷が、こんなところにいるはずはない。

（ささ、谷さん、香取さん。お部屋をご覧になったら食事に出かけましょう。早く早く）

と、これはツアコンの声。リツ子はドアに駆け寄り、鍵穴を覗きこんだ。

「うそ……」

　ほんの一瞬だが、たしかに谷文弥と香取良夫の姿が通り過ぎたように思った。

たぶん幻だろう。右京先生を物語の世界に押しやろうとしているうちに、自分の頭もどうかなってしまったのだ。

　リツ子はドアのノブに摑まって息を入れ、もういちど鍵穴を覗きこんだ。誰もいない。

やはり幻だったのだ。長旅の疲れに時差ボケが重なって、グラビア撮影のカメラマンをあろうことかライバルの編集者と見まちがえた。

「早見君……」

　振り返ると、右京先生は机から顔をもたげ、ぼんやりと窓ごしの秋空を見上げていた。窓の外は時の止まったような古いパリの裏街だった。

「何でしょう、先生。コーヒーでもお持ちしましょうか」

「いや。あのね、早見君。いま、音羽社の谷君と文芸四季の香取君の声を聴いたように思ったんだが、空耳かな」

ハッハッ、と笑いとばしながら、リツ子は凍りついた。

「空耳ですわ、先生。何度も申し上げておりますように、この旅はわが社の編集長さえ知らぬ、先生と私だけの極秘行動なのです。それをなぜ他社の編集者が」

「うん。そうだよな、やっぱり空耳だよな」

「お気になさらず、どうぞお仕事の続きを」

「それがだね……」

右京先生はふいに満身の力を抜き、ゴツンと音を立てて額を机に落とした。

「おお、空よ、虹よ。彩かなる天の恵みよ。朕はついに、天のものなる虹すらも、わが腕に抱き止めたのだ。ワッハッハ！」

「ワッハッハ！」

「その続きが全然うかばない」


アルマ橋にほど近い船着場から、〈光《ポジ》〉ツアーの客たちを乗せたディナー・クルーズは出航した。

「バトー・ムーシュで夕食なんて、ちょっとミーハーだけど、ごめんなさいね」

朝霞玲子が耳元で囁きかける。テーブルを囲むツアー客たちの顔を見渡してから、桜井香は答えた。

「セーヌ川下りは、パリ・ツアーのセレモニーみたいなものでしょう。ほら、みなさんとても楽しそうですよ」

この席に北白川右京と編集者らしき女性の姿がないのは、つまりそのセレモニーをパスした、ということなのだろう。できれば自分も、ひとりで裏街のブラッスリーに行きたかったと香は思った。

「下田さんも金沢さんも、パリは初めてなの。お付き合い下さいね」

ツアーなのだから仕方ないが、香には少々気になることがあった。バトー・ムーシュのディナー・クルーズはせいぜい五百フランかそこいらの値段なのだ。超豪華ツアーの初日の夕食としてはお粗末すぎる。

常識で考えれば、きょうのディナーはミシュランの三ツ星レストラン。セーヌ川下りはたしかにセレモニーだが、べつに食事と組み合わせる必要はなかろう。

ガラス張りのダイニング・ルームには、日本人観光客の姿がやたらと目につく。つまり、この夕食はエコノミー・ツアーの定番なのである。

川崎で電機部品の工場を経営しているという下田夫妻は、相変わらず暗い。旅を楽しんでいるというふうは少しもなく、そうかと言ってべつだん何が不満だという様子もない。ときおり歯の浮くようなセリフでたがいをいたわり合う。

「もっと若いうちに来たかったたな」

「そうですねえ……」

何言ってるの。私といくつもちがわないくせに。

一方の自称不動産王、金沢貫一さんとその連れは、見ていてうんざりするほどのはしゃぎようだ。明るいのはけっこうだけれど、上から下までエルメスとシャネルで飾りたてたその格好、何とかならないかしら。一緒にいるだけでも恥ずかしくて仕方がない。

安物のシャンパンで乾杯をしたあと、朝霞玲子は翌日のスケジュールを説明した。

「きょうはみなさんとてもお疲れでしょうから、明日の午前中はゆっくりとお休みになって下さい。時差ボケの解消は、二日目の朝寝が一番です。午後からたっぷり時間をかけて、ルーヴルを見学しましょう。そうそう、そしてディナーのあとで、シャトー・ドゥ・ラ・レーヌからみなさんに、すてきなプレゼントがあるそうです」

人々はグラスを持ったまま、朝霞玲子の美しい笑顔に注目した。

「実はさきほど、シャトー・ドゥ・ラ・レーヌで半世紀もゲストのお世話をしているコンシェルジュから、特別に申し出があったのです。明日の夜、地下のダイニングで食後のワインでも飲みながら、王妃の館にまつわる伝説をお聞かせしたい、と」

おお、と歓喜の声が上がった。シャトー・ドゥ・ラ・レーヌに伝わる古い物語を、老コンシェルジュが語る。考えただけで胸がときめくようなプレゼントだ。

「でも、フランス語じゃわからねえよ」

と、金沢貫一が言った。

「ああ、それでしたらご心配なく。私が同時通訳をさせていただきますから」

快い川風が純白のテーブル・クロスの上を過ぎて行く。

ガラスの船はアンヴァリッド橋をくぐり、華やかにライト・アップされたグラン・パレを左岸に望みながら、やがて群青《ぐんじょう》の夜空に光輝くアレクサンドル三世橋の下を通り抜けた。

いやな記憶が、ひとつずつ風にさらわれて行く。捨てられたのではない。あの男を捨てるのだと香は思った。

パリに来てよかった——。

近藤誠は苛立っていた。着替えだけを済ませたらすぐに集合というツアコンの指示にもかかわらず、同室のオカマはバスルームに籠《こも》ってしまった。

生まれつきカネと時間には神経質なたちである。

「おい、黒岩さん。みんなが待ってるぞ」

ドアごしに声をかけると、鼻唄まじりの答えが返ってきた。

「あー、いい気持ち。ちょっと待っててね、もうじき出るから。ところでマコちゃん、その黒岩さんっていう呼び方、やめてくれない？」

こいつのもうじきはいつになるかわかったものではない。

「だったらそっちも、そのマコちゃんという呼び方はやめてくれ。ともかく、早くしろ。他人に迷惑をかけて、よく平気でいられるな」

「迷惑？　――食事に出かけるのに、シャワーを浴びて着替えをするのは当たり前でしょうに」

「もうとっくにみんな集まってるよ。フロントから二度も電話がかかってるんだ」

「だったらマコちゃん、先に行っててよ。べつにあたしを待っててくれなくてもいいわ」

「それはいかん」

　断言してから、いったい何がいかんのだろうと近藤は思った。

　長い交番勤務の癖である。相棒をさしおいて、勝手な行動をしてはならないと思いこんでいる。

「マコちゃんって、やさしいのね」

「そうじゃない！　ともかく、早く出ろ」

「はいはい、出ますよ」

　長い髪をタオルでくるんだクレヨンがバスルームから出てくると、近藤は思わず壁ぎわまでにじりさがった。目のやり場に困る。注目するわけにもいかないが、そうかと言って視線をそらせば、女性だと認めたことになる。なおまずいことには、クレヨンの体は案外と色っぽく、けっこう魅惑的だった。

「おい。その、バスタオルを胸からくるむのはやめろ。おまえ男だろ」

「だって、おっぱいあるんだもの。見る？」

　クレヨンは止める間もなく、バスタオルから片方の胸を覗かせた。

「な、なんだそれは！」

「なんだって、おっぱい」

「なぜだ、なぜ男のおまえにそんなものがくっついているんだ」

「化物みたいに言わないでよ。くっついてるんじゃなくって、くっつけたの」

近藤はたまらず寝室に駆けこんだ。こんな生活を十日間も続けるわけにはいかない。ツアコンに談判をして、何とかさせなくては。

もっとも、部屋が豪華なスイートであることは不幸中の幸いである。リビング・スペースを挟んで寝室は大小二つあるから、いざというときには片方にたて籠ってしまえば、不測の事態は回避できる。

それにしても、あきれるほどに華美な部屋だ。意匠をこらした壁はゴテゴテの白と金で、高く折上げた天井からは、安全管理上好もしくないぐらいのバカでかいシャンデリアが吊り下がっている。

性格も生活も質素このうえない近藤誠にとっては、まさに異界だった。さきほどからの苛立ちは、クレヨンのせいばかりではないのである。このホテルは落ち着かない。じっとしているだけでも、まるで鏡に囲まれたカエルのように脂汗が滲《にじ》み出てくる。こんな部屋で眠れば、たぶん悪い夢を見る。

そうだ、と近藤は妙案を思いついて手を叩いた。

自分だけスタンダードな客室に変えてもらえばいいのだ。いや、それがなければ、従業員の部屋でも、物置でも、ワイン倉庫だっていい。そのほうがずっとよく眠れるし、第一、クレヨンと手を切ることができる。この提案ならばホテルもまさかいやとは言うまい。ツアコンも何とかしてくれるはずだ。

「マコちゃあん、もうちょっと待っててね。お化粧するから」

おのれを律し、貞操を守り抜くためにも、この提案はぜひ採用してもらわねば困る。

そのときふと、近藤はベッドの上にふしぎなものを発見した。

(何だ、これは。遺失物か……)

クレヨンはこの寝室に入っていないのだから、ベッドの上に置かれたビニールの小物入れは、前夜の客の忘れ物にちがいない。

近藤は職務上、遺失物の中味を点検することにした。好奇心も多少はあったが、貴重品もしくは危険物が入っていたらいち早く対処をせねばならぬ。

口紅二点。眉墨一点。ファンデーション一点。小型ブラシ一点。ヘアピンおよび髪どめ若干。名刺入れ一点。パスケース一点。

どうやら危険物も貴重品もないようである。パスケースの中の定期券は数日前で期限が切れていた。

持主は日本人である。区間は東中野駅から神田。桜井香、三十八歳。

名刺入れの中には、一流商社の名刺が十枚ほど入っていた。経理部第三課係長、とある。

(へえ……偉いんだな。エリートOLか)

三十八歳という妙齢だが、そのとき近藤は知的で美しい桜井香というＯＬの面影をたちまち胸に思い描いた。

そのとたんである。もともとすれちがいざまにでも恋に陥《お》ちるタイプの近藤は、女ひでりの折からついに、全然見も知らぬ女性に恋をしたのだった。むろん、旅先の心細さもあり、失恋の痛手もあった。オカマの裸を見てしまったあと、という心理的リバウンドもその原因のひとつだった。

一瞬の間に、こんな推理をした。

桜井香という美しい女性は、上司との長い不倫を清算し、その思いを断ち切るためにただひとりパリを訪れた。十数年におよぶ、報われぬ愛。恋人との別離と同時に職場も捨てた彼女には、何も残らなかった。すっかり艶《つや》を失った肌を被いかくす化粧道具。期限の切れた定期券。そして、おそらくセーヌ川に投げ捨てるつもりで持ってきた、職場の名刺――。

それらを小物入れの中に戻しながら、近藤は胸がいっぱいになった。この人がまだパリのどこかにいて、めぐり会うことができるとしたら、決して他人に言うことのできなかった愚痴のすべてを、自分が聞いてやろうと思った。平和な町の午下《ひる》がりの交番で、いつも近所の老人たちの話を、そうして聞いてあげたように。

ドアがノックされた。

「行くわよ、マコちゃん。お待たせ」

近藤は小物入れを持って寝室を出た。

「あら、何よそれ」

「前の宿泊客の忘れ物らしい。届けなくては」

　クレヨンはまるでステージに立つようなラメのワンピースを着、肩からやはりラメのぎっしりと入ったストールをかけている。化粧はあくまで濃く、閂《かんぬき》のようなリング・ピアスが耳たぶにぶら下がっている。圧倒的なケバさである。

　桜井香という人は、きっとこういうケバさとは無縁の、つつましやかで素朴な女性だろうと近藤は思った。まことに勝手な想像ではあるが、はっきり言ってタイプである。

　言葉少なで、意思の半分ぐらいは溜息になり、いつも俯きかげんだが、口元には愛くるしい微笑が絶えない。できれば瞼は一重がいい。

　愛する香のためにも、このオカマとは一刻も早く別れなければならぬ、と近藤は胸に誓った。

　部屋を出ると、狭い廊下の先から戸川光男が小走りでやってきた。

「やあ、お待たせしてすまん」

　戸川は近藤のうしろからすっかり女房気取りでついてくるクレヨンの装いを一瞥《いちべつ》して、うんざりと溜息をついた。

「これ、忘れ物らしいんだがね。寝室のベッドの上にあった」

　エッ、と戸川は怪しいぐらい驚愕《きょうがく》した。

「忘れ物って、ほ、ほ、ほかには」

「ほかには何もないよ。どうしたんだ、そんなにビックリして」

「い、いえ……」

「いちおう中味は改めさせてもらった。危険物でも入っていたらまずいと思ってな。ええと、持主は桜井香さん。三十八歳」

名前を聞いたとたん、戸川の顔色が突然スダレでもおろしたように、真黒に翳《かげ》った。

「おい、大丈夫か。また貧血を起こしたみたいだな」

このあわてぶりは怪しい。どこかしら犯罪の匂いがする。

8

セーヌ川から吹き寄せる風が、気の早いマロニエの落葉を散らす。

永遠に続くかと怪しむほどの長いたそがれのあとで、ようやく藍色の夜がやってきた。だが、闇は戸川光男にだけは安息をもたらさない。

夕食はシュリー橋を渡り、サン・ルイ島の古い街並にあるシーフード・レストラン。八人のツアー客を引率して石畳の裏街をぶらぶらと歩く間、戸川は食事の席で告白せねばならぬセリフを反芻し続けていた。

（みなさん、お疲れさまでした。さていよいよ世界中のツーリストたちの憧れ、『王妃の館』におけるパリの暮らしが始まります……当然といえば当然のことですが……まさか他のホテルと同じように、みなさんがお部屋を自由に占有することはできません……スイート・ルームでゆっくりとおくつろぎになれる時間は、午後一時から午後八時までと限らせていただきます……よろしいですね）

ちっともよろしくなんかない、と思う。この八人の客たちは、ワインセラーを改造した半地下の狭い部屋で眠らねばならないのだ。

文化財保護のため、という理由はあまり説得力がない。スイート・ルームはたしかにルイ王朝の優雅を今に伝える文化財にはちがいないが、ホテルのゲスト・ルームとしての設備は整っている。シャワー付きのバス。テレビ。冷蔵庫。デスクの上には専用ファクシミリとレターセットも、ちゃんと置いてあった。

客を何不自由なく宿泊させる準備は整っているというのに、なぜそこで寝てはいけないのか。誰だってそう思う。

答えは——その部屋にもう一組の客がいるから。

歩きながら、戸川光男は思わず手首の脈に触れた。ものすごいストレスがかかっている。不整脈などというなまなかなものではない。三回に一回、心臓が止まっている。

戸川は石畳の道を振り返った。古調な街灯のともる小道を、人々は楽しげに語らいながら歩いている。

人生経験が豊富で、聡明で、やさしい人たち。メンバーひとりひとりの共通項を挙げれば、そういうことになる。

歩度を速めて客たちとの距離をとってから、戸川は携帯電話をとり出した。〈光《ポジ》〉ツアーのディナー・クルーズは、今ごろ宴たけなわだろう。

「もしもし、戸川です」

〈ボンソワール・ムシュウ。コマン・サ・ヴァ?〉

明るい返事のあとで、朝霞玲子は席を立ったらしい。ダイニング・ルームから船べりに出たのだろうか。じきにうって変わった不安げな声が聴こえてきた。

〈どうしたの、戸川君。声が暗いけど〉

「いいえ、べつに変わったことはありません。ちょっと相談があって」

〈何よ。手短かにしてね、こっちも忙しいんだから。急用じゃないのなら、あとにしてちょうだい〉

急用である。ホテルに戻ってからでは遅いのだ。この相談だけは、今このときしかできない。

「手短かに言います。例の説明のことなんですけど、お客様に嘘をつくのはよくないと思って……」

たちまち怒鳴り返すかと思いきや、朝霞玲子はしごく落ち着き払った声で言った。

〈ウィ・ムシュウ。それで、どうしようっていうおつもり?〉

「ですから、この際ありのままをですね、こっちのツアーのみなさんにはお伝えしておいたほうがいいんじゃないかって……」

〈ありのまま? ——ゲスト・ルームの二重売りをしてます、とでも?〉

「言い方は、もう少し考えます」

〈考えてできることかしらね。いい、戸川君。よおく聞くのよ。十九万八千円のパリ・ツアーなんて、今どきちっとも安くない。それでもメンバーを集めることができたのは、シャトー・ドゥ

・ラ・レーヌっていう超目玉の売りがあったればこそ。あの豪華絢爛たる王妃の部屋に泊まりたいから、みなさんはツアーに参加したの〉
「それは……わかってますけど……」

〈他の方法なんて、あるわけないじゃないの。ともかく、私の指示した通りにおやりなさい。あなたに別の名案が思いつくっていうのなら、それはそれでかまわないけどね〉

十九万八千円どころか、百四十九万八千円のツアーを企画し、売りさばいたのはひとえに玲子の腕である。彼女の考えることにまちがいはないと思う。

〈これだけは言っておくわ。あなたの知恵で何かちがったことをやろうとしたら、必ず失敗する。そして、あなたの失敗はたちまち私の失敗になる。この企画が倒れれば、わがパン・ワールド・ツアーは一巻の終わりよ。よく考えてちょうだい〉

電話はプツリと切れた。

戸川は街灯の下にたたずんで客たちを待った。セーヌ川から溢れ出る夜の霧が、石畳の上をうっすらと流れて行く。やさしい人々は足元を霧に巻かれながら歩み寄ってきた。

トレンチ・コートにソフト帽を冠った岩波老人。夫人はぎこちなく夫の腕を抱き寄せている。そんなふうにして歩くのは、たぶん初めてなのだろう。

黒いコートに黒いハンチングを目深に冠った丹野さん。奥さんも同じような黒ずくめで、ちょっと暗いイメージのある夫婦だが、とてもおしゃれだ。

エリート・ビジネスマンの谷さんと香取さんは、スイート・ルームに感激していた。あの部屋に泊まれないと知ったら、どんなにがっかりすることだろう。

オカマのクレヨンさんは、近藤誠さんのたくましい体を抱きしめるようにして歩いている。

あ、近藤さんが怒った。クレヨンさんの手を振りほどき、ものすごい形相で歩み寄ってくる。

何を怒っているのだ。何を——。


「おい、戸川さん。ちょっと話がある」

近藤にむんずと肩を摑まれて、戸川は路地に引きこまれた。

「な、なんです。どうかしましたか」

仁王のようないかつい顔が迫った。

「いいか。俺は、十九万八千円という大金を支払った客だ。わかってるな」

「は、はい……わかってます。で、で、で、何か不都合でも……」

「だったら、俺の要求を黙って聞いてほしい。いいな、戸川君。理由なんか訊くな。ともかく、俺の言う通りにしてくれ」

近藤は大きな目をくわっと見開き、「正義」と筆字で書かれているような顔で、きっぱりとこう言った。

「君の立場はよおっくわかる。わかっているが、あえてお願いする。俺を、俺を、スイート・ルームじゃなくって、べつの部屋に寝かしてくれ。部屋がなければワイン倉庫だってかまわない」

「げ……な、なんと……何とおっしゃいましたか」

「理由なんか訊くな。訊かれたって答えるわけにはいかん。それはプライバシーにかかわることだからな。ともかく俺を今夜からワイン倉庫に泊めてくれ。頼む」

顔に似合わず、何ていい人なのだろうと、戸川は感動に身を慄《ふる》わせた。

さすがは元警察官だ。なぜ極秘計画が洩れたのか、そんなことはどうでもいい。ともかくこの人は、かけがえのない味方になってくれた、と戸川は思った。

しかも、何と男らしい人だろう。戸川のためらいと動揺をいち早く察知して、余分なことは何も言うな、しっかりしろと叱咤《しった》してくれたのだ。

「あの、近藤さん。ひとつだけお訊ねしていいですか」

近藤はまっすぐに戸川を見つめ、さらに叱りつけるように声を絞った。

「何も訊くなと言ったろう。訊かれても困るのだ」

「いえ、ひとつだけ。人間、嘘をついてはいけませんよね」

え？　と近藤は一瞬とまどいの表情を見せた。答えがほしい。朝霞玲子の指示に従ってこの人たちを欺《あざむ》き続けるか、あるいは計画のすべてをうちあけて協力を乞うか。

「そりゃあ君……質問の趣旨はよくわからんが、ともかく嘘はまずい。人間、いついかなる場合においても、嘘をついてはいかん」

力強い言葉を聞いたとたん、戸川は自分が玲子の呪縛《じゅばく》から解き放たれたように感じた。

「ありがとうございます、近藤さん」

「……ありがとうって、何が？」

「僕に勇気を与えてくれて」

「ううむ。何だか不毛な会話をしているような気がするが、ということはつまり、俺がワインセラーに寝るのを、君はありがたいと思うわけだな」

「もちろんです。何とお礼を申し上げてよいやら。あなたが僕を支持して下されば、みなさんも必ず理解して下さるはずです」

「え？　いや、みなさんはどうでもいいんだ。ともかく俺は、俺自身の貞操を守るためにだね――」

「妙な理由をつけないで下さい。ああ、あなたは何ていい人なんだ」

「いい人かどうかじゃなくって、俺はワインセラーに寝られるのか、寝られないのか、どうなんだね？」

「もちろん」

と、戸川は近藤のグローブのような掌を、がっしりと握った。

「もちろん、あなたのご厚情を裏切るようなまねはしません。嘘はつかずに、みなさんを必ず説得してみせます。ありがとう、ありがとう近藤さん。心おきなくワインセラーでお休み下さい」

決心したとたん体が軽くなって、戸川は路地から駆け出した。人々は石畳の裏道を抜け、シュリー橋を望む公園のほとりで戸川を待っていた。ライト・アップされた橋を渡り、小粋なビストロの集まるサンルイ・アンリル通りに、めざすシーフード・レストランはある。

「みなさん、本日のメイン・ディッシュは、パリ名物のカキとムール貝です。それからお食事の前に、大事なお話をさせて下さい！」

ありのままを洗いざらい告白すれば、この人たちはきっと力になってくれる。勇気を与えてくれた近藤に、戸川は感謝しなければならなかった。

シュリー橋の上では、若い恋人たちが抱き合い、口づけをかわしていた。そうした光景が、パリの夜には少しも不自然ではない。

「わあ、すてき。戸川さん、あいすみませんけど、記念写真を一枚お願いできますかしら」

岩波夫人が戸川にカメラを押しつけた。

「おいおい、おのぼりさんみたいなことを言うなよ」

と、夫は照れる。

「何をおっしゃるの。おのぼりさんにはちがいないじゃない。肩ぐらい抱いて下さいな。日本じゃできないんですから」

「まいったね。こうか」

欄干《らんかん》にもたれる二人を、戸川はカメラにおさめた。

そのとき、サン・ルイ島の突端をぐるりとめぐって、ガラス張りの船が近付いてきた。ディナー・クルーズだ。輝かしいダイニング・ルームの中には純白のクロスをかけたテーブルが並んでいる。もしかしたら、〈光《ポジ》〉ツアーの乗った船かもしれない。

ガラスの船は光り輝く恐怖のかたまりだった。船が間近に迫ったとき、テーブルを囲んで談笑する朝霞玲子と〈光《ポジ》〉ツアーの客たちの姿を、戸川ははっきりと認めた。

不安が足元を通り過ぎて行く。いたたまれずに、戸川は叫んだ。

「さあ、みなさん！　急ぎましょう」

どう考えても、十日間ものあいだ二組のツアーが、こんな具合にうまくすれちがい続けることなどできるはずはない。やはり〈影《ネガ》〉ツアーの人々には、すべてを知っておいてもらわねばなるまい。そのうえで、〈光《ポジ》〉から身を躱《かわ》してもらわなければ。

人々をせきたてるようにして、戸川はシュリー橋を渡った。

「ここがサン・ルイ島です。ノートルダム寺院の建つお隣りのシテ島とはちがって、十七世紀の落ちついた館が建ち並びます。たとえば、ヴォルテールやルソーが滞在したランベール館——」

丸暗記したガイド・ブックの記述を口ずさみながら、戸川は人々の興味をセーヌ川からサン・ルイ島の街並に向けた。

「そして、ボードレールが酒と麻薬の日々を過ごしたローザン館。このあたりにはそんなパリの古い思い出が漂って——」

クレヨンがシュリー橋を振り返って、甲高い声を上げた。

「マコちゃあん！　何してるの、おいてきぼりになっちゃうわよ！」

戸川はひやりとした。近藤誠が橋の中ほどにぼんやりと佇んで、足元を通り過ぎるガラスの船を見送っている。

「近藤さん！」

思わず叫んで、戸川は駆け出した。何ということだ。近藤はまるで恋人でも見送るように、行き過ぎるディナー・クルーズに向かって手を振っている。

「何をしてらっしゃるんです。やめて下さい」

船の後甲板に、小柄な日本人の女が立って、ふしぎそうに橋を見上げていた。

「やめなさい、近藤さん」

戸川はたくましい腕を押さえつけた。欄干から引きはがそうとしても、近藤は根の生えたように動かなかった。

遠ざかる船の上から、女は手を振り返した。あれはたしか――〈光《ポジ》〉ツアーのリストラＯＬ、名前は何と言ったか……。

そのとき、まことに信じ難い呟きが、近藤の唇を慄わせた。

「カオリ……」

戸川は耳を疑った。

「え？　いま何て言いました？」

「カオリだ。まちがいない。カオリ、俺のカオリ。カオリィ！」

戸川はおどりかかって近藤の首を締めた。

「どうして知ってるんだ。おい、近藤さん。なぜあの人の名前を」

偶然だろうか。もし近藤と桜井香が別れた恋人同士だとしたら、それは偶然ですら証明のできぬ、神様のいたずらだ。

桜井香は遠ざかる船の艫《とも》にぼんやりと立ちすくんでいる。その姿はやがて川面を被う霧に隠された。

「カオリ……カオリ……俺のカオリ……」

呟き続けながら萎えしぼんで行く近藤を、戸川はようやく欄干から引き離した。

サン・ルイ島から二人の様子を窺う人々に背を向け、気を取り直して戸川は訊ねた。

「どういうご関係なんですか、近藤さん。教えて下さい」

「いやだ」

と、ぶっきらぼうに言って、近藤は夜空を見上げた。

「僕には知っておく必要があるんです。教えて下さい。お知り合いですか。それとも別れた恋人、とか」

「いや、ちがう」

「でも、たしかあなたはいま、『俺のカオリ』とか言っていた。わかった。離婚した奥さんだ」

「それも、ちがう」

「とすると、生き別れの妹」

「ちがう」

「教えて下さいよ。頼む、お願い、この通り」

「どうしても知りたいのか」

「はい。どうしても」

「ならば教えてやろう。いいか、聞いて驚くな。本当のことを言うとな――」

戸川はゴクリとかたずを呑みこんだ。

「よく考えてみたら、全然知らんのだ」

「ハ？」

「つまり、アカの他人」


はっきりと確かめる間もなく、その人の姿は霧に呑まれてしまった。

シュリー橋の灯りが遠ざかるほどに、驚きは得体の知れぬ悲しみに変わった。

（宮本さん？　――まさかね）

都合のいい想像はよそう。みじめになるだけだ。ぼろ屑《くず》のように自分を捨てた宮本が、考え直してパリまで追いかけてくるなんて。

だとすると、あの人はいったい誰なの？

「えーと……えーと……」

香はセーヌの川風に吹かれながら、髪の根を摑んだ。

街灯を背にしていたので、男の表情はまったくわからなかった。橋の上からは、こちらがよく見えたはずだが。

肩幅のむやみに広い、ガッシリとしたスポーツマンタイプ。髪は短く刈り上げていた。汗くさい男の匂いが、船べりまで降り落ちてきたような気がする。

はっきり言ってタイプではある。男の趣味を訊かれて、まさか「シュワルツェネッガー」とは言えないから、見栄を張って「ディカプリオ」と答えることにしている。三十のなかばを過ぎたあたりから、何の理由もなく、まるで食わず嫌いの食べ物に突然目覚めたみたいに、マッチョが好きになった。

決して口に出したためしはないが、理想の男性は一にシュワルツェネッガー、二にスタローン。アンディ・フグが死んだときには一晩じゅう泣き明かした。

それにしても、橋の上からいきなり「カオリ！」と自分の名を呼んだあの人は、いったい誰なの。しかも聞きちがいでなければ、たしか「俺のカオリ」とか言った。

「えーと……えーと……誰だっけ」

わからない。「俺の」と言うからには、特定の占有関係が考えられるわけで、だとすると、かつての恋人とでも考えるほかはないのだが、あいにく香は付き合った男を忘れてしまうほど豊かな経験を持っているわけではなかった。

むろん、記憶にも残らぬ「つまみ食い」が、まったくなかったわけではない。もしかしたらそういう男が、一夜のロマンスを忘れられずに今も自分を慕い続けており、思いが天に通じて奇跡のめぐりあい、とか。

「えーと……えーと……」

やっぱり、そんなのいない。

いくら考えても思い当たるフシはなく、頭の中を不可思議の虫が這《は》い回る。

「わーかーらーなーいー！　誰なの、誰なのよ、あいつ」

手すりにうつぶした香の肩を、やさしい掌が支えてくれた。

「ご気分でも悪いんですか、桜井さん」

闇の中から救いの手をさし延べられたような気がして、香は顔を上げた。

「船酔い、ですか？」

「いえ、そうじゃないんです。酔いざましに夜景を見ていただけなんですけど――」

朝霞玲子の微笑は香の心をいくらか和ませてくれた。何て頼りがいのある人なんだろう。この女性のうちには、ベテランの安定感と修道尼のようなやさしさとが、きちんと調和している。

「悩みごと、ですか？」

「まあ、悩みといえばそうにはちがいないんですけど」

「もしお力になれることでしたら、なんなりと」

「つまらないことですから」

「どんなにつまらないことでも、他人に話せば楽になりますわ。どうぞ、おっしゃって」

話したところで、玲子の答えはわかっている。気のせい。空耳。時差ボケの疲れ。だがそんな当たり前の回答でも、この女性の口から言われれば、きっとそう納得するにちがいない。

「あのね、朝霞さん。いま変なことがあったんです。たぶん気のせいだとは思うんだけど、聞いていただけますか」

思いっきり笑いとばしてくれればいいと香は思った。

「はい、どうぞ。何があったんです、いったい」

朝霞玲子の口元が、一瞬ひきつったように見えた。それこそ気のせいだろうけれど。

「な、な、なにがあったんですか、桜井さん。変なこと、って……」

「あのね、さっきシュリー橋をくぐったとき、橋の上にシュワルツェネッガーみたいな男の人がいてね、日本語で私の名前を呼んだんです。カオリ、って」

「シュ、シュワルツェネッガー！」

「そう。もしくはアンディ・フグみたいな」

朝霞玲子の唇から力が抜け、美しい顔に夜空がのしかかるのを、香はたしかに見た。

「あれ、どうかしたんですか、朝霞さん」

とっさに、香が期待していた通りの回答を玲子は口にしてくれた。

「そ、そんなの気のせいよ！　空耳ですよ！　時差ボケの疲れだわっ！　――ちょっと待って。ひとつだけお訊ねします。その橋の上にいたシュワルツェネッガーを、あなたは知らないんですね。たとえば別れた恋人とか、知り合いとか、親類とか、そういうんじゃないですね」

玲子の取り乱しようは思いがけなかった。それまでの印象をこっぱみじんにブチ壊すようなあわてぶりだ。

「もちろん、ぜんぜん知らない人なんですけど……あの、朝霞さん。何か不都合なことでも」

「ないわ！　そんなのない、ぜったいにない。ないったらない！」

「……何もそこまで強調しなくても……ごめんなさい、変なこと言っちゃって」

朝霞玲子はドレスの裾《すそ》を翻《ひるがえ》して背を向けると、やおらポシェットから電話機を取り出した。

いったい誰にかけているのだろう。香は聞き耳をたてた。

「もしもし……あ、戸川君……あのね、今さっきシュリー橋で、ニアミスした？　……」

ニアミス、って何だろう。戸川って、誰なの。

「……そう。ともかく近藤さんには気をつけて……え、部屋に忘れ物……たぶん妄想だろう？……変な人ね、わかったわ……それから、例の件。妙なことは考えずに予定通り……頼むわよ」

そそくさと電話を切ってから、玲子は間近で耳をすます香に気付いた。ぎょっと振り返り、強い目で睨みつける。

「あなた、聞いたわね」

「いえ、べつに。どうしたんですか、何かトラブルでも？」

謎は謎を呼び、香の頭の中は不可思議の虫でいっぱいになってしまった。

例の件、って、何なの？　――。


「みなさん。乾杯のあとで、いきなりとんでもないことを言います。さぞかしビックリなさるとは思いますけれど、お願いします、聞いて下さい」

グラスを持ったまま、人々の手が止まった。勇気を奮わねばならない。

「どうかなさったのですかね」

夫人と目を見交わしてから、岩波老人は不安げに戸川を見つめた。

「俺たちはちょっとやそっとのことじゃビックリなんかしないよ」

「そうよ。言ってごらんなさい。聞くだけはちゃんと聞いてあげるわ」

と、キツネ目の丹野夫妻。

「とんでもないこと？　それは穏やかじゃないね。どうしたんですか」

「あんまり脅かさないで下さいよ」

ビジネスマンの谷と香取は、案外と落ちつき払っている。

「どうしちゃったのよォ、戸川さん。大丈夫、何があったって、あたしはあなたの、み・か・た」

クレヨンはウインクを送って戸川を励ました。

近藤は眉間に深い皺《しわ》を寄せて睨みつけている。嘘はつくな、とでも言いたげに。

「あの、みなさん。僕がどんなことを言っても、決して勝手な行動はなさらないと約束して下さいますか」

「ウィ・ムシュウ！」

クレヨンがそう言ってグラスを掲げると、人々はにっこりと笑って「ウィ・ムシュウ！」と唱和した。

「勝手な行動なんてできるわけないじゃないの。あなたはツアコン、あたしたちはツアー客よ。ねえ、みなさん」

何ていい人たちなのだろう。戸川はひとりひとりの顔をまっすぐに見られず、レストランのガラス窓に目を移した。自分を見守る八つの横顔。その向こうには、二百年間すこしも変わらぬ、サンルイ・アンリル通りの古いたたずまいがあった。

「お約束しますよ。私たちはツアー・コンダクターを信頼しています」

岩波老人が温かな視線を戸川に向けた。

「では――」

戸川は背筋を伸ばし、テーブルの下で拳《こぶし》を握りしめた。

「私たちの会社は、みなさんに対して恥ずかしいことをしました。それは、ツアーの二重売りです。まったく信じられない話でしょうけれど、ホテルのゲスト・ルームに、二組の客を同時に泊めるという企画を、ひそかに立てました」

エエッ、と人々は一斉に驚きの声を上げた。

「業界はひどい不景気で、私たちの会社は火の車なんです。月末の手形を決済するためには、どうしてもこの企画が必要でした。セールス・マネージャーの指示通りにすれば、お客様にはさして迷惑をかけずに企画を進めることはできると思います。でも、僕はみなさんのやさしいお人柄に接して、とてもこのさき社命を全《まつと》うする気になれなくなりました。嘘をつきたくないんです。ただ、それだけなんです」

一座はシンと静まり返ってしまった。たぶん誰もが、返す言葉すら失ってしまったのだろう。

「戸川さん、もう少し詳しく説明をしてくれんかね。きちんと伺うから」

岩波老人は放心する一同を見渡しながら言った。

そのとき突然、近藤がテーブルを揺るがせて立ち上がった。

「許せん！　断じて、許せんぞ！」

9

「おまえ、自分が何をしたか、何を言っているのかわかっていないいんだろう。ツアーの二重売りだと？　どう考えたってこれは立派な詐欺だぞ。許せん、断じて許せん！」

近藤誠は怒り狂った。むろん個人的な怒りなどではない。そりゃ多少は十九万八千円のツアー代金を欺《だま》し取られたという気がしないでもないが、ほとんどはかつて身についた職業的義憤である。

青ざめる戸川光男にかわって、岩波老人が近藤を宥《なだ》めた。

「まあまあ、そうおっしゃらず。あなたのお怒りはごもっともですが、戸川さんもこうして素直に詫びておられることだし――」

「黙れ。ごめんですむなら警察はいらんのだ！」

と、つい旧年来の口癖が出てしまった。すでに自分は警察を退職しているのだ。このツアーにも、職業は「建築作業員」として参加している。

長年口にしてきた決めゼリフはあんがい威迫的だったらしく、岩波老人は黙りこくってしまった。

「いや、失敬。岩波さんに向かって怒鳴っても仕方がない。だがね、これは犯罪ですよ。明らかに詐欺だ」

気を取り直して、近藤は腰をおろした。シャンパン・グラスを手にする者もなく、気まずい沈黙が過ぎて行く。テーブルの端の席で、戸川光男は彫像になっていた。

ふいに、丹野二八が高笑いをしてグラスを掲げた。

「ハッハッハッ、こいつはとんだお笑いぐさだぜ。一部屋に二組の客だと？　ハッハッ、こりゃ傑作だ、考えたやつは天才だな」

妻もクスッと笑ってグラスをつまんだ。

「悪事は派手なほどバレにくいっていうけど、本当ね。でも、かたや百五十万、かたや二十万じゃちょっと差がありすぎるわ。ということは、ツアーの途中でこんなふうにネタをバラしちゃうのも、筋書きのうちかな」

「なるほど。二十万なら多少はムカついても事件にはされるまい、ってわけか」

「それは、ちがいます」

と、戸川光男が懸命にかぶりを振った。

「私は、みなさんに嘘をつくのがいやなんです。だからすべてを承知していただいた上で、ご協力をお願いしたい、と……」

「何でもいいや。ま、乾杯しよう」

不敵な目付きで一同を見渡すと、丹野は妻とグラスを合わせ、シャンペンを一気に飲み干した。

「そうね、ともかく乾杯しましょ。カンパーイ！」

クレヨンの明るい声にならって、〈影《ネガ》〉ツアーの面々はとりあえずグラスを挙げた。

ただひとり、近藤誠は仏頂面で腕組みをした。とりあえずの妥協などできるはずはない。これは明らかな犯罪である。

「どうしたい、近藤さん。金を返してもらって、ひとりで日本に帰るか？」

丹野はカラのグラスを振りながら斜《しゃ》に構えて、近藤を睨みつけた。

どうしようもなく暗いこの夫婦が、近藤はかねがね不快でならなかった。スダレのかかったキツネ目の顔も、黒ずくめの服装も、どことなく犯罪者の匂いがする。誰とも目を合わせようとせず、ほとんど口もきかずにいたのに、戸川が告白をしたとたんのこの変わりようは何だ。まるで水を得た魚のようではないか。

怒るどころかむしろ上機嫌で、丹野は戸川にワインを勧めた。

「なるほどねえ、そういうことだったのかい。それであんたはストレスが昂《こう》じて貧血を起こしちまったってわけか。善人なんだねえ」

丹野に慰められながら、戸川光男は涙ぐんでいる。おそらく、彼にとっては最も意外な人物が味方についてくれたのだろう。そして——自分が異を唱えたことは、戸川にとって意外だったのではなかろうか、と近藤は推理した。そう、たしかに戸川は改まって告白を始めるとき、いかにも助力を乞うかのようにじっと自分を見つめていた。

だとすると、いよいよ許せん。場の雰囲気は何となく戸川に同情的だが、断じて許さん。このまま戸川の思い通りにことが運べば、陪審員の善意によって正義がねじ曲げられるようなものだ。

「おい、戸川」

と、近藤はやおら名前を呼び捨てた。

「おまえのやっていることはな、詐欺なんだぞ。わかるか、わからんのなら言って聞かせてやろう。刑法第二四六条。人ヲ欺罔《ぎもう》シテ財物ヲ騙取《へんしゅ》シタル者ハ十年以下ノ懲役ニ処ス。前項ノ方法ヲ以テ財産上不法ノ利益ヲ得又ハ他人ヲシテ之ヲ得セシメタル者亦《また》同シ――わかるな、戸川。おまえは詐欺罪の共同正犯で、十年以下の懲役なんだぞ」

座は一瞬シンと静まったが、間髪を入れずにまた丹野の高笑いがテーブルを揺るがした。

「カッカッカッ、バッカヤロー！　何を寝呆けたこと言ってやがる。偉そうに刑法の丸覚えなんぞしやがって」

とっさに、性格の素直な近藤は、抗《あらが》う前におのれを省みた。

「え？　……どこかまちがっていたか」

二十余年にわたって毎年昇任試験を落ち続けた近藤であった。

「まちがっちゃいねえよ。だが、あんたの丸暗記した刑法は平成七年に改正された」

「ええっ！　本当か、それは」

「内容は同じだが、明治四十一年に施行されたまんまじゃわかりづらいからな。いいか、それを言うんならこうだ。刑法第二四六条。人を欺いて財物を交付させた者は、十年以下の懲役に処する。前項の方法により、財産上不法の利益を得、又は他人にこれを得させた者も、同項と同様とする――わかったか、タコ」

「……うう……知らなかった……そうとは知らずに俺は……俺は……」

そうとは知らずに改正前の条文を口にしたことを恥じたわけではない。そうとは知らずに、ずっと改正前の刑法を答案用紙に書き続けてきた近藤であった。

「ひとつだけ、質問していいか」

「どうぞ」

「もしやその新しい刑法というのは、カタカナではなく、ヒラガナで書いてあるのか」

「あったりめえだ。それがどうした」

「い、いや――もうひとつ訊く。読みやすいように句読点とか、打ってあるのか」

「バッカじゃねえのか、おまえ。だいたいな、明治時代の刑法がついこの間までそのまんままかり通っていたってのがおかしいんだ。そんな法律を丸暗記したやつが、検事だ弁護士だ裁判官だと？　裁かれるほうはたまったもんじゃねえぞ」

言われてみればお説ごもっともである。自分はそうした矛盾にも気付かず、それどころか法律の改正すら知らずに昇任試験を落ち続けた。はっきり言って、バカである。

息を吐きつくしながら、近藤はガックリと肩を落とした。

ところで――妙に詳しいようだが、こいつはいったい何者だ。

「そうそう。話のついでに、ちょっと戸川さんの弁護をしておこうか。いま、近藤さんは彼を詐欺の共同正犯で、懲役十年以下だと言ったがね、決してそんなことはない」

伝法《でんぽう》な口調をやや改めて丹野は続ける。こいつ、弁護士か？

「仮にこの件について、近藤さんが訴え出たとする。しかし、詐欺罪の立件はまずありえない」

「なぜだ」と、近藤は顔を上げた。

「ツアーの契約書なんてものはおしきせの文言《もんごん》で、どんな部屋に泊めるなどということは書いてない。仮にワイン倉庫を改造した客室をあてがわれたところで、詐欺になどなるはずはないだろう」

「し、しかし、シャトー・ドゥ・ラ・レーヌのスイート・ルームに泊まるのだと、たしかに言っていたはずだ」

「言ったの言わねえのなんてことは、民事裁判だって通用しないよ。ましてや詐欺事件だなんて、日本の警察はそれほどヒマじゃない」

まことにその通りである。警察官の忙しさは誰よりも自分がよく知っている。退職するときも、消化しきれぬ有給休暇を山ほど残していた。

キツネのような細く鋭い目が、じっと近藤を睨み据えていた。こいつは、いったい何者だ。近藤は思い切って訊ねた。

「丹野さん。あなたはずいぶんお詳しいようだが、お仕事は？」

丹野は唇の端を悪魔のように吊り上げて笑いながら、同じ表情の妻と顔を見交わした。

「そうきかれても、困るよな」

「困るわね。プライバシーにかかわることですから」

「裁判官には見えねえし」

「弁護士にも見えないわ」

「検事にもな」

「大学教授にもね」

黒ずくめの夫婦はゆっくりとキツネ目をめぐらす。ワインをひとくち飲んでから、丹野二八が投げかけた言葉は、たとえ冗談にせよ近藤を慄然とさせた。

「退職警察官、とでもしておこうか――」


「きょうはさぞお疲れになったことでしょう。お部屋に戻って、ぐっすりとお休み下さい。明日は早めにルーヴルの見学に参りますので、とにかくぐっすりとお休み下さい。ハイ、おやすみなさい」

朝霞玲子はホテルに戻ると、まるで客たちを追いたてるようにそう言った。

どうもおかしい。ディナー・クルーズの途中から、急に落ちつきがなくなったように見える。

「あの、朝霞さん――」

他の客たちがロビーを去ってしまったあとで、桜井香はどうとも気になって訊ねた。

「私、さっき何かお気にさわるようなこと、言いましたか？」

「え？　……いえ、べつに」

「シュリー橋を過ぎたところで、誰かに名前を呼ばれたような気がしたの。つまらないことをまじめにきいちゃって、それで朝霞さんは気分を悪くなさったんじゃないのかしら」

この人はきっと、完全主義のA型人間なのだろうと香は思った。ましてや百五十万円の超豪華ツアーで、万がいちにも粗相のないように気を遣ってくれているんだわ。

「そ、そんなことありませんわ。その件でしたら、きっと気のせいですよ、気のせい。パリまでやってきて、いきなり橋の上から名前を呼ばれるなんて、そんなことあるわけないじゃないですか」

やっぱりおかしい。さっきもそうだったけれど、どうしてこんなに「気のせい」を強調するのだろう。

たしかに気のせいだとは思う。シュリー橋の上から親しげに名前を呼ばれるなんて、空耳だとしか考えられないし。

「とにかくお部屋に戻ってゆっくりお休み下さい。ハイ、そうしましょ、そうしましょ」

玲子は香の腕を摑んでフロントに歩み寄り、流暢なフランス語でルーム・ナンバーを告げた。

「ボンヌ・ニュイ・マダム」

古風な真鍮《しんちゅう》のルーム・キーとともに、ビニールの小物入れがカウンターに置かれた。

「あら……どうして？」

部屋を出るとき、ベッドの上に置いてきた化粧ポーチ。どうしてこれがフロントに届けられているのかしら。

「あの、朝霞さん。これって、どういうことなんでしょう」

「そ、それはですね。そう、きっと貴重品をセーフティ・ボックスに入れ忘れたんだと思って、メイドがフロントに預けたのよ。きっとそうよ」

あまりいい気持ちはしない。小物入れの中には化粧道具のほかに、パスケースや名刺入れはたしかに入っているが、外見は安物のビニールである。メイドは中身を調べたのだろうか。あんがい油断のできないホテルかもしれない、と香は思った。

「おやすみなさい、朝霞さん」

「はい、おやすみなさい」

シャトー・ドゥ・ラ・レーヌは、廊下も階段も狭い。大荷物を持っていれば容易には人とすれちがえぬほどだ。しかし館の中は、えも言われぬ優雅な中世の香りに満ちている。高貴さと質素さの快い調和。目に触れるものはひとつひとつが、たとえば廊下をぼんやりと照らすランプ・シエードや、階段の手すりを飾る銅細工や、獅子頭《ししがしら》を象《かたど》ったドアのノブに至るまでが、溜息の出るような美しい意匠であるのに、少しもその美しさを衒《てら》わない。

この館の最初の主《あるじ》は、きっとすばらしいセンスの持主だったにちがいないと香は思った。

そういえば、明日の晩にはホテルの老コンシェルジュが、この館にまつわる物語を話してくれるらしい。

狭い階段を二階へと昇りつめたとき、階下から携帯電話の呼音が届いた。

「……もしもし……ええっ！　戸川君、あなた、何てことを！」

朝霞玲子の不穏な金切声に、香は思わず立ち止まって耳をそばだてた。

「ぜんぶしゃべっちゃったって……何てことを……あれほど言ったじゃないの」

いったい何が起こったのだろう。トガワ君って、誰なの？

「……わかったわ。ゲストは理解してくれたのね。うん……だったらむしろやりやすいかもしれないけど……戻ったら部屋にきてちょうだい。作戦を立て直さなくちゃ」

疑念を抱くというよりも、香は暗い気持ちになった。

せっかく忘れかけていたあの男のことを、ありありと思い出してしまった。捧げつくした十年の時間。捨てられた今となっては、無為に過ぎた十年の時間だ。

あの男の頭の中にはその間ずっと、香の想像だにせぬ打算と作戦とが、渦巻いていたのにちがいない。生まれつき他人を疑うことを知らぬ性格を、すっかり見すかされてしまった。

もしかしたら、自分を欺いたのはあの人ばかりではないんじゃないの？　子供のころからずっと、世界中が自分を欺し続けてきたんじゃないの？

一日の疲れが魔物のように被いかぶさって、香は月かげのさし入る二階の廊下を、よろよろと伝い歩いた。

これで、シュリー橋の謎の男のこともわかった。

子供のころからずっと、世界中の悪意に欺され続けてきた自分の魂が、勝手に神の声を聴いたのだ。けっして自分を欺かず、心から、何の打算もなく愛してくれる男の幻の声。ありうべくもない声。

象牙色の壁に、疲れた女の影が映っていた。

（まったくバカな女よねえ……こういう結果になるなんて、とっくの昔からわかりきっていたのにさ。おまけにリストラ奨励金をそっくりはたいてパリくんだりまでやってきて、忘れるどころかやっと自分のバカさかげんに気付いて）

「やめてよ、もう。わかったわよ」

香は影に向かって呟いた。

（このツアーだってさ、何だかわかったもんじゃないわよ。あなた、また欺されてるんじゃないの？　少しは疑ってみたら）

「世の中、他人を疑り始めたらきりがないわ」

（やれやれ、どこまで人が好いんだか。あのね、ひとこと言っておくけど、あの朝霞玲子って女、とんだくわせ者よ、きっと）

「そんなことないわ。いい人よ」

（ハハッ、そう言いながらあなたは、みんなに欺されてきたんじゃないの。ローンの保証人になって借金の肩がわりをさせられたり、不倫のアリバイ工作をした上にあらぬ疑いをかけられたり、上司のエラーをそっくりひっかぶったり、あげくの果てに頼みの綱のあの男には、ひとことでお

いい人よ、って）

払い箱だもんね。でも、被害を蒙《こうむ》るたびに、あなたはいつも同じことを言う。そんなことないわ、

「消えてよ、お願い」

（ハイハイ。せっかく二百万円で買ったパリの夜だものね。しばらくおとなしくしてるわ。でも、疑わなくちゃだめよ。目を皿にして、耳をロバにして。いいわね、カオリ）

月光に染まった細い廊下の果てに、安息の白い扉があった。

真鍮の鍵をさし入れ、そっと押し開く。スイート・ルームの輝かしいシャンデリアが、疲れ切った体を抱き止めてくれた。

（あれ……なに、この匂い）

カルバン・クラインのエスケイプ。それは身に覚えのない香水の匂いである。

ベッド・メイクにきたメイドがつけていたのだろうか。いや、そんなわずかな時間で、これほどの匂いが残るはずはない。誰かがこの部屋で、香水を使ったのだ。

鼻を蠢《うごめ》かしながら、香はベッド・ルームに入った。スーツ・ケースはポーターが運び入れたまま、スツールの上に載っている。匂いのほかには、何ひとつ変わったところはない。

チェック・インしてから荷物を解く間もなくディナー・クルーズに出かけたのだが――そう、ただひとつふしぎな点といえば、ルージュをさしてそのままベッドの上に置いてきた化粧ポーチが、何者かの手でフロントに運ばれていたことだ。

誰が、なぜ？

「右京先生！　いったいどうしちゃったんですか。しっかりして下さい。ついさっきまではあんなにダラダラと名文をタレ流していたっていうのに、たった三枚書くか書かぬかのうちに、続きが全然うかばないなんて」

　北白川右京は机に俯《うつぶ》したまま、獣のように低く呻《うめ》き続けるばかりである。

「……そんなこと言ったって早見君。書けないものは書けないんだからしょうがないだろう。やっぱり初めからムリがあったんだ。ルイ太陽王の恋物語なんて……いったい誰が言い始めたんだよ、こんな小説」

「誰って、ご自分のほかに誰が言い出すものですか。この期《ご》に及んで、無責任なことは言わないで下さい」

　右京先生が執筆に行き詰まって弱音を吐くのは、何も今に始まったことではない。小説家はみな繊細な神経の持主だが、とりわけ「ガラスの右京」の異名を持つ北白川右京は、たとえば頭上をカラスが飛んでも、その瞬間に世界一不幸な人間になったりする。そんな先生を、宥め、すかし、叱り、励まして机に向かわせるには、文芸編集者としての長い経験が必要だった。

　しかし、宥めすかしているヒマはない。ツアー客を装ったパリ滞在の十日間のうちに、書き下ろし長篇『ヴェルサイユの百合』の残り二百枚、何としてでも物にしなければならない。日本に帰れば、右京先生はまたメディア出演と連載執筆の嵐に呑みこまれてしまうのだ。

早見リツ子は力なく机に俯す北白川右京の耳元で、呪文のように囁いた。

「先生。あなたは天才です。スタンダールもバルザックも目じゃない。カポーティもメイラーもくそくらえの、あなたは百年にひとり出るか出ないかの天才です。滾々《こんこん》と尽きることなく湧き出《い》で、ときにはオベリスクの泉のごとく天高くに噴き上がるあなたの才能を疑ってはなりません。あなたが枯渇するはずはない。それは天の摂理に反します」

右京先生はムックリと頭を上げると、たちまちペンを握った。けっこう乗りやすい性格ではある。

「早見君……」

真白な原稿用紙を見つめながら、先生は切実な声で言った。

「ルイ太陽王は、どんな顔をしていたんだろう。どうしても思いうかばないんだけれど」

待ってましたとばかりに、早見リツ子はベッドの上に積み上げられた資料の何冊かを手に取った。

「とくとごらん下さい、先生。これがかの有名な、リゴー作『ルイ十四世肖像画』。これがシャルル・ル・ブラン作『オランダ攻撃を命ずる国王』。そしてこっちが、ル・ベルナン作『ルイ十四世の胸像』。もうひとつ、ジャン・ワランの手になる『ルイ十四世像』がこれです」

資料を机の上に拡げながら、いったい今さら何を言い出すのだろうとリツ子はあきれた。すでになかば以上まで書き進んでいる『ヴェルサイユの百合』は、絶対君主であり、完全無欠の男性であるルイ十四世の華やかな恋愛生活を、余すところなく想像し、描写している。この調子で残る二百枚を書ききれば、それは陰湿で猥褻《わいせつ》な現代の恋愛風潮をことごとくくつがえし、かつ恋愛における男性の復権を世に問う話題作となることはまちがいない。

「迷ってはいけません、先生。つねづねお考えになっている通り、ルイ太陽王は人間に許されうる最高の美貌と叡智《えいち》とをあわせ持った、完全なる男性です。ほら、よおっくごらん下さい。何ていい男。彼氏いない歴四十二年のこの私ですら、思わず胸がときめきます」

肖像画を見つめながら、先生は不穏な呻き声を上げた。

「いや。やっぱり、ちがう……」

「ちがうって、何がですか」

「ルイは、こんな顔じゃない。これは宮廷絵師たちがおべんちゃらで描いた肖像だ。彼はこんな顔をしてはいない」

言い返そうとして、リツ子は背筋が寒くなった。右京先生の後ろ姿は、執筆に疲れ果て、スランプに陥った作家のものではなかった。その背中には明らかに、天から舞い降りた物語の天使が宿っていた。

「どうして、書けないんですか」

「それは、僕にもわからない。書こうと思えばいくらでも書ける。だが、このまま続ければすべてが嘘になる」

「そんな……」

「小説は嘘にはちがいないが、誠実な嘘でなくてはならない。リゴーヤル・ベルナンが、おべんちゃらで描いたルイの姿を、僕は書き写すわけにはいかない。僕は彼らほど、無節操な芸術家ではないからね」

この人はやはり百年にひとり出るか出ないかの天才だと、リツ子は思った。三百年の時空を超えて、先生はルイ十四世の実像を見極めようとしている。

「しばらく、そっとしておいてくれないか」

リツ子は後ずさるように先生の背中から離れた。

「かしこまりました。あちらの寝室におりますので、何かありましたらお呼び下さい」

扉を後ろ手に閉めて、リビング・ルームの輝かしいシャンデリアを見上げる。

(ちがう。ルイはこんな顔じゃない)

吐き棄てるような先生の声が、耳から離れなかった。

「ケス・ク・ヴー・ザヴェ?」

老コンシェルジュが、ぼんやりとソファに沈む玲子の肩ごしに囁いた。

「サ・ヴァ、セ・パ・シャンジェ。ヴー・ゼット・ジャンティ」

大丈夫です、と答えたものの、到着早々に起こった思いがけぬトラブルを、ホテル側にうまく説明する自信が玲子にはなかった。

「ムシュウ・デュラン。ちょっとまずいことになったの。怒らないで下さいね」

言葉を選びながらフランス語で言うと、老コンシェルジュは片目をつぶって微笑んだ。

「マダム・レイコ。ひとりで悩んではいけませんよ。だいたい察しはついています」

心に響くようなバリトンは、ホテルマンというより、粋なパリジャンの声だ。

「あなたはともかくとして、ムシュウ・トガワにこの仕事は無理だと思っていました。つまり、早くもバレてしまった、というわけですね」

「ウィ・ムシュウ。お察しの通りです」

「おたがいのボス同士が、あまり深く考えずに決めたこととはいえ——私は手品師ではないし、あなたがたも魔法使いではない。で、トラブルは？」

「ゲストのみなさんは理解して下さったそうです」

老コンシェルジュはいかにもほっとしたように、深く息をついた。

「つらいですね、たとえどのような事情があれ、お客さまを欺すというのは。しかし私だってこの齢になって、転職する勇気はありません」

シャトー・ドゥ・ラ・レーヌはたしかに世界中のツーリストたちの憧れだが、ホテル業としてはすでに限界なのだ。なにしろゲスト・ルームがたったの十五室しかない。老コンシェルジュはロビーの太い梁を見上げて溜息をついた。

「日本の大手旅行社もひどいですね。ブームのころにはさんざこのホテルをおもちゃにして、景気が悪くなったとたんに見向きもしないんですから。それにしても——今どきよくこんなツアーが組めたものです。おひとりあたり、ざっと八万フランですか。信じられない」

「うちの会社だって、必死ですからね」

話しながら、玲子はひどい徒労を感じた。この危険きわまりない仕事を、自分はいったい誰のために遂行しているのだろう。社長《ボス》はたしかに魅力的な男性だが、彼から見た自分は、ただの有能なツアー・コンダクターにすぎないのではなかろうか。

無償の愛。それは恋の本質にはちがいないけれど、同時にまた徒労でもある。

「マダム・レイコ。私たちも深く考えるのはよしましょう」

まったくその通りだと玲子は思った。ムシュウ・デュランは五十年の勤続の果てに、こんな仕事を押しつけられた。そして自分も、どろどろの愛憎劇の中で使命を果たさねばならない。

「あすの晩、食事の後でとても面白いお話をお聞かせしたいのですけれど」

「ああ、このホテルの昔話ですね」

「ウィ・マダム。できればみなさまに」

さて、〈光〉と〈影〉とを対面させることなく、どうすればムシュウ・デュランの昔語りを全員に聞かせることができるだろう。

これは難しい。

10

ゲスト・ルームの窓辺には真赤なゼラニウムの鉢が置かれ、バラとクレマチスが白い窓枠を縁取っている。

中庭の向かいはヴォージュ広場をめぐる館の裏壁で、空も景色も遮られてはいるが、赤煉瓦の古いたたずまいはまるで花の窓枠に収まった一枚の絵のようだ。

部屋に通されたとき、できれば窓からパリの裏街が見える北側の部屋のほうがよかったのに、と思ったが、こうして眺めるシャトー・ドゥ・ラ・レーヌの中庭は思いがけない安息を感じさせてくれる。

下田ふさ子は窓辺に倚《よ》って、月光に照らされた小さな中庭をあかず眺めた。

ソファに寝転んで、夫はガイド・ブックを読んでいる。近視のメガネをはずし、そのうえ腕を思いきり伸ばして本を遠ざけながら。

何度すすめても、とうとう老眼鏡は作らなかった。その頑固さも、今となってはいじらしく思える。

「ヴォージュ広場の向こう側が王の館で、こっちが王妃の館。で、その隣りが——なになに、宰《さい》相《しょう》リシュリューの館、だって」

バラの刺《とげ》に気遣いながら、ふさ子は窓から身を乗り出した。

月あかりの中につらなる赤煉瓦の家々は、みな遠い昔に貴族たちが住んだ館であるらしい。

「リシュリュー、って?」

「さあね。宰相というからには、昔の総理大臣じゃないのかな」

「ふうん。学校で習ったかな、そんなこと」

「習ったかも知れんが、忘れたね。学校で身についたことって何だろう。なあ、ふさ子」

三十年ちかくも連れ添って、夫婦の間の目新しい話題など何もあるまいと思っていたが——こんな話は初めてだ。

「ソロバン」

「ああ。だがこのところとんと使っていないね。電卓をたたくばかりで」

「じゃあ、簿記」

「それもなあ、みんなコンピュータになっちまったから」

「だとすると、あんなに辛い思いをして学校に通って、いったい何の得があったのかしら」

「あったさ……少くとも、俺はね」

ぽつりと呟いた夫の言葉の重みに、ふさ子の胸は潰れた。

月あかりを滲ませて溢れ出る涙を、夫に気取《けど》られてはならない。どんなときでも笑顔を繕うのは、妻の務めだ。

「ちゃんと勉強をしたかったなあ」

ふさ子は、夫と初めて出会った三十年前のことをよく覚えている。

定時制の商業高校の新入生。夜の教室に、夫は一週間おくれでやってきた。

油にまみれた紺色の作業服で教壇に立ち、ぴんと気を付けをして頭を下げた夫の姿は、今も瞼に灼きついている。

(下田浩治《こうじ》、二十一歳です。コウジは、和田浩治のコウジです)

みんながどっと笑った。下田浩治と和田浩治は一字ちがいだけれども、二十一歳の夫は背が小さくてあばた面で、そのうえ牛乳瓶の底のような、ぶ厚いメガネをかけていた。ヘア・スタイルはそのころでさえ相当に時代おくれの、角の思いきり張った角刈りだった。

(故郷《くに》は、八戸《はちのへ》です。集団就職で東京にきて、川崎の工場で働いています。ええと、将来の夢、ですか。それは……自分で下請けの工場を持つことです。ちょっと、むりかな)

むりじゃなかったよ、浩治くん。

あなたは本当に自分の工場を持って、社長さんになった。口で言うのは簡単だけれど、そんなふうにして都会に出てきた子供たちが、誘惑に負けず、わき目もふらずに頑張って自分のお城を持つのが、どんなに難しいことか、私はよく知っています。誰よりも。

むりなことを、むりになしとげたあなたは偉い。

（それと、もひとつ。夜間高校で彼女を見つけて、嫁さんにします。これも、ちょっとむりかな）

いえいえ、むりじゃなかったわ、浩治くん。少し強引だったけどね。

むりを承知で頑張るあなたが好きでした。だから人生がどんな結果に終わっても、私は幸せです。隣り合わせの机で四年間勉強をして、ラブ・レターを山のようにもらって、卒業した晩にあなたはとうとう言ってくれた。

結婚しよう、って。

私ね、あのとき心に決めたのよ。どんなことがあっても、この人について行こうって。結婚をするというのは、そういうことだと思ったから。愛したり愛されたりは恋人同士のすること。結婚は、その人を信じてついて行くことだと思ったから。

私には何もできない。あなたにしてあげられることはたぶん何もない。だからせめて、どんなときでも笑っていようと思った。

どんなときでも――そう、たとえあなたが万策つきて、自殺するほかはなくなっても。

「ふさ子――」

夫が呼んだ。ふさ子は掌で涙を拭い、満面の笑顔を窓辺から振り向けた。

「はい」

「今さらこんなことを言い出すのも何だが――幸子と悦子には、ひどい迷惑をかけることになるね」

「そりゃ、あなた。多少の迷惑はかかりますよ。でも、何億もの借金を抱えて四苦八苦している親なんて、いないほうがいいわ。迷惑はいっときのことだし」

かつて夫の口にした言葉を、ふさ子はありのまま言った。

銀行からの融資が途絶えてからは、悪い金貸しに頼ってしまった。不渡りを出し、工場が閉鎖されると、金貸しはこぞって娘たちの嫁ぎ先にまで押しかけた。保証人になっているわけではないから、娘や娘の夫たちに返済の義務はないが、いずれも若く、人の好い婿たちが責められるのは、親としてたまらない。

この際、夫と自分とがこの世から消えてなくなるのが正しい選択だと、ふさ子も思った。

「いやね、同じ迷惑をかけるにしても、わざわざパリまできて、というのはどんなものかと。たとえば熱海の錦ケ浦とか──」

「だったらもっと手っとり早く、家で済ませればよかったのに」

責めてはならない。夫を惑わせるようなことを、言ってはならない。笑わなくちゃ。

「あのね、あなた。私、どうしてもパリにきたかったの。最後のわがままよ。さっきもセーヌ川のディナー・クルーズでね、ああ、ここで死ねるんだって思ったら、とても幸せな気分になったの」

「だが、子供らにはいらぬ迷惑がかかる。ツアーの人たちにも」

「最後のわがままだもの、いいじゃないの、それくらい」

夫はソファから身を起こし、メガネをかけ直して、じっとふさ子を見つめた。

「ふさ子。おまえって、いいやつだな」

「あら、今ごろわかったの?」

「こんなときでも、ずっと笑っていてくれる。俺はおまえの笑顔しか知らない。三十年間ずっと、おまえの笑顔のほかの顔を、俺は見たことがなかった」

笑わなくちゃ。笑って、笑って、そうそう、涙が出ても笑うのよ。

「ハッハッハッ、だってこれが地顔だもの!」

夫はしばらくおし黙り、それから膝の上に掌を組んで、深々とこうべを垂れた。

「すまない。俺はこうしている間にも、おまえの笑顔に救われている」

「そう思うんだったら、あなたも笑ってよ。おっかしいじゃない、十日間で百五十万円のツアーだってさ。そんなの聞いたこともないわ! ハッハッハ!」

笑いながら、ふさ子は思いついた。

どんなときでも笑い続けるのは、自分が決めたことではなかったのだ。いつかどこかで誰かに、一生笑い続けろと教えられた。

思いついたとたんに、笑顔が凍りついてしまった。

「どうした?」

「あ、いえ——ちょっと忘れていた人のことを思い出したの」

「忘れていた人?」

「そう。誰だと思う」

「さて……昔の恋人、とか」

「そんなのあるわけないじゃないの」

「おとうさんとか、おかあさん」

「顔も知らないわ」

「誰だよ。気になるね」

　その人の顔を思い出すと、自然な笑みがこぼれた。

「あのね、いまふいに、岩波先生のことを思い出したの」

「岩波先生って……高校の？」

「そう。先生と奥さんとで、私たちの結婚式をしてくれた」

　そんな恩人のことを、なぜ今の今まで忘れていたのだろう。

　岩波は夜間高校の担任で、教え子の結婚を心から祝福してくれた。入籍をすませた足で挨拶に行くと、アパートの一間が宴会場になっていたのだ。

「あのときはビックリしたな。報告だけするつもりだったのに、いきなりクラッカーを鳴らされて――」

「そう。友達も大勢集まっていて。先生の奥さんがウェディング・ケーキまで作ってくれていた」

　岩波は無口な教師だった。おそらく、年齢も社会経験もまちまちな夜学の生徒たちに、思い出深い教育をさずけるほどの器用さは持っていなかったのだろう。何を教えられたという記憶もなく、叱られたことも、褒《ほ》められたこともないような気がする。

「俺も、ずっと忘れてたよ。やっとこさ高校だけは卒業したというだけで、あれからは付き合いもなかったし、連絡もしなかった」

「何だか、影の薄い先生だったからね。あなた何か覚えてることって、ある？」

「そうだな……卒業式のあとで、軍歌を唄ってた」

「うん。覚えてるわ。こんなこと言ってたわね。『君が代』は嫌いだ。『蛍の光』はイギリスの歌だ。『仰げば尊し』を聞くほど、たいしたことは教えていない」

「だからって、軍歌はないよな。俺たちが卒業証書を持って出て行くとき、岩波先生は夜の校庭のまんなかに気を付けをして、軍歌を唄っていたんだ。あのときはみんな、おかしくって大笑いしたけど――」

「今から考えれば、何だかねえ……」

話しながらふさ子は、星降る校庭に棒きれのようにつっ立って、大声で軍歌を唄う岩波のシルエットを、ありありと思い出した。

「先生、軍人だったのかしら」

「さあ――そんな話は聞いたことがなかったな。ともかく、印象の薄い先生だった。担任だったのに、どの先生よりも記憶に残っていない」

「私、もうひとつ思い出したの」

「何だね？」

「ちょっと信じられない気がするんだけど、まちがいないわ。先生のアパートで結婚式をしてくれたときの、お祝辞よ」

「祝辞?」

「そう。岩波先生、何かひとことってみんなに言われて。先生ったらすごく照れながら、私の目をじっと見つめてね――」

こんな大切な記憶を、どうして今まで忘れていたのだろう。温かな記憶が甦るほどに、ふさ子は笑いながら泣いた。

「先生ね、こう言って下さった……ふさ子、おまえはブスだけど、笑顔がいいよって。だからずっと、浩治に嫌われたくなかったらずっと、ずっと……ずっと笑っていろって」

悲しいことがなかったはずはない。だが自分はいつも、笑い続けていた。笑いながら泣き、泣きながら笑ってきた。そうしてとにもかくにも、あれからの三十年をこの人とともに歩んできた。

「どうやら俺は、岩波先生に感謝しなければいけないようだね」

「お元気かしら――」

同時に振り返ったホテルの窓辺に、夜光色のバラが揺れていた。


「ほどとおからぬゥ、たびだにもォ――」

ワインを舐《な》めながら、夫がふいに聞きなれぬ歌を口ずさみ始めた。

「ちえェの、なみじを、へだァつゥべえきィ、きょおおのわかれを、いかにせん――」

酔うと軍歌を唄い出すのは夫の癖だが、哀調を帯びたメロディーは、少しも勇ましいところがない。美しい歌だと岩波正枝《まさえ》は思った。

「なに、その歌」

夫は目をつむり、陶然と唄い続ける。

われも　ますらを　いたづらに
そでは　ぬらさじ　さはいえど
いざ　いさましく　ゆけやきみ
ゆきてつとめよ　くにのため

「――あら、やっぱり軍歌」

夫は満足そうに息を入れ、ワインをひとくち含んだ。

「知らないかね。『遠別離《えんべつり》』」

「聞いたことないわ。いい歌ですね」

「これはね、いわば軍隊の『蛍の光』さ。兵隊は転属やら部隊の移動やらで離ればなれになるときとか、学校を卒業するときなどにね、これを唄った」

「へえ……蛍の光、ですか」

「どういうわけか、さっきサン・ルイ島から戻ってくるみちみち、思いうかんだんだ。何だか、パリによく似合う。妙なとりあわせだが」

「ええ、とてもよく似合いますわ。きれいなメロディーですもの」

「それにしても、美しい街だね、パリは」

「あなたの外国ぎらいも、少しはよくなるかしら」

夫は満面の皺を引き伸ばすようにして苦笑した。

いやがる夫を、むりやり海外旅行に連れ出した。今さら外国になど行って何になる、そんなヒマとカネがあったら、温泉にでもつかっていたほうがましだと、夫は出発の朝まで子供のように駄々をこねていた。

だが、成田空港に到着したあたりから、少しずつ夫の頑《かたく》なな心は変わっていった。まるで縛《いまし》めが緩むように。氷が溶けるように。

「パリの街並を見ながら、少し反省をした」

「何を?」

「外国ぎらいをさ。ガイド・ブックに書いてあった。パリがどのようにして大戦の戦火から免れたか」

「どういうことなの？　教えて下さる」

「ドイツ軍は、パリの市内だけは爆撃をしなかった。フランス軍もパリが戦場になることを怖れて降伏した。ノルマンディ上陸作戦のあとで米軍も、パリに大砲は向けなかった。そしてドイツ軍はまた、パリが戦場になることを怖れて撤退した。彼らはみな、かけがえのないものを知っている」

「日本は焼け野原になるまで戦いましたものね」

「戦のことばかりではないよ。パリの市内には近代的なビルが少い。街並は何百年も変わっていないんだ。大都市としてはよほど不自由だろうに、パリ市民はパリの美しさを損なうぐらいなら、暮らしの不自由さを選ぶのだね。そうした心がけには感心したし、同時に恥ずかしくもなった。われわれ日本人が、繁栄のために犠牲にしたものは、あまりに多すぎる。そしてそのことに気付いていない日本人は、愚かな国民だと思った」

「べつに愚かじゃないですよ。だったらそういう時代を一生懸命に生き抜いてきた私たちも、愚かですか？」

「――そういうことになる、と思った」

それはちがいますよ、あなた。

ほかの人はどうか知らないけれど、私はあなたの生きた時間を、愚かしいとは思わない。焼け野原に新しいものをどんどん作って、古いものを打ち壊し、世界一豊かな国を作り上げたあなたの努力を、愚かしいなんてけっして思わない。

「妙だね。パリにきて、考え方がすっかり変わってしまったような気がする。人生観も、世界観も、すべての価値観も」

「いやですか?」

夫はグラスを唇にあてたまま、妻に向かって微笑んだ。

そのとき正枝は、もしかしたら自分はとても出過ぎたまねをしたのではなかろうかと思った。夫が七十四年間もかかって積み上げたものを、たった一度の海外旅行で壊してしまったのではないか、と。

旧制中学を出てから予科練を志願し、九死に一生を得たゼロ戦のパイロット。復員してから夜学に通い、教員の資格を取った。夜間高校の教師を長く務め、退職後は小さな学習塾を営んだ。

地味な人生だが、けっして成り行きまかせではない。この人にはいつだって、信念があった。平和は無知な人間によって壊されるのだと。だから平和のために必要なものは、真の教育と、それによって培われた豊かな教養である、と。知識は人間を生かすのだと、この人はずっと信じつづけている。

学習塾を畳んでからの年金生活が、退屈で仕方なさそうだ。

入国カードに「無職」と書きこむのがいやで、「SAMURAI」と書いた。仰天するド・ゴール空港の通関係員に向かって、夫は力いっぱいのクイーンズ・イングリッシュで答えたものだ。

(イエース。アイ・アム・サムライ。マイ・オキュペイション・イズ・ジャパニーズ・サムライ!)

無口でおとなしく、何よりも目立つことが嫌いなくせに、背中にはいつも旗竿を立てている。夫はそういう人だ。

「ところで……」

と、夫は半地下の小さなゲスト・ルームを見渡した。

「ワイン倉庫を改造したとかいうことだが、なかなかどうして、まんざらでもないね。むしろ僕などには、贅沢なスイート・ルームよりもよほど居心地がいい。こんなサービスまで付いているし」

言いながら夫は、粗末なテーブルの上に置かれた罪ほろぼしのようなワインを、グラスに注いだ。


「ワインなどいらん！　なにが乾杯だ。オカマと酒など飲めるかっ！」

近藤は荒れに荒れた。あれほど念を押したのに、やっぱりこのオカマと半地下のワイン蔵にとじこめられてしまった。

「オカマっていう言い方はやめて。それって差別語よ。せめてゲイとかニューハーフとか呼んで」

「ふん。ゲイもニューハーフもあと十年たてば立派な差別語だ。ちなみに俺が子供の時分はシスター・ボーイと言った。平たく考えてもみよ、シスター・ボーイ、ゲイ、ニューハーフ、オカマ、愛嬌があるだけオカマがマシだろう」

まともな議論は不得手だが、こういう上げ足取りのディベートにはすこぶる自信があった。二十余年にわたる交番勤務のたまものである。言い争いになると、同僚の警官はたいていヘコんだ。

もちろん、クレヨンはヘコんだ。

「……どうしたのォ、マコちゃん。お部屋が一緒だって、ベッドは別なんだからいいじゃないの」

「ちっともよかない！」

「そりゃあなた、男と女だったら問題よ。でも男同士なんだからさ」

「ばか言え。男と女だったら望むところだ。男同士だってべつに文句は言わん。男とオカマだから問題なのだ」

ワインセラーを改造した客室は狭い。六畳間ほどの空間に、小さなベッドが二つ。木製の丸テーブルにスツール。それだけだ。

もとより、六畳間のサイズに不満があるわけではない。警察の独身寮も六畳だったし、アパートも六畳一間である。だがしかし、近藤誠は四十五年の人生のうちで、結婚生活はむろんのこと同棲の経験すらないのである。よく考えてみると、自室に女を連れこんだことも、女の部屋にしけこんだこともなかった。つまり女と二人きりになった空間というのは、フーゾクの密室のほかにはないのだ。

「……それ、ほんと？」

つとめて冷静にそのあたりの事情を説明すると、クレヨンは驚くよりむしろ、気の毒そうに言った。

「そんじゃ、ラブホテルとかは？」

「ええと……それもないな。いや、あるにはあるぞ。ホテトル嬢を呼んだことが何度か」

「てことは、要するにシロウトの女の子とホテルに入ったことはないわけね。ひええ、信じられない」

「おい、誤解はするな。俺はたしかにホテトル嬢は呼んだが、神かけて性行為には及んでいない。売春防止法に違反はしていない」

「え？　何よそれ」

「つまりだな、つまりその、常に強い意志をもって、最後の一線は越えなかった、と——」

「バッカじゃないの、あんた」

「やっぱり、バカ、か……」

事情をいちいち説明するたびに、ホテトル嬢もソープ嬢も、みな同じことを言った。「バッカじゃないの、あんた」、と。

クレヨンはワインを舐めながら、妖しい上目づかいで近藤を見つめる。

「でも、かわいい」

ゾーッと鳥肌が立った。しかしこの鳥肌がはたして生理的嫌悪によるものなのか、性的魅惑によるものなのかは、近藤自身にもよくわからなかった。

つまり、そうしたおのれの不明確な感情が怖ろしいのである。途方もないたとえだが、たとえば今を去ること百五十年前、浦賀沖に突如として現れた黒船に対する日本人の感情とは、このようなものではなかったろうかと近藤は思った。

すなわち、ここにおいて自分のとるべき正しい行動は、とりあえず「攘夷《じょうい》」である。

「出てけ」

威迫をこめて呟くと、クレヨンは美しい眉をひそめた。

「出てけって……そんな……ひどいよ、マコちゃん」

「おまえが出て行かないのなら、俺が出て行く」

近藤はジャケットを羽織って立ち上がった。

「出てくって、どこ行くのよ。ここはパリよ、日本じゃないのよ」

「オカマと寝るぐらいなら、セーヌ川の橋の下で寝たほうがマシだ」

「やめて、マコちゃん」

クレヨンの細い手が、思いがけぬ力で近藤の腕を摑んだ。

「言葉が通じないと、何が起こるかわかんないよ。警察に連れてかれちゃうかもしれないし、酔っ払いにからまれるかもしれないし……いいよ。あたしが出てくから」

クレヨンの顔は悲しげだった。

「まあ……ちょっと言いすぎた。戸川さんに相談してみよう」

「いいよ、相談なんかしなくって。戸川さんだって大変なんだから」

「おまえだって、ここから出てったら行くところなんてないだろう」

「あるわ、ちゃんと。ピエールの家に泊めてもらう。じゃあねマコちゃん、ゆっくりお休みなさい」

甘い香水の匂いだけを残して、クレヨンは本当に出て行ってしまった。

小さな部屋が、急に拡がったように感じられる。六畳が十畳になり、二十畳になり、体育館のように広いゲスト・ルームのただなかに、ぽつんとひとりだけ座って、ワインを舐めているような気持ちになった。

いなくなっただけでこんなふうに世界をうつろにさせる、あのオカマはいったい何者なのだろう。

そういえば飛行機の中でもレストランでも、クレヨンがほんの少し席をはずしただけで、あたりは灯が消えたように暗くなり、誰もが言葉少なになった。

パリの裏街を見上げる半地下の窓には月がかかっており、赤い夜光色のバラが一輪、忘れ物のように咲いていた。

ピエールのアパルトマンなど知らない。だがこの美しい夜のどこかに、ピエールは住んでいる。

シャトー・ドゥ・ラ・レーヌのアーチ門をくぐり抜けると、ヴォージュ広場は真白な霧に包まれていた。四角く切り取られた夜空の、ぼんやりと霧に溶けかかった満月が、クレヨンを嘲笑《あざわら》っていた。

暗い回廊をめぐり、広場の南端に建つ「王の館」のトンネルを通り抜けると、オレンジ色の街灯が疲れた瞳を刺した。

行くあてなどない。だが、一心に念じて歩き続ければ、きっと神様があの人に引きあわせてくれるにちがいない。

あいつはフランス人のなりをした、ただのヒモよ、とお店のママが言った。

それはたしかだと思う。ピエールは三年の間、学校に行くでもなく仕事をするでもなく、ずっと小遣いをせびり続けた。そのお金がいったい何に使われていたのかも知っている。ピエールは女が好きだった。若い本物の女たちを思うさま抱くために、お義理であたしを抱いた——。

サン・タントワーヌの大通りには、秋の夜を惜しむ恋人たちが行きかっていた。通りを右に折れ、クレヨンは立ち止まればたちまちくずおれてしまいそうな体を曳きながら、プラタナスの街路をあてどなく歩き続けた。

誰か、ピエールを知りませんか。

齢は三十一。髪は栗色で、瞳は深いブルー。ほっぺたには不精髭が生えていて、笑うと真白な歯がこぼれます。目が悪くて、アンティークな丸メガネを、ちょこんとかけているの。

誰か、ピエールを知りませんか。

ピエール・ミューシャという、長いこと日本に住んでいた男の人。いつも冗談ばかり言っているくせに、ときどきとても悲しい目で、じっと見つめる癖があります。お酒が好きで女が好きで、ギャンブルはへたの横好きだけれど、キスはじょうず。

誰か、ピエールを知りませんか――。

自分はどんな顔をして歩いているのだろうと、クレヨンは思った。

化粧は涙ですっかりはげ落ち、髪の毛はボサボサ。誰が見ても、男に捨てられ酒に溺れて夜をさまよう、年増の娼婦だろう。

ほんの少し、愚痴を言った。行状を問い質《ただ》したわけではなく、怒りもせず叱りもせず、オカマがお金を稼ぐのは大変なのよ、と。

しかしそのあくる朝に目覚めてみると、ピエールの姿はなかった。悲しむよりも怒るよりも、ピエールのいない暮らしが怖ろしくてならなかった。

ふつうの女ならば、どんなに手痛い失恋をしてもいつかは立ち直れる。時間が苦痛を希釈《きしやく》してくれる。だが、失恋の絶望の中で時が止まってしまうのは、ふつうではない女の宿命だ。

あなたの愛をほしいとは言わない。もういちど、あたしのそばに戻ってきて。お願いよ、ピエール――。

11

午前十一時三十分。

乾いた秋風がプラタナスの朽葉《くちば》を弄《もてあそ》ぶフォブール・サン・トノレ通りを、黒ずくめの男女が歩いて行く。

男は女の肩を抱き寄せ、女は男の胸に頬を埋めるようにして、やや前のめりに歩く。その姿はまことに垢抜けたパリの恋人たち――たとえばジャン・ポール・ベルモンドとジーン・セバーグのランデヴーそのままだが、追い越して振り返れば、全然ちがう。

二人は一見して国籍不明の東洋人で、男はベルモンドのような可愛げのある不良顔とはほど遠く、女はジーンのセシル・カットとは似ても似つかぬ、パサパサの長い髪で顔を被っている。

暗い。どうしようもなく暗い。仏滅と三隣亡《さんりんぼう》と、十三日の金曜日がいっぺんに来たような暗さである。

「さて……まずは手始めに、エルメス本店から血祭りに上げるか」

男の声には、低くおどろおどろしいエコーがかかっている。

「でも、あなた。きょうの装いからすると、あのお店のほうがよくはないこと?」

女は黒いマニキュアを塗った指先で、ロワイヤル通りの角に間口を開くグッチのショウ・ウィンドウを指さした。

「グッチは俺たちの制服だ。遠慮しとこう。それに、物事には順序というものがある。パリで仕事をするのなら、まずはエルメスに敬意を表さねば」

「ということは、ブツはもちろん――」

「エルメスのシンボル、ケリー・バッグをいただこうか」

「私たちともあろう者が、たかがハンドバッグから仕事を始めるのは、ちょっとセコい気もするけど」

「ご挨拶だよ、真夜《まよ》。物事には順序が大切だ」

丹野二八は歩きながら長身の背を屈めて、妻の乾いた髪に口づけをした。

一八三七年以来、フォブール・サン・トノレ通りの目抜きに建つエルメス本店には、オレンジ色のショッピング・バッグを抱えた観光客が早くも溢れている。

エルメスの創業者、ティエリ・エルメスは、当代随一と謳《うた》われた腕ききの馬具職人だった。彼の思想は、いかに馬の体を傷つけず、機嫌を損ねぬ馬具を作るかということ。丸い馬の体にぴったりと合った曲線を、強靭で上質な革から作り上げる。精緻《せいち》のかぎりをつくして縫い上がった鞍《くら》は、溜息の出るような美しい形をしていた。

実用性にすぐれたものは、必ず美しい。

この考え方がエルメスの真髄である。だから馬車が自動車に代わり、鞍職人がバッグを作るようになっても、その使いやすさ、その美しさは変わらない。

もし仮に、かのモナコ王妃グレース・ケリーの注文にかかる「ケリー・バッグ」の一万七七〇〇フランの価格にとまどう客がいるとしたら、店員はおそらく微笑みながらこう言うだろう。

――エルメスはお客様の誇り、そしてお客様はエルメスの誇りでございます。


「ボンジュール。ク・デズィレ・ヴー?」

ハンドバッグのショウ・ケースを覗きこんでいると、金髪の女子店員が話しかけてきた。

「ジュ・シェルシュ・ケルク・ショーズ・プール・フェール・アン・カドー」

流暢なフランス語で、何かおみやげに適当なものはないかと、丹野二八は訊ねた。

ショウ・ケースの中に輝く、クロコダイルのケリー・バッグを見つめ、ひとことつけ加える。

「プール・マ・メール」

母に、と。

丹野の革コートの袖口からは、さりげなくブレゲの金時計が覗いていた。

店内に犇《ひし》めく客の多くは日本人である。例によってお行儀が悪く、まるで博物館を見学するようにあちこちのショウ・ケースに群らがっている。

そうした客たちの中から、本物の上客を選び抜いて声をかけるノウハウを、おそらくエルメスの店員たちは知っているにちがいなかった。

「ドゥ・ヴネ・ヴー・ムシュウ?」

お客様はどちらから? と、店員は確かめるように訊ねた。丹野のフランス語とセンスのよい装いが、日本人とは思えなかったのだろう。

「ジュ・ヴィヤン・デュ・ジャポン」

まるで暗い仮面を剝《は》ぐように、丹野はそう言って微笑した。いや、この男にとっては笑顔こそが仮面なのである。年に何度か、仕事をするときだけこのとっておきの仮面を、丹野はかぶるのだ。

「モントレ・モワ・ス・サック・スィル・ヴー・プレ」

このバッグを見せて下さいと、丹野はクロコダイルのケリーを指さした。

店員にはすでに何の疑念もない。ショウ・ケースの鍵をあけ、羅紗《ラシャ》ばりのトレイの上に、黒々と輝くケリー・バッグを置いた。

「ウィ・ムシュウ」

「ピュイ・ジュ・プー・ル・トゥシェ?」

手に取ってもいいですか——と、商品に触れる前に許可を求める客は、もちろん「本物」である。

様子を見守っていた年配の男が、丹野のかたわらに近寄ってきた。ダーク・スーツが、一分の隙もないほど決まっている。たぶん、フロア・マネージャーだろう。

日本語のできる店員を、と男が気を回して言うそばから、丹野は「ノン・メルスィ」と笑い返した。

笑顔を妻に向けて、怖れというものを知らぬ声で丹野は言う。

「そんなもの、いないほうがいいよな」

「そうね。顔も覚えられちゃうし」

丹野はフランス語には何の不都合もない。また、えてして外国人は、東洋人の顔を一様にしか認識できないということを彼らは知っている。それは日本人から見た外国人も同じなのだが。

接客にあたる二人のフランス人は、まったく日本語を解さぬらしい。それを確かめるために、丹野と妻は簡単な日本語の会話をかわして様子を窺ったのである。

「さて――いくついただいていこうか」

「マ・メールへのおみやげに？」

二人は顔を見合わせて笑った。店員たちはわけのわからぬ日本語の会話を、ひたすら上品な笑顔で見守っている。横あいからショウ・ケースを覗きこむ他の客になどもはや目もくれない。

それもそのはず、クロコダイルのケリー・バッグの価格は、まさか正札などぶら下がっているわけはないが――六万フラン。日本円に換算して百万円を超える。

「まず、僕のおふくろ」

と、丹野は指先で自分の胸をさす。

「それから、君のおかあさん。もうひとつ、君にもプレゼントしよう」

熟練の店員たちは、その動作で会話のおよそを理解したらしい。笑顔は俄然、華やいだ。

「エ・ス・ク・ヴー・ザヴェ・ロートル・クルール？」

色ちがいの同じものを、と間髪を入れずに丹野は言った。

「ユン・ノートル・クルール！　アン・ナンスタン・スィル・ヴー・プレ」

少々お待ち下さい。マネージャーはそそくさとドアの向こうに消えた。

「ねえ、いくらぐらいするのかしら、これ」

「さあな。値段なんてどうでもいいだろう。ユダヤ人街のバッタ屋に持ちこめば、まず二万フランはかたい」

「二万フラン！　――キャー、おいしい」

「三つで六万フラン」

「四つにしましょ」

「ああ。そうしよう」

ゴホン、とひとつ咳払いをして、丹野は店員に訊ねた。

「ア・プロポ……コンビヤン・フェ・ティル？」

英語に訳すと「ハウ・マッチ・イズ・ディス？」だが、その前に「ア・プロポ《ところで》」と付け加えることを丹野は忘れない。いかにもさりげなく、値段なんていくらでもいいのだが「ところで……」なのである。

丹野の「ア・プロポ」には、アラブの王侯貴族かハリウッドの映画スター、もしくは日本人の資産家のほかには決して使うことのできぬさりげなさが、ちゃんと備わっていた。

ゼッタイ本物である。店員の瞼《まぶた》はカマボコの形に変わった。

値段を訊かれても、エルメスの店員は数字を口にしない。商品の中から、小さな手書きのメモを取り出す。

「ふうん……六万フランだってよ。こんなもの、まともに金払って買うやつ、いるのかね」

「そりゃあなた、いるのよ。こうして売ってるんだから」

「バカくせえなあ」

「まったく。車が買えるわ」

マネージャーがいくつもの箱を抱えてドアから出てきた。売場の中央に据えられた応接セットに箱を置き、満面の笑顔で手招きをする。

「さっさとすまそうぜ。客の目がある」

いかにもエルメスという感じの、赤茶色の椅子に腰を下ろすと、ネルの袋からひとつひとつ、色ちがいのケリー・バッグが取り出された。むろんただのケリーではない。どれも目のくらむようなクロコダイルである。

燃え立つような赤は、たとえば日ざかりの庭の薔薇の色。

深い緑は、ブローニュの森のたそがれ色。

そして、エルメスのシンボル・カラーである華やかなオレンジは、灼熱のサバンナを思わせる。

ショウ・ケースの上から、黒のクロコダイルもうやうやしく運ばれてきた。

「どうだね、真夜」

「すてき。売っちゃうのがもったいないくらい」

「じゃあ、この黒は君にプレゼントしよう」

丹野がひときわ輝かしい黒のクロコダイルを妻の膝に置くと、マネージャーは両手を胸前に組んで、「トレビアン！」と歌うような声を上げた。

「サ・フェ・コンビヤン・アン・トゥ？」

全部でいくらですか、と丹野は上機嫌で言った。言葉と同時に、アメックスのプラチナ・カードを取り出す。

とたんに店員たちのカマボコのような目は、ダテマキの目に変わった。

なにせ六万フランが四つである。二十四万フランといえば、日本円にして約四百数十万。いかにエルメス本店とはいえ、ものの十五分でこれだけの買物をする客は、そうはいない。

ごていねいに免税の書類まで作り、店員たちに見送られて店から出ると、当然のごとくタクシーが配車されていた。

ポーターに気前よく百フランのチップを手渡す。

「メルスィ・ムシュウ」

丹野は恐縮するポーターの手を軽く握ると、気のきいた別れの挨拶を口にした。

「ボンジュール・パリ。メルスィ・プール・ヴォートル・カドー」

こんにちは、パリ。すてきなプレゼントをありがとう。

エルメスの店員たちは、プラタナスの枯葉を弄ぶ風のような謎の言葉を聞き流して、「メルスィ・ボークー」と、声を揃えた。


その日の午後――。

まともに鑑賞すれば一週間はかかるといわれるルーヴル美術館の、案内図などクソの役にもたたぬ複雑怪奇な回廊のどこかで、ギリシャ彫刻の蔭に身をひそませる二人の日本人ビジネスマンがいた。

「……まちがいない。ついに見つけたぞ」

「ついに見つけたなんて、大げさな言い方しないで下さいよ、谷さん。たまたま見つけたくせに」

「いや。俺はきのう一晩、ワインセラーのベッドで寝ずに考えたんだ。その結果、ルーヴルのどこかに、彼らは必ず現れるという結論に至った」

「アレ？　――ルーヴルに行ってミロのヴィーナスを見るんだあって、朝からはしゃいでたでしょ」

「シッ。声がでかいぞ香取。精英社の早見リツ子が地獄耳の持主だということを忘れるな」

二人はルーヴルに巣食うネズミのように、彫刻から彫刻へと身を翻した。

ほの暗い回廊の先を、日本人ツアー客が歩いている。その最後尾を、あまり気の進まぬふうについて行くのは、まぎれもなく当代随一の売れっ子作家・北白川右京。そしてその疲れ切った体を支えるようにしてつき従うのは、精英社の女性編集者・早見リツ子にちがいない。

「しかし早見のやつ、いったい何の目的でこんな大がかりなグリップ旅行を」

「それがですね、谷さん」

と、香取良夫は言いかけて言葉を呑んだ。今回の件については、精英社を共通の敵として同盟を結んでいるが、わが文芸四季にとっては谷文弥も商売がたきにはちがいないのだ。ましてや谷の音羽社は、不景気のさなかこのところ一人勝ちを続ける出版業界のガリバーである。決して油断してはならない。

「それが、どうした」

「いえ、べつに……」

「べつにっておまえ、俺に隠しごとをするつもりか」

「そんな、上司みたいなことを……わかりました、ハイハイ、僕は谷さんに隠しごとなんかしません。実はですね、ある作家から聞いたんですけど、何でも右京先生は精英社に書き下ろし長篇を執筆中、とか」

「ゲ。なな、なんと」

「何もそんなにビックリすることないでしょう。まったく、あんがい気が小さいんだから」

「気が小さいんじゃない。それぐらい仕事熱心なんだ。くそ、早見のやつ、俺をさしおいて右京先生に書き下ろし長篇だとォ」

　彫刻から彫刻へと、二人は走る。

「で、その長篇ですがね、残り二百枚というところで頓挫《とんざ》しているらしいんです」

「ざまあみろ。そうそううまくいってたまるか」

「谷さん。そういう商魂むき出しのコメントはお控え下さい。われわれはともに文化の創造者であるということを、どうかお忘れなく」

　いちおう、どんなときでもきれいごとが言えるのは香取良夫の特技である。むろん内心は谷文弥と同じなのだが、彼ほどわかりやすい性格ではない。

「だからと言って、何もフランスくんだりまで連れ出すことはなかろう。原稿を書かせるのなら、都内のホテルにカンヅメとか、温泉旅館に監禁するとか、そのほうがずっといいに決まっている」

「そこですよ、問題は。実はある文壇バーのママに聞いたんですけどね」

「おまえも地獄耳だな」

「言葉を選んで下さい。情報収集力は文芸編集者の実力のうちです。そのママが言うには、右京先生が執筆中の長篇小説は、『ヴェルサイユの百合』というタイトルだとか」

「フムフム。どこかで聞いた題名だけれど、つまり舞台はフランスってわけだな」

「はい、おそらく。いかに八方破れの右京先生でも、まさかチャンバラや極道お笑い小説にそんなタイトルはつけますまい」

「ううむ……右京先生が『ヴェルサイユの百合』ねえ……ミスマッチというか、気色悪いというか……」

「いや、思いもかけぬ新生面を開くのかもしれません。たとえば——」

「たとえば？」

「太陽王ルイ十四世を主人公とした、ブッちぎりの宮廷ロマン」

聞いたとたん、たちまち谷文弥の浅黒い顔から血の気が引いた。

「アッ、谷さん、どうしたんですか。黒い顔が真白です」

「いや……大丈夫だ。ちょっと血圧が下がった。クソ、そんな大仕事を早見のやつに持ってかれてたまるか」

「つまり、その大仕事が残り二百枚を残してナゼか頓挫しちゃったということ。早見のやつ、そんなこと会社にだって言えないから、自腹を切って取材旅行に出たってわけです。それにしても、ツアーだって。何を考えてるんだろう、あいつ」

言ったとたん、ある仮定が頭の隅をよぎって、香取はひやりとした。

谷文弥の青白い顔が、じっと自分を見据えている。

「香取君……」

「谷さん……」

「まさか、とは思うけど」

「はい。まさかとは思いますが」

「あの二人、俺たちと同じホテルに泊まってるんじゃなかろうな」

「ワインセラーじゃなくって、ふつうのゲスト・ルームに……」

気がつくと、二人は群衆の中に蹲《うずくま》っていた。人々の視線を追って、おそるおそる頭上を見上げる。

ヴィーナス。愛と美の女神。

いつか北白川右京が真顔で言っていたことを、香取はありありと思い出した。

(小説の神様というのは、本当にいるんだよ。神様がこっちを向いて笑ってくれれば、いつだっていい小説は書ける。そっぽを向かれたら、一行も書けないのさ)

早見リツ子と右京先生は、小説の神様を探す旅に出たのかもしれない。

群衆をかき分けて二人の後を追おうとする谷文弥の腕を、香取は引き止めた。

「谷さん。もうしばらく、そっとしておいてあげませんか。もしかしたら右京先生は、傑作をお書きになるかもしれない」


「……いかがですか、先生」

おびただしい美術品を巡りながら、早見リツ子は看護婦のような口調で訊ねた。

「ぜんぜん」

「ハ？　……ぜんぜん、とは」

「ぜんぜん。まったく。てんで。皆目。まるっきり続きは思いうかばない」

「そんな身もフタもない表現は、先生らしくありません」

少女のように長い睫毛に被われた右京先生の瞳は、ガラス玉のようにうつろだった。

「すまない、早見君。では僕らしく言おう――今の僕の目には、ダ・ヴィンチもラファエロもティツィアーノも、虚飾としか映らない。ついに美しいものすらも認識しえなくなった僕の心には、ただ黒洞々《こくとうとう》たる漆《うるし》のような闇があるばかりだ」

「あせってはなりません、先生。あなたは天才です。何日でも、いえ何カ月でもお伴させていただきます。この美しい都で、どうか傑作をお書き下さい」

余分なことを言ったただろうか。右京先生の足どりはいっそう重くなってしまった。

「早見君」

「はい。早見はここに」

「天才とは、たまさか小説の神が微笑を向けた、その一瞬の職人のことなのだよ。僕の前に神はいない」

「でも、早見はここに」

「ありがとう。しかし、君はヴィーナスではない」

立ちすくむリツ子を群衆の中に置き去りにして、先生は行ってしまった。神に見離された孤独な芸術家が、ダ・ヴィンチやラファエロやティツィアーノや、遥かな昔からこの巨大な王宮に蒐《あつ》められたおびただしい美の中に消えて行く。

やはりルーヴルに来るべきではなかったとリツ子は思った。

フランソワ一世がかのモナ・リザをこの王宮の壁に掲げて以来、ブルボン王朝の歴代の王とナポレオンとが、フランスの威信をかけて蒐《しゅうしゅう》集した芸術の殿堂。きっと先生は、その圧倒的な美に押し潰されてしまったにちがいない。

「待って、先生！」

追いすがるほどに、右京先生は足を速める。

「私が悪うございました。ね、ね、機嫌を直して、キャフェでも行きましょ」

「そうじゃない。べつに機嫌が悪いわけじゃないんだ」

「ではなぜ、私からお逃げになるの？」

人ごみの中で右京先生はフト立ち止まり、リツ子の耳元に囁いた。

「誰かに後をつけられているような気がするんだが」

「え？」

振り返ろうとするリツ子の首を、先生の手が押さえつけた。

「まちがいない。僕はストーカー慣れしている。まちがいなく二人の人間が、さっきから僕と君のうしろをつかず離れず、尾行してきているのだ。いいかね、早見君。やつらは今、思いがけないほど近くにいる。僕が素早く十数えるから、一緒に振り返るんだ。逃げ隠れできぬほど素早く。いいかね、では行くよ――ダルマサンガコロンダッ！」

次の瞬間、ルーヴルに四つの悲鳴がこだました。

フランソワ一世もルイ・フィリップも、ナポレオンも太陽王も与《あずか》り知らぬ四つの彫像が、回廊のただなかにそそり立った。

その芸術の名は、「驚愕」――。


自分はいったい、何をしているのだろう――。

ラウンジのソファに身を沈めながら、朝霞玲子はたそがれの中庭に目を向けた。

仕事の内容についての懐疑ではない。何のために、誰のために、という仕事の目的についてである。

ルーヴルを見学している間、まったく突然にそんな懐疑が降って湧いたのだった。このおびただしい芸術品は、いったい何のために、誰のために蒐められたのだろうと、ふと考えてしまった。それがいけなかった。

それらはたしかに、今でこそ多くの人々の目に触れ、心を豊かにしている。だが、フランソワ一世は五百年の昔、いったい何のために、誰のためにモナ・リザを求めたのだろう。

ブルボンの王たちも、ナポレオンも、まさか市民の悦びのために、世界中から思いつくかぎりの美術品を蒐集したわけではあるまい。

考えられる目的はただひとつ、王たる者の権威の誇示。王以外の者には、利益のかけらもなかった。

富の占有こそが、王の目的だった。王にまつろう者たちの利益はすべて、王からの施しにすぎなかった。仮に彼らがどれほど王に忠実であっても、多くの女たちがいかに王を愛していても。

「コマン・サ・ヴァ?」

耳元で心地よいバリトンが囁かれた。

「ジュ・ヴェ・ビアン。メルスィ・ムシュウ・デュラン」

ご心配なく、と答えてから、玲子はスツールを老コンシェルジュに勧めた。真白な眉をひそめながら、デュランは慈父のように玲子の表情を覗きこむ。

誰にも相談のできることではない。だが自分の利害とはまったく関りのないフランスで、このフランス人の老コンシェルジュに悩みをうちあけても、さして問題はあるまい。それに——こういう話には日本語よりフランス語のほうが、ずっと適している。

「ねえ、ムシュウ・デュラン。私がどうしてこんな仕事をしているか、わかる?」

さあ、とムシュウ・デュランはイタリア人のように両手を上げて笑った。

「よほどお給料がいいんでしょう」

ノン、と玲子は強くかぶりを振った。

「自慢じゃないけど、どこの会社に行ってももっといいお給料はもらえるわ。パリに住んで、フリーの現地ガイドをしたってもっとましよ」

「ならば、なぜ?」

「ボスを愛しているから」

デュランはまず笑い、それから笑顔を凍りつかせた。

「マダム・レイコ。あなたはボスの奥様じゃないですよね」

「もちろん。ボスには奥さんも、お子さんもいるわ」

「あなたのご主人は？」

「離婚したの。別れた亭主は、ムシュウ・トガワよ」

よどみなく言ってしまってから、フランス語とは何と便利な言葉だろうと思った。こんな話を日本語で説明したら、一晩もかかる。

「子供は、ムシュウ・トガワが育てているわ。離婚の原因はボスよ。ひどい話でしょう。軽蔑する？」

デュランは口髭を指先で整えながら、しばらく中庭を見つめていた。

「つまり、ボスがあなたに恋をして、あなたもボスに魅かれて——それはべつにひどい話じゃない。だが、ムシュウ・トガワはよくわかりませんね」

「あの人、気が小さいから。それに、会社を辞めたら勤め先がないし」

「それだけの理由で、毎日あなたやボスと顔を合わせているんですか。ちょっと信じられませんね」

「そういう人なの。べつにいやがらせをしているわけでもないし、ボスと私との関係はあの人しか知らないから」

「本当なら最も知ってはならない人だけがなぜか知っている、というわけですか」

「なりゆきよ。なりゆきに任せていたら、いつの間にか二年もたっちゃった」

「ふうむ……私もずいぶん恋はしてきましたが、そういうケースは想像を超えている。で、さしあたってのお悩みごとは？」

「悩みというほどのものではないわ。ただちょっとね、私は何をしてるんだろう、って思ったの」

「それはあなた、バカなことですよ。あんまりバカバカしすぎて、何をしているのかもわからないぐらい」

「やっぱり、そう思う？」

「もちろんですとも。あなたも、ムシュウ・トガワも、ボスのいいようにされています」

「でも、ボスは私のことを愛してくれているわ」

ノン、ノン、ノン、とデュランは唇の先で人差し指を振った。

「あなたを愛しているのなら、ムシュウ・トガワと旅に出すはずはない。もしあなたを信じていたとしても、残酷な仕事でしょうに」

「……ウィ、ムシュウ」

そんな簡単なことに、どうして気付かなかったのだろう。

話を続けずに、デュランは古い柱時計を見た。

「夕食のあとで、このシャトー・ドゥ・ラ・レーヌの昔話をいたしましょう。通訳をお願いしますよ、マダム」

頰に捺《お》された老コンシェルジュの口づけは、甘いジタンの香りがした。

12

疲れたわけではなかった。

ルーヴルの壮大な美術品を巡り歩いているうちに、悲しい気分になったのだ。見学者の群れが、みんなして自分の無知をあざけっているような気がしてならなかった。

モナ・リザを、サモトラケのニケを、ミロのヴィーナスを、人々は口々に褒《ほ》めたたえ、溜息をついていた。だが金沢貫一には、それらの美術品の有難味が、何ひとつとしてわからなかった。

集合時間は午後六時だったが、一時間も早くルーヴルを脱け出し、広場に面したル・キャフェ・マルリーのテラスで暇をつぶした。

ミチルは歩き疲れたのだろうか。ぼんやりと煙草を喫いながら、夕陽に輝くガラスのピラミッドを見つめている。

「俺、退屈しちまった……」

「あたしも……」

少しホッとした。やはりミチルは、自分にとってかけがえのない女だと思う。きょう一日、ともにルーヴルをめぐった何万人もの見学者たちの中で、何の感動もせずひたすら退屈したのは、自分とこの女だけだったと思うから。

テラスの椅子に並んで腰をおろし、二人は長いこと黙りこくって、冷たいパリの夕陽に染まっていた。こんな沈黙は初めてだ。

「俺のこと、軽蔑するなよ」

「どうして?」

「何もわからねえんだ。モナ・リザやヴィーナスを見ても、さっぱりわからねえ。俺、学校出てねえから」

「あたしだってわかんないわよ。本当のこと言うとね、退屈したんじゃなくって、悲しくなっちゃったの」

金沢貫一は両掌で夕陽から顔をかばった。やっぱりこいつは、かけがえのない女だ。

「でも、パパにはエルメスがよく似合うわ」

「そうか?」

金沢はオレンジ色のジャケットの袖を延ばした。ルーヴルの中でもみんながジロジロと見たぐらいなのだから、きっと似合うのだろう。はっきり言って、自信はある。

「おまえも、シャネルがよく似合うぜ」

「そう?」

ミチルもスーツの腕を延ばした。夕陽の中でメラメラと燃え立つような真紅のシャネル・スーツだ。やはり人々はみな振り返った。たしかに似合う、と思う。

キャフェ・マルリーのテラスに、黄金の塊が二個、置いてあるようなものだった。

「みんなが見てるわ」

「フランス人から見ても、俺たちはセンスいいんだな。ほら、あいつなんか写真を撮ってるぜ」

二人は体の角度を少し変えて、カメラマンのためにポーズをとった。同時に動いた拍子に、満身の貴金属がジャランと鳴り、キャフェに集うフランス人たちが、一斉に二人を振り返った。

「おまえはどんどんきれいになるな」

「パパのおかげよ」

出会ったころは、あんがい地味な女だった。惚れた女を自分の色に染めようとしたわけではない。毎晩ひとつずつプレゼントをしていたら、アッという間に派手になった。クリスマス・イブには、指輪と時計とブレスレットと靴とハンドバッグを、十五分おきにプレゼントした。

「そんなもので、おまえの気を惹こうとしたわけじゃねえんだけど」

「うん。わかってる」

「どうしていいかわからねえんだ」

ミチルを愛している。この女のためなら、命を投げ出してもいいとさえ思う。だが金沢貫一は、プレゼントをすることのほかに、その想いを表現するすべを知らなかった。まるでおのれの渇きを癒すようにプレゼントを贈り続けた結果、ミチルは道行く人が誰しも振り返るほどの、デコラティヴな女に変身したのだった。

ミチルのファッションには、もう隙間がなかった。一分の隙もないのではない。一センチの隙間もないのである。

自分はこの女のために何をしてやれるのだろうと、金沢はいつもそればかりを考えている。金ならある。いくらだってある。何しろバブル崩壊後の一人勝ちである。みんなが潤っていた好景気のころの金持ちとは、そもそもパワーがちがう。

しかし湯水のごとく金を使える身分になったとたん、金で購《あがな》える幸せがどれほど空虚なものであるか、金沢は思い知ったのだった。

「どうしたの、パパ――」

シャネル・スーツの襟《えり》に何重にもかけた、ツタンカーメンのような黄金のネックレスをジャランと鳴らして、ミチルは金沢の俯いた顔を覗きこむ。

「あのなあ、ミチル。その、パパっていう呼び方、やめてくれねえか」

言ってしまってから、金沢は唇を噛んだ。

「どうしてか、わかるよな」

ごめんなさい、とミチルはしおたれてしまった。

「気が付かなかったわ、ずっと。バカね、あたしって」

「べつにおまえが悪いわけじゃねえよ。ただ――」

「言わないで」

ミチルに深い事情を語ったことはない。だがたぶん、金沢の苦悩のあらましを、ミチルは知っているのだろう。

「どうもその、パパっていうのだけは、やりきれねえんだ」

「だったらもっと早く言ってくれればよかったのに」

離婚をしてから七年がたつ。別れた妻と一人娘の行方は、杳《よう》として知れなかった。あのころ中学生になったばかりだった娘は、十九の娘ざかりになっているはずだ。

「ねえ、じゃあ何て呼ぼうか、これから。貫一さん？」

「そんなの、金色夜叉《こんじきやしゃ》みてえでいやだ。シャレにならねえ」

「貫ちゃん」

「うん。それがいい」

ミチルはうなだれる金沢の肩を抱き寄せ、たそがれの風を胸いっぱいに吸いこんだ。

「やっぱり、ちゃんと話して。貫ちゃんのこと、知っておきたい」

「いいよ、もう」

「よくないわ。パリに来たら、全部話してもらおうと思ってたの。でも、ちょっと怖くなっちゃって」

「嘘はついてねえよ」

「うん。それはわかってる。貫ちゃん、嘘はつかないもの。でも、言わないことがたくさんあるでしょ」

「言いたくねえよ。うまく言えねえし」

「ひとつひとつ、ありのままを言って。大金持ちで、みんなに信頼されている貫ちゃんが、ちっとも幸せそうじゃないのはおかしいわ。ね、お願いよ貫ちゃん。あたしにだけ教えて」

いずれ話さねばならないのだろう。ミチルにそれを語ることは、たとえば毒を分かち合うようなものだと思う。

「どこにいるかわからねえんだ。何をしているのか、幸せなのか不幸せなのかも。居場所がわからなくちゃ、金だって送れねえだろう。別れるとき、俺は最低だったんだ。何ひとつしてやれなかった」

「慰謝料とか、養育費とかも?」

唇を噛みしめて、金沢は肯《うなず》いた。こんな話をミチルは信じてくれるだろうか。

その先の言葉がつながらずに、金沢はジャケットから、肌身はなさず持っている古いポケット・ベルを取り出して、テーブルに置いた。

「どうしたの。こんなものパリまで持ってきて」

「俺のお守りさ。七年間ずっと、娘からのメッセージが入ってくる」

話はこれで終わりだ。いや、それですべてだと金沢は思った。

「俺のこと、嫌いになったか」

ミチルはゆっくりと顎を振った。

「五分前よりも、ずっと好きになったわ」

細い指が、ポケット・ベルのボタンを探った。

「やめろよ」と金沢は呟いたが、テーブルの上に置かれたポケット・ベルを奪い返す気力はなかった。消去する気になれぬ見知らぬ場所からの伝言が、画面に浮かんだ。

〈オハヨウパパ。アサゴハンタベテル？〉

〈コレカラカイシャニイキマス。シゴトイソガシクテタイヘン。パパモ？〉

〈キノウカレシトケンカシチャッタノ。イライラシテママトモケンカ〉

〈シンパイサセテゴメンネ。カレシトモママトモナカナオリシマシタ〉

〈コンバンハ、パパ。オサケノンデマスカ。アマリノミスギチャダメダヨ〉

〈イツカマタアエルトイイネ。ワタシハパパノコトワスレテナイカラネ。シゴトガンバッテオカネモチニナッテ〉

メッセージを読みながら、ミチルは泣いてくれた。

「こんなふうに七年間も、ずっと？」

答えは溜息にしかならなかった。娘は七年の間、生き別れた父の古いポケット・ベルにメッセージを送り続けているのだ。

「信じられねえだろう。もう十九だぜ」

「あたし、信じられるよ、こういうの。あたしが貫ちゃんの娘だったら、やっぱり同じことすると思う」

金沢は指輪だらけの黄金の掌に、たまらず涙をこぼした。

「頑張って、金持ちになったんだよ。ただの厄《やく》あたりかも知れねえけど、大金持ちになったんだよ。したっけよォ、居場所もわからねえんじゃ、どうやって金を渡しゃいいの。クリスマスのプレゼントだって、どこに送りゃいいの」

「貫ちゃん……」

ミチルは金沢の掌に、ポケット・ベルを握らせた。

「わかったわ。日本に帰ったら、奥さんと娘さんの居場所を探そう。役場へ行って住民票をたどって行けばきっとわかる。それでわからなかったら、私立探偵を雇うとか、テレビのご対面コーナーに頼むとか」

こいつは何ていい奴なのだろうと金沢は思った。金沢がとうとう分かち与えてしまった毒を、ミチルは黙って嚥《の》み下してくれた。そしてそれが恋人としての当然の務めであるかのように、にっこりと笑ってくれた。

誰が何と言おうが、こいつは世界で一番、真赤なシャネル・スーツの似合う女だ。

「王妃の館《シャトー・ドゥ・ラ・レーヌ》」２０４号室――ひとつのツアーにあろうことかこっそり二倍の客を押しこんでしまうという、この前代未聞の大作戦の司令室である。

十三カ国語を巧みに操るスーパー・ツアコン朝霞玲子も、ノートと手帳をデスクの上に拡げたまま、さすがに頭を抱えた。

〈影《ネガ》〉ツアーのコンダクターに戸川光男を選んだのはやはり誤りだった。別れた亭主なのだから気心は知れている。気が小さくて口下手だが、ともかく与えられた仕事はそつなくこなす。そして何よりも、玲子の命令には従順だ。そんな戸川は、この作戦のパートナーとしては適任だと思った。

だが——戸川は〈影《ネガ》〉ツアーの客たちに、計画の全容をバラしてしまった。予測せぬ事態だが、つまり戸川は良心の呵責《かしやく》というやつに耐えられなかったのである。

「あの、クソバカ……」

髪をかきむしりながら、玲子はそればかりを何十回も呟き続けている。

前々から、たぶんそうじゃないかとは思っていたが、戸川はやっぱりバカだった。だとすると、そのバカと八年もともに暮らし、子供まで産んだ自分はいったい何なのだということになるのだが。

ともかく、この先は戸川をあてにしてはいけない。幸い〈影《ネガ》〉ツアーの客たちは納得してくれたらしいが、大枚百五十万円を支払った〈光《ポジ》〉ツアーの客たちには、けっして真実を悟られてはならない。

なせばなる、と玲子は拳を握りしめ、新たなる闘志を燃やした。

〈光《ポジ》〉ツアーのルーヴル見学は、底抜けに陽気なフランス人ガイドに任せてある。日本語はペラペラだから安心だ。午後六時にルーヴルを出て、キャフェ・マルリーで一服し、ディナー・タイムにはホテルまで送り届けてくれる。

彼のおかげで、つかの間の休息と作戦を立て直す時間を持つことができた。こんなことなら初めから戸川など頼りにせず、あの気のきいた現地ガイドを使えばよかったと思う。

ところで――〈影《ネガ》〉ツアーはどうなっているのだろう。

すべてをバラしてしまったのだから、今さら心配することではないが、あのバカが引率しているのだと思うと、やはり不安になる。

スケジュールによれば、〈光《ポジ》〉ツアーの客たちがホテルを出たあと、入れちがいにそれぞれのゲスト・ルームに入って休息。午後一時に出発。途中、簡単なランチをとってからノートルダム寺院を見物。リュクサンブール公園からモンパルナス。夕食後、ホテルに戻る。ちょうど今ごろは、古きよきモンパルナスの香りを残すキャフェで、夕暮れのひとときを過ごしていることだろう。

安い価格のツアー客というのは、実はあんがい安心できるものなのだ。参加者の多くは海外旅行の初心者なので、警戒心が強く、勝手な行動をとらない。戸川の思いがけぬ告白をあっさりと受け入れたのも、つまり彼らがみな、ツアコンまかせの初心者だからなのだろう。

玲子はノートを見ながら戸川の携帯電話を呼んだ。

「もしもし、戸川君」

〈ハーイ、戸川です〉

何て間抜けな声。秘密を全部バラして、すっかり楽になってる。気合を入れてやらなければ。

「今どこ。何してるの。お客さまはきちんと掌握しているでしょうね」

〈ショウアク、ですか。ハハハッ〉

「笑ってる場合じゃないでしょう。現況を報告しなさい」

〈ええと……ここは……〉

地図を開く音が聴こえる。すぐそばで岩波老人が世話を焼く気配がした。

〈ここですよ、ここ、戸川さん。いいですか、ラスパイユ大通りを北に行った、ヴァヴァンの交叉点〉

〈あ、そうですか――聴こえましたか、マネージャー。そのヴァヴァンというところのキャフェ。店の名前は、ええと……ル・セレクト、ですか〉

玲子はうんざりと窓を見上げた。良識ある老夫婦は、引率されるどころかかえってバカなコンダクターの面倒を見てくれているらしい。まあ、それはそれで安心な状況ではあるけれども。

「わかったわ。ところで、ほかのみなさんもご無事？」

見当はずれの答えが返ってきた。

〈このあたり、いいところですねえ。まさにエコール・ド・パリ――〉

「そんなことどうでもいいわ。みんな一緒なんでしょうね」

いやな予感がした。戸川は都合の悪い話題を、こんなふうにごまかす癖がある。

〈夕食はですね、なるたけ下町っぽい、家庭料理みたいなものがいいと思うんですけど、そういう店、知ってますか〉

「ちょっと待って、戸川君。その夕食はみんなで食べるんでしょうね」

〈ええ、もちろんです。六時にこのキャフェに集合することになってますから〉

背筋が冷たくなった。少くともいま現在、戸川はツアー客を掌握してはいない。

「それ、どういうこと？　……みんなそこにいるんじゃないの？」

〈僕と一緒にいるのは、岩波さんご夫妻だけですけど。やっぱりまずかったですか〉

体じゅうの力が脱けて、玲子はズルリと椅子からすべり落ちた。

〈ノートルダム寺院を出たら、みなさんそれぞれ行きたいところがあるっていうから。それで、六時にこのキャフェに集合ってことにしたんですけど〉

「解散しちゃったわけ！」

〈ハイ。まずかったですか……〉

怒ってはいけない。ツアコンは常に冷静さを失ってはならない。ましてや一緒に暮らしていた間にも、この男のバカさかげんをじっと耐え続けていたのだ。

だがしかし——極秘計画をぶち壊したのみならず、観光スケジュールを突如変更して自由行動とは何ごとだ。

バカ、マヌケ、クソッタレ、アホ、と、あらん限りの罵言をぐっと嚙み殺して、玲子は低い声で訊ねた。

「わかりました……で、ほかのみなさんは、どこで何をなさっているのかしら」

〈ハイ。丹野さんご夫妻は、フォブール・サン・トノレ通りでショッピングです。たくさん買いたいものがあるとかで〉

丹野夫妻は〈影《ネガ》〉ツアーの客の中では唯一、旅なれた感じがする。おそらくショッピングが目的で、安いツアーに参加したのだろう。

「そのお二人は大丈夫だわ。ほっといてもまさか警察のお世話になったり、悪いやつに欺されたりはしないでしょう。ほかのみなさんは？」

〈クレヨンさんは、別れた恋人を探すとかで――〉

「何それ？」

〈恋人って、もちろん男ですけど。ピエールとかいうフランス青年で、パリのどこかにいるんだそうです〉

「まあ……彼女、じゃなかった、彼はフランス語が上手だから心配はいらないと思うけれど」

〈近藤誠さんがついて行きました。ひとりじゃ心細かろうから、一緒に探してやるって〉

「へえ。けっこういいところあるじゃないの。で、あとの二人は？　谷さんと香取さん」

ファイルから旅行申込書のコピーを取り出す。谷文弥と香取良夫――実はこの二人の客は、いまだに正体がわからない。

きちんとネクタイを締め、背広を着たビジネスマンが、なぜこのツアーに参加したのだろう。申込書の記載によれば、大手アパレル会社の社員で、パリ・コレを視察するのが目的だというのだが、ふつうそういうビジネスマンがパック・ツアーを使うだろうか。第一、アパレル系の男としては余りにもダサい。

〈お仕事だとおっしゃってましたけど。パリ・コレももうじき始まるし――〉

いやな予感がする。あの二人はいったい何者なのだろう。

「どこで別れたの？」

〈ノートルダム寺院を出たところで、僕らとは逆の、セーヌ川の右岸のほうに向かって――〉

「ちょっと待って！　まさかルーヴルに行ったなんてことはないでしょうね」

〈さあ……〉

「さあ、じゃ困るわ！　シテ島から橋を渡って、五百メートルも歩けばルーヴルなのよ！」

〈でもマネージャー。仮にルーヴルに行ったところで、べつだんまずいということはないでしょう。日本人の観光客は大勢いるんだし、そちらのお客さまとすれちがったって、何の問題もないはずですけど〉

言われてみればその通りである。〈影《ネガ》〉ツアーの客たちに〈光《ポジ》〉ツアーの存在が判明してしまった以上、客同士のニアミスを怖れる理由は何もないのだ。つまり、この先は〈光《ポジ》〉ツアーの客に〈影《ネガ》〉ツアーの存在を察知されぬことだけに心を配ればいい、ということになる。

〈ねえ、マネージャー。ちょっと助言をさせてもらえますか〉

「なあに。何だか気が抜けちゃったけど」

〈ふと思ったんですけど、マネージャーは何でも深く考えすぎるんじゃないですか。簡単なことを難しく考える癖があると思うんだけど〉

「難しいことを簡単に考える人よりはマシよ」

言ってしまってから、二人の破局はつまるところそれにつきるのだろうと玲子は思った。男と女なんて、結局はそんなものだ。男は難しいことを簡単に考える。女は簡単なことを、難しく考えようとする。その結果がもたらすものはただ、たがいの軽蔑。

受話器の中で、車の騒音が大きくなった。たぶん戸川は――かつて自分の夫であった男は、キャフェの椅子を立ってマロニエの街路樹に身を寄せているのだろう。

〈……あのね、玲子。パリに来て、ひとつだけわかったことがあるんだけど、聞いてくれるかな〉

あのころと少しも変わらない、やさしさだけが取柄の男の声だった。玲子は受話器を耳に当てたまま、シャトー・ドゥ・ラ・レーヌの小さな中庭の空を見上げた。

「いいわ。言えるときに言ってちょうだい。私も、今なら聞けるわ」

〈ありがとう〉

と、戸川は頼りない咳払いをし、とつとつと、台詞《せりふ》でも読むように続けた。

〈君は大変な仕事をしていたんだってことが、よくわかった。そんな仕事の合間に、君は僕を選んでくれて、子供まで産んでくれた。おふくろはやかましいし、亭主は甲斐性がないし、子供は泣くし、会社はみんなで君を頼るし、君はずっと、ストレスのかたまりだったんだ〉

心がからっぽになってしまった。戸川の声はまるで渇きを癒す水のように快かった。

「どうしてあなたは、難しいことをそんなに簡単に言えるの?」

〈簡単だけど、まちがいじゃないと思う〉

「まちがってはいないわ」

〈もうひとつ、わかった。僕は君にふさわしい男じゃなかったってこと。だから別れは、当然の結果だったんだなと思った〉

「悪いのは、私よ。あなたには何の落度もなかったわ」

〈君に釣り合わないことが、そもそも僕の落度さ〉

たそがれのモンパルナスの街角で、マロニエの幹に痩せた背をもたせかけ、コートの襟に携帯電話を包みこんで語る戸川の姿が目にうかんだ。

「いったい何が言いたいわけ？」

〈だからその……難しいことだけど、もっと簡単に考えてくれないかなと思って。社長《ボス》は君を幸せにはしないよ。僕だって君を幸せにできないかもしれないけれど、少くとも不幸にはしない〉

抗《あらが》わなければならないと玲子は思った。戸川はいかにも彼らしく、愚直に、誠実に、玲子を説得しようとしている。彼にしかできぬその方法が、玲子には怖ろしかった。

「バカと暮らすのは不幸よ」

言ってしまってから、玲子は言葉の苦さに顔をしかめた。

〈それは……わかってるけど……〉

「だったら、つまらない話はたいがいになさい。それより、おあつらえ向きのフランス家庭料理を食べられるビストロを紹介するわ。サン・ジェルマン・デ・プレにある、ポリドールという店。リュクサンブール公園の北、オデオン座のすぐそばだから、そこからも近いわ。その昔、ジョイスやヴァレリーや、貧乏なヘミングウェイが通った、安くておいしいお店よ。予約は私が入れておくから、マダム・レイコの知り合いだと言いなさい。じゃあね、戸川君。物事をあんまり簡単に考えちゃだめよ」

電話を勝手に切ってから、玲子はしばらくの間、身じろぎもできずに窓を見つめていた。


「ミナサーン、ルーヴル美術館イカガデシタカァ？　広イデスネー、疲レマスネー、デモ良カッタデスネー！」

底抜けに陽気なフランス人ガイドは、びっくりするほど日本語がうまい。

「ルーヴルヲ見ヌウチハケッコート言ウナ、ナアンチャッテ」

まだ若いくせに、ギャグは老成を感じさせる。長い会社勤めで、上司の笑えぬギャグには閉口していた桜井香も、このフランス人のセンスには感心した。

「デモッテ、コレカラミナサンヲ、ホテルマデ送リマース。キャフェ・マルリーノコーヒー、オイシイデスネー。ココハ夜中ノ二時マデ営業シテマスカラ、マタドーゾ」

丸一日ルーヴルを歩き回って、さすがにくたくただ。爪先に早くもマメを作ってしまった。

キャフェ・マルリーのテーブルを囲む人々の顔にも疲労の色は濃い。ことに、北白川右京先生と早見リツ子さんは、ガイドのギャグにもまったく反応せずに、グッタリとしている。疲れを通り越して、何かとんでもない事故にでも遭ったみたいな顔だ。

その点、下田さんと奥さんはあまり変わらない。このご夫妻は出発のときから疲れ果てているみたいだったから。

金沢さんとミチルさんは、無理に笑っている。一足先にルーヴルを出て、このキャフェでみんなを待っていたくらいなのだから、よっぽど疲れているだろうに。でも、作り笑顔にせよ何にせよ、この二人の明るさは偉いと思う。一緒に歩くのは恥ずかしいけれど、みんなで過ごすパッケージ・ツアーのマナーを、この人たちはちゃんと知っている。

午後六時を過ぎても、パリの空はまだ青い。もしかしたら日本は、世界で一番先に夜が来る国なのじゃないかしら——。

「そんじゃ、ボチボチ行こうか。オーイ、ボーイさん、勘定してくれ。チェック、チェック！」

金沢は大声でギャルソンを呼ぶと、勝手に支払いを済ませてしまった。チップも何も関係ない。百フラン札を何枚も渡して、釣り銭はチップなのだ。

「メルシー・ボークー！」

金沢はひとめ見てそういうキャラクターだから、ギャルソンは喜んで受け取る。同行者たちもみな、あれこれ言うのは面倒くさいので、「ごちそうさま」ですませた。

「ところでガイドさん。お名前、何とおっしゃいましたか」

と、下田夫人が訊ねた。

「ハーイ。僕ノ名ハ、ピエール。ピエール・カルダント同ジ、ピエールデース！」

13

いったいこの館は、どういう構造になっているのだろう。

老コンシェルジュの捧げ持つ銀の燭台の灯を追って歩きながら、桜井香は見知らぬ世界に迷いこんで行くような気分になった。

ロビーから館の奥に延びる廊下は、二人が並んで歩けぬほど狭い。たぶんその狭さと、コンシェルジュの歩みの遅さのせいなのだろうけれど、廊下はホテルの小さな外観からはとうてい信じられぬほどに長く続いた。

〈光《ポジ》〉ツアーの客たちはしめやかな列を作って廊下を進んだ。

老コンシェルジュが、耳元で囁くような低く美しいフランス語で何かを言う。ガイドのピエールが、流暢な日本語で通訳をした。

「今晩ノメニューハ、ルイ十四世ガヴェルサイユ宮殿デ食ベタモノトソックリ同ジデス。エエト……何テ言エバイイカナ……」

歩きながら、朝霞玲子が言葉を添えた。

「太陽王の晩餐会《ばんさん》――」

「メルスィ。ソウデスネ、太陽王ノ晩餐会。コレカラミナサンノ食ベルディナーハ、ソレデス。コノ館ニ古クカラ伝ワルレシピデ、ソックリニ作リマス」

そっくりに再現するのではないだろうと香は思った。そういう言い方は、このシャトー・ドゥ・ラ・レーヌには似合わない。世界一矜《ほこ》り高いこのホテルは、十七世紀のレシピそのままのディナーをゲストにふるまうのだ。

廊下のつき当たりに木造りの小さな扉があった。

「戦争中ハ、コノドアヲ隠シテ、地下ニフランスノレジスタンスガイタソウデス」

レジスタンスとは、フランスがナチス・ドイツに降伏したあとの抵抗運動のことだろう。扉をセメントで塗りこめて、彼らはシャトー・ドゥ・ラ・レーヌの地下室に匿《かくま》われていたのだろうか。

老コンシェルジュの表情は矜らしげだった。

「コノ人、ムシュウ・デュラン。彼ハソノコロ、コノホテルノボーイデシタ。昼間ハ上ノゲスト・ルームデ、ナチス将校ノ世話ヲシ、夜ニハ地下室デ、レジスタンスノ世話ヲシマシタ……スゴイデスネェ」

扉を開けると、象牙色の漆喰壁に囲まれた螺旋《らせん》階段だった。階下からかぐわしい暖かな風が上がってきた。

ピエールが老コンシェルジュの言葉を語り始めてから、人々は声を失ってしまった。

これから始まる食事は、観光客に供されるおしきせのディナーではない。この館の歴史を味わうのだと香は思った。

三百年の時をたぐるように、一行は螺旋階段を降りた。そこはいかにもレジスタンスの隠れ家にふさわしい地下の密室だった。四方の壁は粗い漆喰で塗り固められ、低い天井は丸太の梁で支えられている。

緋色《ひいろ》のクロスをかけた長テーブルに、銀の燭台が三つ、ほのかに蠟燭《ろうそく》の火を灯していた。

「ボンソワール・マダム」

タキシードを着た紳士が、飴色《あめいろ》の椅子を引いて香に微笑みかける。客たちはそれぞれの席についた。蠟燭の炎が、長テーブルに向き合ったひとりひとりの顔を照らし上げる。

「もう説明は必要ありませんね」

隣りの席についた朝霞玲子が、香に囁きかけた。

三百年前、この館に住んでいた「王妃」が誰であるかは知らない。しかし玲子の言う通り、説明の必要はないと香は思った。なぜなら長い卓を囲む客たちは、ホテルのディナーを食べるのではなく、時を超えてこの館の主である「王妃」に招かれたのだ。ヴェルサイユから呼ばれた料理人が腕をふるう、「太陽王の晩餐会」に。

右隣りには下田夫妻。向かいの席には北白川右京先生と早見リツ子さん、金沢貫一さんとミチルさん。どの顔も期待ととまどいとがないまぜになっている――。

「ミチル……実は俺、フルコースっての食ったことがねえんだけど。いろいろと面倒なルールがあるんだよな、たしか」

「それって、ルールじゃなくってマナーとかいうんでしょ」

「そうそう。そのマナーっての。とりあえず、ひとつだけ訊いておく。なんでこんなにいっぱい、ナイフとかフォークがあるんだ」

「……あたしに訊かないで」

「ゲ。まさかおまえ……」

「フルコースなんて食べたことあるわけないでしょ。ともかく、みんなの真似をすりゃいいのよ」

囁き合っているつもりなのだが、二人の声はデカい。ふつうの会話は常人の怒鳴り声に等しく、ひそみ声が常人の会話と同じボリュウムであることに、金沢もミチルも気付いていなかった。もっとも、その点について誰も不快に思わないのは、ひとえにこの二人の人徳というべきであろう。

「箸、ねえかな……」

「あるわけないでしょ。持ってくりゃよかったわね、ウッカリしてたわ」

「それにしても、やっぱりわからねえ。どうしてナイフとフォークが三本ずつ置いてあるんだ」

「落っことしたときのためよ。フランス人はきっと不器用なんだわ」

「ううむ。なるほど……そうか……」

向かいに座る下田夫妻がナプキンを手に取ったので、二人はあわててその動作を真似た。

「やっぱりものすごく面倒なルールがあるんだ。見ろ、女は膝の上、男はあぶちゃんみたいに胸にかけるんだ」

「こ、こうかしら」

「俺に訊くなって」

「笑ったわ。笑うのよ、貫ちゃん。向かい側の人を見て、おかしそうに笑うのがルールなのよ。ハッハハッハ」

「ハッハッハ……ン？　ちょっと待て。おいミチル、隣りの二人は逆だぞ。先生が膝の上で、女のほうがあぶちゃんだ。しかも笑っていないじゃないか。どうなってるんだ」

「あたしに訊かないでよ。アッ、メニューを開いたわ」

「こ、これか、これだな」

二人は皿の上に立てられた二つ折りの小さなメニューを手に取った。

「……何て書いてあるの、貫ちゃん」

「あのなあ、ミチル」

「はい、何でしょう」

「俺に訊くなって言ってるだろう」

二人はそれをしおに不毛な会話をやめ、フランス語のメニューを見つめながら、ひたすら人形のように肯き始めた。

「……早見君。どうか軽蔑しないでくれたまえ。僕はあいにくフランス語が不得手なのだが、メニューを訳してくれるかね」

「何をおっしゃいます。編集者ごときが北白川右京先生を軽蔑するなどと。先生はフランス語が不得手な分だけ、日本語に堪能でいらっしゃいますわ、ホッホッホッ」

「よもや笑ってごまかすわけではあるまいね」

「これはしたり。お言葉ではございますが先生、わが精英社はフランス語が入社試験の必須科目なのです。まず前菜は、『温かいスモーク・サーモンのレモンと香草風味』です」

「ほう……温かいスモーク・サーモン？　何だか想像がつかんな」

「次に、ムノン風ラパンのサラダ」

「……何かね、それは」

「さあ。ムノンはたぶん固有名詞ですから、地名か人名」

「人名？」

「ヨーロッパの宮廷料理では、しばしば名だたる料理人の名を料理そのものに冠すると聞いたことがあります。もしかしたらムノンというのは、このレシピを作ったルイ王朝期のグラン・シェフの名前かもしれません」

「早見君——」

「はい」

「よもやとは思うが、まさか口から出まかせで言ってやしないだろうね」

「次、いきます。『舌平目の蒸し煮――ルイ十四世風』」

「ルイ十四世ふう、って何だそれ」

「平たく言えば、ルイ十四世のお好み、という意味でしょう。日本の文化でもよくある、誰々ごのみ、とかいうのと同じです」

「あのねえ、早見君」

「はい、何でしょう」

「もしや君は、ずいぶん男を泣かせて来はしなかったかね」

「……と、申しますと」

「僕にはどうしても、表情ひとつ変えずに口から出まかせを言っているようにしか聞こえないのだが」

「お言葉ですが先生。私にいくらかでもリップ・サービスの才能があれば、四十すぎまで独身でいるはずはありませんわ。次、いきます――どうやらメイン・ディッシュのようですわね。『ピジョンと野菜のオシュポ仕立て、エスパニョール・ソース』です」

「……ナニ。もういちど」

「ピジョンと野菜のオシュポ仕立て、エスパニョール・ソース」

「それでは訳したことにならん。何だね、そのピジョンとかオシュポとかいうのは」

「ホーッホッホッ。それは先生、決まっているじゃないですか。ピジョンと野菜をオシュポで仕立てて、エスパニョール・ソースをかけたものですわ」

「笑ってごまかすな。オシュポって何だ。何なんだ、いったい」

「それがわかるくらいなら、文芸部などとはとっくにおさらばして、女性誌の編集長にでもなってますわ」

「おっ、開き直ったな」

「はい。次、デザートは『グルマンディーズ』」

「だからァ、その『グルマンディーズ』って何なんだよ」

「最後に、ヴェルサイユ風のコーヒーです。以上」

「待て、勝手に終わるな。ヴェルサイユ風のコーヒーって何だ」

「キンキラキンのデミタス・カップに入っていて、もんのすごくドロドロの、しかも砂糖のコッテリと沈んだコーヒーです」

「あのなあ、早見君。イメージで浮かんだことを断言するなよ」

「私、そういうキャラクターですので、あしからず。このメニューはのちほど正確な翻訳をいたします。ともあれルイ太陽王は、ヴェルサイユでこういう食事をなさっていたのです。中断しております『ヴェルサイユの百合』の続きは、食事の場面からということでいかがでしょう」

テーブルの斜向《はす》かいに座る二組のカップルのやりとりが、下田ふさ子には眩《まぶ》しくてならなかった。

つごう三百万のお金をポンと支払ってツアーに参加した彼らは、きっとこのうえなく幸福な人たちなのだろう。もちろん、ひとりでやってきた隣りの席のＯＬも。

食前酒を口に含むと、かぐわしい甘さがまるで不幸を嗤《あざわら》うかのように、胸いっぱいに拡がった。

たかが十日間の海外旅行にこんな大金を支払う人たちは、いったい今までどういう人生を歩み、このさきもどんなふうに生きて行くのだろうと思う。

いけない。笑わなくちゃ――。

笑うことが幸せを呼ぶ秘訣だと教えてくれた夜間高校の担任は、もうひとつ心に残るこんなことを言ってくれた。

（いいかい、ふさ子。おまえは両親に早く死なれて、ひどい苦労をしてきたけれど、それはけっして不幸なことじゃないんだよ。なぜかって、人生の幸福と不幸の目方は同じだからさ。神様はちゃんとそういうふうに、ひとりひとりの人生を按配《あんばい》してくれているんだ。子供の時分に不幸だったおまえは、必ずその不幸の分だけ幸せになる）

そう信じて生きてきた。結婚をして、二人の娘に恵まれて、自分たちの工場を持って――やっぱり先生の言っていたことは本当だったのだと思った。

でも、ちがう。子供のころの不幸をぜんぶ取り返して、おつりがきてしまったのだとはどうしても思えない。しかもそのおつりが、心中だなんて。

自分のことはともかく、だったらこの人の人生はどうなっているの。夫の人生は。

集団就職で東京に出てきて、何の趣味も道楽もなく、油まみれで働きづめに働いてきた。社長と呼ばれても、それにふさわしい贅沢は何ひとつしたことがなかった。少くとも夫の人生の秤《はかり》には、幸福と不幸とが釣り合っているはずがない。だのに神様はその重たい不幸の皿の上に、心中という分銅を載せた。

ひとり百五十万円のお金を、十日間の旅に費すことのできる人たち。この人たちの過去に、血を吐くほどの不幸があったとは思えず、またこのさきも、心中しなければならぬほどの不幸が待ち受けているとは思えない。

やはり神様は、生まれついて幸福な人間と、どう生きても不幸にちがいない人間とを造ったのだ。

いけない、笑わなくちゃ。

「なあ、ふさ子――」

メガネをはずしてフランス語のメニューを見つめながら、夫が溜息のような声を出した。

「フランスの王様と同じ夕食が食えるなんて、俺たちは幸せだな」

夫もきっと、三十年前の恩師の言葉を覚えていたのだろう。どうしても釣り合わぬ秤の片方にこのメニューを載せて、無理に納得しようとしている。

全財産を浚《さら》うようにしてかき集めた三百万円。

自分たちは死に場所を求めてパリまでやってきたわけではないのだと、ふさ子は初めて気付いた。そう――全財産の三百万円で買える限りの幸福を買い、それを釣り合わぬ人生の秤の片方に載せて、無理に納得するのだ。

やっぱり神様は公平だ、と。

「まったく幸せですよね、私たち。これでもう、いつ死んでもいいくらいだわ」

それにしても、この館の主はよほど酔狂な人だったのだろう。

瀟《しょう》洒《しゃ》な館の地下に狭くて粗末な小部屋を造り、太陽王の晩餐会と同じメニューの夕食を楽しむとは。

ふさ子は蠟燭の灯りに照らし出された小さなダイニング・ルームを見渡した。

象牙色の漆喰を粗く塗りたくった壁。天井を支える太い梁。古ぼけた長テーブルも椅子も、おそらく三百年前のものなのだろう。

暖炉の脇には、まるで王の背中を被うガウンのような、青いビロードのカーテンが下がっている。

サン・ジェルマン・デ・プレのビストロで早目の夕食を済ませた〈影《ネガ》〉ツアーの一行が、ほとんど駆足でホテルに戻ったのは、〈光《ポジ》〉ツアーの客たちが地下のダイニング・ルームに下りた直後だった。

猫よりはいくらかマシなツアー・コンダクター、戸川光男の説明によれば、「ワインを飲みながらシャトー・ドゥ・ラ・レーヌにまつわる悲しくも美しい物語を聞くため」なのだそうだ。

ツアーに参加した目的と動機はさまざまだが、ツアコンの指示にはみないたって従順である。

なにせ「ツアーの二重売り」という前代未聞の企画に嵌まってしまった以上、誰にも言いたいことは山ほどあるけれども、とりあえずはツアコンの指示に従わねばならない。一歩まちがえば世界が破滅するような気がしてならなかった。

サン・ジェルマン・デ・プレからセーヌ川を挟んだ対岸のヴォージュ広場まで、メトロにもタクシーにも乗らずにひたすら歩いた戸川光男は、まちがいなく世界最低のツアコンである。

近藤誠は「いい腹ごなしだ」と言いながら率先して歩いたが、考えてみれば腹ごなしのために赤坂から新宿まで歩くバカはいない。

岩波夫妻はひたすら戸川光男の誠実さを支えるために歩いた。オカマのクレヨンは、もしかしたらみちみち別れた恋人に出遭うのではないかと思って歩いた。谷文弥と香取良夫は、パリの右も左もわからないので、みんなと一緒に歩くよりほかはなかった。そして丹野夫妻は、もしこの計画が破綻して警察沙汰になり、被害者として事情聴取されるような事態が起こったらたいそう面倒なことになりそうなので、ともかく戸川の言いなりになるしかなかった。

フロントから厨房に向かう業務用の廊下の中ほどに、アーチ型の古ぼけた扉がある。それを開けると狭くて急な階段が、半地下のワインセラーへと下っている。

もとのワイン倉庫を半分残しても、通路と五室のゲスト・ルームを造ることができたのだから、いっけんしてこぢんまりと見えるこのホテルは、思いがけず奥行きの深い敷地を持っているのだろう。

そのワインセラーを改造した半地下のゲスト・ルームにしても、存外住みごこちがよい。口ではブツブツと文句を言いながら、〈影《ネガ》〉ツアーの客たちは内心、満足している。スペースこそビジネス・ホテル並みで、あかりは裏街を見上げる天窓からわずかに射し入るだけだが、ともかく内装のセンスがよかった。

淡いブルーの絨毯にベージュ色の壁。小さなバスルームも、清潔で使い勝手がよい。

町の外観を保つために古い建物を壊すことができないかわり、パリでは内装の技術が発達した。数百年の時を経たアパルトマンでも、室内は現代人の生活に支障のないよう、上手に改造されている。つまりその高等技術が、シャトー・ドゥ・ラ・レーヌのワインセラーを快適なゲスト・ルームに甦らせたのだった。

半地下の廊下のつき当たりに、さらに謎めいた潜《くぐ》り戸がひとつ。それをそっと開けると、地の底の闇の中から、〈光《ポジ》〉ツアーの客たちのなごやかな語らいが湧き上がってきた。

戸川が蚊の鳴くような声をしぼって、苦しげな説明をした。

「地下のダイニング・ルームでは、もう一組のツアーのお客様たちが、お食事をとりながらコンシェルジュの話を聞きます。まことに申しわけございませんけれど、このさき私語は厳禁、ということで」

「ちょっと待て」

と、近藤誠はほとんど反射的に苦情を言った。

「公明正大・真実一路」を座右の銘とする元警察官にとって、このイベントのスタイルはまことに忍び難い。

「それじゃまるで盗み聴きではないか。俺はイヤだ。そんなコソ泥のようなマネはできん」

「いえ、べつに盗み聴きをするわけではありません。姿を隠して、一緒に話を聞くというだけの――」

「同じじゃないか。私語をかわすなとか物音をたてるなとか、なぜ大の男がそんな不自由をしてまで、話を聞かねばならんのだ。イヤだぞ、俺は」

クレヨンが近藤の袖を引いた。

「なに聞きわけのないこと言ってるの。向こうの人たちは私たちの存在を知らないんだから、仕方ないじゃない。考えようによっちゃ面白いわよ、何だか謎めいていて。ねえ、みなさん」

人々はそうだそうだと口を揃えた。このオカマの言うことには、ふしぎな説得力がある。一種のカリスマとでもいうべき人間ばなれした魅力が、性的な趣味嗜好とはもっぱら関係なく、クレヨンの人格にはたしかに宿っていた。

「だが、しかし――」

抗《あらが》いかけて、近藤は押し黙った。男でも女でもないこの美しい人物には、人格を縛《いまし》める理屈というものが何もない。すこぶる極端なたとえだが、仮にこの人物が東京都知事になったとすると、徹底的にアイデンティティーに欠ける東京という大都市は、たちまちにして世界一の秩序と美観とを持った理想の街に生まれ変わるのではないか、という気がした。

「グズグズ言わないでよ、マコちゃん。盗み聴きでもいいじゃないの。謎の地下室でワインを舐《な》めながら、コンシェルジュの昔話を盗み聴きする。うわァ、すっごいセクシー」

はっきり言って、盗み聴きと覗《のぞ》き見が性的悦楽のきわみであることに異論はない。だからこそそこに、犯罪も成立するのである。

「わかった。やはりご一緒しよう」

と、近藤はアッサリ納得した。

「では、くれぐれもお静かに。私語はもちろんのこと、くしゃみ、咳、ゲップ、放屁、等々われわれの存在を悟られるような物音は、けっしておたてにならないように」

戸川の最後の指示とともに、一同は大きく深呼吸をし、潜り戸の中のさらなる地下室へと歩みこんだ。

狭い階段を忍び足で降りながら、ビールの飲みすぎでついゲップをしてしまった谷文弥は、前後を進む香取良夫と丹野二八に袋叩きにされた。

くしゃみをしそうになった岩波夫人は、すんでのところで夫に口を塞がれた。

（まずい……）

近藤は階段の中途で立ち止まった。長い警察勤めで、隠密行動には慣れている。しかし近藤には悪い癖があった。息を詰めると、屁が出るのである。ものすごくわかりやすい体であった。吸った空気を口から吐かずにいると、ケツから出るのである。しかも肺活量が常人の倍ぐらいあるものだから、とっさの衝動たるやなまなかではない。肺活量が倍だからといって、べつに肛門括《かっ》約筋《やくきん》の力が倍ではないから、その衝動をこらえることは至難であった。

先頭の近藤が突如として壁のように立ち止まってしまったので、後続の人々はその広い背中の直後に渋滞した。

要は物音をたてなければよいのである。しかし安易に一歩を踏み出せば、括約筋を震わせて大《だい》音声《おんじょう》が発せられることは必定《ひつじょう》であった。近藤は両手を壁につっぱり、仁王立ちになって後続の人々の力に耐えた。そしておもむろに、長く静かな屁をこいた。

ただひとつ誤算があった。サン・ジェルマン・デ・プレのビストロで、きわめて繊維質の豊富なフランス家庭料理をしこたま食っていたために、その臭気たるやまさにサタンの仕業《しわざ》であった。地下室に下る狭隘《きょうあい》なる石造りの階段室という最悪の条件下で、悪魔の放屁をモロに吸いこみながらも、呻き声ひとつ発せずに壁をかきむしって耐えた人々は偉大である。

近藤はとりあえず空とぼけようと考えたが、犯行前の状況および人物的類型からしても、被害者を装うのは無理であると思い直し、やおら振り返って手を合わせた。

急な階段を降りきると、ほの暗い小部屋だった。

日本ふうに言うなら十畳ばかりの広さであろうか、時代がかった木製のテーブルが置かれ、壁回りにやはり古ぼけた長椅子がめぐらされていた。

まるで王の背中を被うような、青いビロードのカーテンの向こうから、日本語の会話が洩《も》れてくる。

なるほど、盗み聴きとはセクシーなものだと、近藤は思った。

足音を忍ばせて階段を降りてきたボーイが、掌《てのひら》を延べてテーブルの上のワイン・グラスを勧めた。

血の色のブルゴーニュがそれぞれのグラスに注がれ、チーズを盛りつけた大皿がテーブルの中央に置かれた。

ワインもいいが、チーズは近藤の大好物だった。交番勤務のときには常にベビーチーズを一ダースも冷蔵庫に保管していたほどだ。パトロール中に後輩がそれを見つけて食ったりすると、勤務明けには道場に呼び出して、容赦なく半殺しの目に遭わせた。要するにそれくらい、近藤はチーズに目がなかった。

で、誰よりも先に手を伸ばし、岩のようなひとかたまりを口に押しこんだ。

やはり本場フランスのチーズはうまい。と思いきや、まるで屁の仕返しのような悪魔の味であった。それもそのはず、本場のチーズは雪印のベビーチーズのような万人ウケする上品な味とはほど遠い、青カビのビッシリと生えた異臭フンプンたるブルー・チーズだったのである。

吐き出すのも何なので、ともかく丸呑みに呑み下した。声を出せないのは辛い。吐き気をこらえながら、糞でも食ったほうがまだマシだと近藤は思った。

カーテンの向こうからツアー・コンダクターであろうか、低く歯切れのよい女の声が聴こえた。

「食前酒が行き渡りましたところで、当シャトー・ドゥ・ラ・レーヌに五十年もお勤めになっていらっしゃるコンシェルジュ、ムシュウ・デュランをみなさまにご紹介いたします」

まるで映画俳優のようなバリトンで、老コンシェルジュは簡単な挨拶をした。

「通訳は私が務めさせていただこうと思っていたのですが、私の分までのメニューを揃えていただいたということなので、ガイドのムシュウ・ピエールにお願いしたいと思います」

近藤のかたわらでワイン・グラスを唇に当てたまま、クレヨンが動きを止めた。

「ヨロシク、オ願イシマス。ピエール・ミューシャ、デス」

青いカーテンに向かって駆け出そうとするクレヨンの小さな体を、近藤はガッシリと胸に受け止めた。

(どいてよ、マコちゃん。そこに、そこにピエールが)

瞳が叫んでいた。近藤はクレヨンを抱き止めたまま、ゆっくりとかぶりを振った。

(気持ちはわかる。だがおまえひとりの都合で、世界を滅ぼすようなマネをしてはいけない)

(ピエールは私の命よ。私の世界、私の地球なのよ)

(辛抱しろ、クレヨン。世のため、人のためだ)

(いやよ。ピエール、私のピエール)

今にも声に出して叫びそうなクレヨンの唇を封ずるためには、ほかに手だてがなかった。

次の瞬間、近藤はクレヨンを抱きしめ、熱いくちづけでその声を奪っていた。

緊急避難の接吻は、苦いチーズの味がした。

やがてカーテンの向こうから、ムシュウ・デュランの昔語りが聴こえてきた——。

14

「グラン・シェフ。陛下のお召しです。すみやかに御前《ごぜん》へお越し下さい」

厨房のドアを開けて侍従がそう伝えたとき、立ち働く料理人たちはいっせいに手を止め、ある者は湯気の中で、ある者は皿を持ったまま、またある者は雉子《きじ》の羽を胸前に拡げたまま、みな声を失った。

ムノンの驚きはただごとではなかった。今このときヴェルサイユがスペイン軍に包囲されていると聞かされても、まさかこれほどは驚くまいと思われるほどであった。

弟子のひとりがとっさに背中を支えなければ、老いた司厨長《しちゆうちよう》はその場で昏倒していたかもしれない。

「ジュリアン、何か粗相はなかったか。陛下のご機嫌を損《そこ》のうような」

差し出された気付けのワインをひとくち飲んでから、ムノンは弟子に訊ねた。

「いえ、グラン・シェフ。今宵は陛下おひとりでお召し上がりになられるご夕食ゆえ、メニューは万全の上にも万全。できばえはあなたさまがすべてご吟味なされたはずです」

そうだ。そうだった。勘気を蒙《こうむ》るはずなどあるわけはない。献立は王様の大好物ばかりだし、調理もすべて腕の良い弟子たちがムノンの指図通りに行い、みずから吟味もした。

少くとも今晩、全フランスで供されている夕食のうち、最高のものであるという自信はある。いやおそらく、世界一にちがいない。

「すみやかにと言われましても、まさかこの身なりでは。せめてキュロットをはき、上衣《ヴェストゥ》を着るだけの時をお与え下さい」

長い御前づとめのせいで表情というものがまるでない侍従は、人形のようにムノンを見つめたあとで答えた。

「では十分間だけお待ちいたします。すみやかにお仕度を」

これは決して悪いことではないのだと自分に言い聞かせながら、ムノンはエプロンをはずした。

「ひとつだけお訊ねいたします。国王陛下がわたくしめを召される理由をお聞かせ願えますか」

「それは――」

と、侍従はやはり人形のように、唇だけで言った。

「それは愚問というものでございましょう、グラン・シェフ。陛下がなされることについてその理由を問うは、太陽に向かってなにゆえ照るのか、なにゆえ隠れるのか訊ねるのと同じでございます」

「しかし、わたくしめにも心構えというものが……」

「ならば、これだけはお伝えしておきましょう。陛下は本日の献立を、ことのほか嘉《よみ》しておられます」

ムノンがほっと息をつくと、同時に彼の支配する大厨房の空気も、火に焙《あぶ》ったショコラのようにたちまち和《なご》んだ。

「陛下は例によって一言もお口をきかずにお食事をなさっておられましたが、すべてのメニューをソースの一滴まで余すところなく召し上がられたのち、キャフェをお飲みになりながらこう仰せられました。わが股肱《ここう》にしてわがブルボンの誇り、グラン・シェフ・ムノンをこれに呼べ、と」

厨房に喝采が湧き起こった。振り返って弟子たちの興奮を鎮《しず》めながら、老シェフはみずからの胸のどよめきをこらえあぐねた。もし彼が十歳も若かったなら、フライパンをかざして「ブラボー！」と叫んだジュリアンと同じぐらい、狂喜したにちがいなかった。

「では、ただいま着替えをしてまいります」

「お急ぎ下さい。陛下はグルマンディーズを召し上がらずに、グラン・シェフのご到着をお待ちです」

「デザートを？　それはまた、なにゆえ」

「畏《おそ》れ多いことでございますぞ。陛下はこう仰せられました。すべてを平らげた上で嘉するよりも、このグルマンディーズはムノンの前で食し、ありのままの感動を朕《ちん》の言葉にて伝えてやろう、と」

厨房の喧噪はしんと静まり、ムノンは侍従に向かって、感激のあまり頭《こうべ》を垂れた。

絹のキュロットをはき、錦糸の縫い取りを施したヴェストゥを着ると、ムノンは侍従とともに大厨房を出た。もちろん、すっかり禿《は》げ上がった頭に、巻毛のかつらをかぶることも忘れなかった。

大厨房は巨鳥が舞い降りた形のヴェルサイユ宮殿の、右翼の先端である。そこから宮殿内の「王の食事の間」に行くためには、石畳を敷きつめた正面内庭を横切って、王家の紋章を戴く鉄柵門をくぐり、さらに「王の内庭」を歩き通さねばならない。しかも南の玄関から宮殿に入り、迷路のように組み上げられた階段やロッジアをめぐった奥深くに、フランス国王ルイ十四世の食事の間はあった。

ヴェルサイユの敷地は町がひとつ収まってしまうほど広い。内庭といっても年寄りが歩く距離ではないが、ここに馬車を乗り入れることができるのは、王とその一族、そして王に承認された外国の大使だけである。

内庭は月の光に満ち、群青《ぐんじょう》の夜空を背にして建つヴェルサイユは、フランスの栄光そのままに絢爛《けんらん》と光り輝いていた。

われらがルイ王は、今や太陽のみならず月光をも支配したのだと、ムノンは思った。

「お急ぎ下さい、グラン・シェフ。陛下はおやすみのお時間を遅らせてまで、あなたさまのご到着をお待ちかねです」

石畳が波打っているのは、ここの土壌が湿気を多く含んでいるからだと聞く。いや、ままならぬ足どりをヴェルサイユのせいにしてはなるまい。自分が満足に足も上がらぬほど老いたのだと、ムノンはよろめき歩みながら考えた。

それにしても――国王が自分を嘉するためにお床入りの時間を遅らせるなど、まさしく恐懼《きょうく》の至りである。

王の生活は病的なほど神経質で規則正しく、しかもそのすべてはエチケットと呼ばれること細かな作法で埋めつくされていた。王はみずから定めた規則書に反することは、断じて行わなかった。

たとえば、そのご夕食には貴婦人がたとともに召し上がる「大きなお膳」と、おひとりで召し上がる「小さなお膳」とがあり、食事中には決して話をせずに完全な沈黙を守り通すのが、定められたエチケットであった。

きょうの晩餐は「小さなお膳」である。食事をおえると王は寝室に入って「おやすみの儀式」をとり行う。貴婦人と家族たちからの挨拶をひとりひとりていねいに受けたあと、猟犬に手ずから餌を与え、床に就くのは午前一時半きっかりと決まっていた。

正確な時間割を王がたがえることは、むろん異例中の異例である。思い立ってグラン・シェフの参内《さんだい》を命じてから到着を待つまでには、少くとも三十分、いや石畳をよろぼい歩く老人の足どりを考えれば、一時間近い時を要するであろう。すると晩餐に続くすべての予定が大きく狂ってしまう。

王は今や、フランスの国家そのものである。その王が自分の作った料理を嘉せられるのは有難いが、国家の予定を狂わせてまで褒めてほしくはないと思う。有難いのを通り越して、ムノンはむしろ耐え難かった。

「すでにご承知とは思いますが、グラン・シェフ。お目見えはなるべく簡単になさって、早々におさがり下さい」

侍従はムノンの足に合わせてゆっくりと内庭を歩きながら言った。

「はい、わかっております。しかし侍従さま、どうして陛下はそれほどまでに本日の献立を嘉せられたのでしょう。わたくしめはいつに変わらず、心をこめて調理をしたつもりでございますが」

「よくお考えになって下さいな、グラン・シェフ」

侍従は相変わらず表情を変えなかったが、その口調は思わせぶりであった。

「長いことお側に侍《はべ》っている私には、すぐにわかりましたよ。さて、この献立がかつて御前に進められましたのはいつのことであったか、お考え下さい」

フランス宮廷料理をきわめたムノンの献立は、すでに芸術として完成されている。つまり、夕食は「大きなお膳」と「小さなお膳」を合わせて二千五百五十五種の完全なるフルコースで、組み合わせを変えることも、レシピを考え直す必要もなかった。

二千五百五十五というメニューの数には意味がある。三百六十五回の晩餐が七年かかってひとめぐりする数であった。

「この献立は七年前のきょう、陛下の御前にお進めいたしましたが、はて――」

「さよう。七年前のきょう十月十日、あなたさまはそっくり同じ献立をお作りになった。思い出せませんか」

　群青の夜空はかくも澄み渡っているのに、どんよりと濁る老いた記憶がもどかしかった。思いあぐねるムノンを励ますように、侍従は言った。

「まず、前菜の『温かいスモーク・サーモンのレモンと香草風味《カシス・ド・ソモン・フュメ》』を召し上がられたとたん、陛下は目をつむられ、とても悲しいお顔をなさいました」

「悲しいお顔、ですか――」

「はい。次に兎《ラパン》のサラダ。ひとくち召し上がられて、陛下は深い溜息を洩らされました」

「ウサギのレシピにつきましては自信がございます。サラダ・フィナンシエールに用いるのは、生後四カ月未満の子兎でなければなりませぬ。それもシャンパーニュ産の、新鮮な肉でなければ」

「ごもっともです。そしてそのとき陛下は、思わずエチケットをお破りになられ、『ムノンは偉大な料理人だね。まさにグラン・シェフの名に恥じぬ』と仰せられました」

「畏れ多いことでございます」

　言いながら、ムノンは感激で胸がいっぱいになった。七年前にこの献立を御前に進めた記憶が、ほんの少しずつ、老いた脳裏に甦ってきた。

「そして、『舌平目の蒸し煮』。陛下はことのほかお気に召したご様子で――」

「はい。舌平目は何と言いましても海峡産のドーバー・ソールに限ります」

「陛下は細かなお召し上がりものには、しばしばナイフもフォークもお使いにならず、手づかみでお召し上がりになられますが――もっともその点は、エチケットには定められておりませんので、堂々と」

「お待ち下さい、侍従さま」

ムノンは石畳の上に足を止めた。歩き疲れたわけではなかった。七年前のきょうと同じ月明の夜、国王がドーバー産の舌平目を手づかみでお食べになったときのご様子が、ありありと思い出されたのだ。

そのとき、自分は晩餐の場にいたのだろうか。

陛下はナイフとフォークを使いあぐねておいでだった。ダンスもビリヤードもお上手なのに、手先はなぜか不器用にあらせられる。「どうぞ、お手で」と勧めたのは、自分であったような気がする。

待てよ――陛下は舌平目の身をほぐすと、ご自分ではお召し上がりにならず、かたわらのどなたかにさし上げたのではなかったか。

子供だ。貴婦人の胸に抱かれた赤児の小さな口に、舌平目の柔らかな身を、そっとさし入れた。

「思い出されましたかな、グラン・シェフ」

「いえ、未《いま》だ。齢はとりたくないものでございますな」

「メイン・ディッシュの『鳩《ピジョン》と野菜の煮込《オシユポ》』は、ソースの一滴まで余さずにお召し上がりになりました」

「陛下はスペインふうのブラウン・ソースがお好きです」

「さよう。そして、グルマンディーズにはお手をつけず、キャフェを飲みながら仰せになった――わが股肱にしてわがブルボンの誇り、グラン・シェフ・ムノンをこれに呼べ、と」

とたんにムノンは、「ああ」と悲鳴にも似た太い息を洩らした。

すべてを思い出したのだった。


「王の食事の間」の手前は「衛兵の間」で、その名の通り扉の左右に二人、壁際にさらに四人のいかめしい衛兵が、微動だにせず立っていた。

ただし、派手な軍服を着、いずれも役者のようにハンサムなこの兵士たちは、みなフランス人ではない。国王が高い給与を支払って雇い入れたスイス傭兵《ようへい》である。

表向きはヴァチカンに倣《なら》って彼らを採用しているのだが、実は理由がほかにあることをムノンは知っていた。

多くの側近たちに日夜わかたず取り巻かれながら、猜疑《さいぎ》心の強い王は孤独なのだ。謀叛《むはん》人と結びつけばいつなんどき自分に矛先《ほこさき》を向けるかわからぬフランス人の兵士を、王は決して信じてはいなかった。

太陽王の心の闇を知る者は、もう自分をおいてほかにはいないのではあるまいかと、老いた司厨長は思う。

わずか四歳にしてフランス王位を継承したルイ十四世は、その幼い日、ふとどきな貴族たちが起こしたフロンドの乱の渦中で九死に一生を得た。そのときムノンはパリの王宮の自室に小さな王を匿《かくま》い、毛布をすっぽりと被って一晩じゅう抱きしめていたのだった。

(ムノン。朕は貴族たちに殺されてしまうのか)

腕の中で傷ついた小鳩のようにうちふるえながら、あのとき幼い王は言った。

(いいえ、決してそのようなことはございませぬ、国王陛下。あなたさまのお名前は『神の落とし子ルイ《ルイ・ル・デュー・ドネ》』。教会がそう名付けた神の子のお命を、どうして貴族たちに奪うことができましょう)

(朕は亡くなられたパパの子ではないのか)

(先帝陛下の御子《みこ》であらせられると同時に、あなたさまは神の子なのです。光り輝く太陽の子にあらせられます。卑しき貴族どもがあなたさまに矛を向けんとすれば、たちまち目がつぶれ、腕は網脂《あみあぶら》のごとくにとろけてしまうでしょう)

(そうか。朕は太陽の子か――)

とたんに体のふるえは止み、ほどなく王はムノンの胸の中で安らかな寝息をたて始めたのだった。

――あの夜の出来事が、王の人生を定めてしまったのではないかとムノンは思う。

王は闇を怖れる。おやすみの儀式の後も燭台の火を落とすことはなく、宮殿はすみずみに至るまで、広いガラス窓と鏡と、おびただしいシャンデリアによって光り輝いていた。

貴族たちを縛《いまし》めるエチケットの洪水も、おそらくは彼らに謀りごとをめぐらすだけの自由を与えぬためのものではなかろうか。彼らは二十四時間、この宮殿で王とともに目覚め、王とともに働きかつ遊び、王とともに眠らねばならなかった。

太陽のごとくにエネルギッシュな国王と同じ時間割を消化すれば、余分な物事を考えられる人間など、この世にただのひとりもいるはずはない。

そしてもうひとつ——王はあの日から、すべての人間を信じようとはしなくなった。貴族たちはもちろんのこと、偉大なる母アンヌ・ドートリッシュも王妃マリー・テレーズも、師であり父がわりでもあったマザラン枢機卿《すうききよう》さえも、王は常に猜疑しているにちがいなかった。

幼いころから三度の食事を供し続けている司厨長ムノンですら、その猜疑心からは免れていないのだ。王は食事の折、必ず給仕長に毒味をさせている。

人々はそんな国王にへつらいこそすれ、内心は忌《い》み嫌っているのではなかろうかとムノンは思う。だが、あの夜のすべてを知るムノンは、どうしても王の人格を忌む気にはなれなかった。怯えながら歪みながら、それでもみずから太陽たらんとする王を尊敬し、かついたわしく思っている。

「おつとめ、ご苦労さまです」

ムノンがねぎらいの言葉をかけても、スイス人の衛兵は微動だにしない。王に危害を加えんとする者が剣を抜くまで、またたきひとつしないことが彼らに定められたエチケットだった。

しかしいざとなれば、衛兵たちは迷わず楯となって王を護り、命を抛《なげう》つだろう。金銭によってもたらされた契約は、彼らスイス兵たちにとっての道徳であり、信仰であった。考えようによっては敬意なき忠誠心などよりも、信頼に足るかもしれない。


侍従が「王の食事の間」のドアをノックする。内側から扉が開かれるまで把手《とって》に触れずに待つことも、揺るがせにできぬヴェルサイユのエチケットだった。

大扉が左右に開かれたとたん、室内から旭日《きよくじつ》のごとく溢れ出た輝きに、ムノンは老いた瞳を射られた。

いちど目をつむって踏みこたえ、三角帽《トリコルヌ》を脇に抱えて跪《ひざまず》く。

「ご挨拶を」と、侍従が促した。目を伏せたままムノンは言った。

「司厨長ムノン、親愛なる国王陛下のお召しにあずかり、参上つかまつりました。陛下におかせられましては本日もご機嫌うるわしく、ご威光はあまねくフランス全土を被っております」

ゆっくりと顔を上げる。国王ルイ十四世は大理石の暖炉を背にして、寄木細工の食卓についていた。

王の頭上にはジョゼフ・パロセルの手になる戦闘の絵が飾られ、天井からは緋色の紐で、巨大かつ精緻《せいち》このうえない網細工のシャンデリアが下げられている。

壁際に居並んだ侍従と侍女たちは、手に手に黄金の燭台を捧げ持ち、それらの発する炎は、壁と天井とを埋めつくした白と金の装飾に照り返って、室内を真昼のように明るませていた。内庭に向かって開かれたガラス窓からさし入る月光も、この輝きの中にあっては盲《めし》いるがごとくである。

一瞬の沈黙の後で、王は突然、高らかに笑った。

「ウワッ、ハッ、ハッ、ハッ！　ウワッ、ハッ、ハッ、ハッ！　苦しゅうない。近《ちこ》う寄れムノン。朕《ちん》は本日の献立がいたく気に入ったのじゃ。これより朕はそちの前でグルマンディーズを食し、比類なきフランスの栄光を嘉《よみ》するであろう。ウワッ、ハッ、ハッ、ハッ！」

いつものことながら、何と明るいお方であろうと、ムノンは呆《あき》れつつ感激した。いったい全体、どのようにすればこれほど高らかな笑い声を発することができるのであろう。幸福と歓喜とを、満身で表現することができるのであろう。

「ヒャーッ、ヒャッ、ヒャッ、ヒャッ！　さあ、ムノン。朕はそちのグルマンディーズを心ゆくまで食らおうぞ。楽隊を呼べ。ムノンのグルマンディーズには、妖精たちの舞い踊るがごときメヌエットがふさわしい」

控えの間の扉が開かれ、軽やかなメヌエットを奏でながら楽隊が入ってきた。

「ヒャーッ、ヒャッ、ヒャッ！　では、食するぞよムノン！」

「……はい、陛下。お召し上がり下さいませ」

ナイフとフォークを手に取ると、王は肘掛椅子から腰を浮かせて、金色のかつらを獅子のように振り乱しながらメヌエットの指揮をした。

「アン・ドゥ・トロァ、はい、ここでクレッシェンド。ウィー、ウィー、とてもよろしい。アン・ドゥ・トロァ、アン・ドゥ・トロァ、さあ、さあ、いよいよ食するぞォ。デクレッシェンド、デクレッシェンド……ためて、ためて、感情を低く、静かにためて……ハイ、ハイ、ハイ！　クレッシエンド！　クレッシエンド！　もっと高く、もっと大きく、もっともっと華やかに！　食するぞォ、わあっ、うー、まー、いー！　アン・ドゥ・トロァ！　うー、まー、いー！」

側近も召使いたちも、なかば呆れながら拍手を送った。

ムノンはテーブルのかたわらに立ちつくしたまま、ひとり涙を流した。

もはやそれは、感激の涙ではない。ムノンは侍従から手渡されたナプキンで顔を被いながら、(陛下、おいたわしゅうございます)と、胸の中で呟き続けていた。

国王はフォークもナイフも投げ捨て、まるで飢えた子のようにがつがつと、グルマンディーズを貪《むさぼ》り食った。

この御方《おんかた》の暦は、フロンドの乱の恐怖の一夜で止まっているのだ。わずか四歳でフランスの栄光を背負われ、誰にも頼れず、苦悩も怒りも怖れも、すべて御身のうちに咀嚼《そしやく》せねばならなかった、世界一孤独な人物。国王は涯《は》てもないその心の闇を人々に気取られぬよう、かように明るい人格を装っておられる。

グルマンディーズをきれいに食べおえると、国王は室内を見渡して命じた。

「朕は本日の献立に歓喜した。ねがわくばこの歓びを、偉大なるわがグラン・シェフと二人きりで分かち合いたい。食後のワインをテーブルに残し、一同は退室せよ」

人々は左右に分かれて、たちまち控えの間と衛兵の間に退出した。

「陛下、灯りはいかように」

と、侍従が訊ねた。

「灯りはいらぬ。そちの持つ燭台をテーブルに据えよ。シャンデリアも消せ。朕は偉大なるグラン・シェフとともに、一本の燭台と月光に照らされつつ、今宵の歓喜について語り合うであろう」

侍従はふしぎそうに国王を見上げたが、じきに燭台をテーブルに置き、食器を片付け、グラスを選んできた。召使いのひとりが青銅の棒でシャンデリアの灯《ひ》を一本ずつ消すと、内庭からさし入る月光は闇の中で青々と力を得た。

王が再び口を開いたのは、人々の足音が去り、かわって秋虫のすだく声が室内を満たしたころである。

王の美しい顔《かんばせ》は月光に青ざめ、スペインの血を引く灰色の瞳は、夜空よりなお暗く、悲しげだった。

「わが親愛なるマエストロ、ムノンよ――」

王は溜息とともに呟いた。

「もったいのうございます、陛下。卑しき調理人であるわたくしめなどに親しく陪席を許されるのみならず、ブルゴーニュのワインを賜わるなど――恐懼のあまり膝がうちふるえまする」

「まずは盃をあけよ。朕が好みに合わせ、水にて薄めおるが、ブルゴーニュの香りはいささかも損なわれてはおらぬ」

「わたくしめも陛下と同じく下戸《げこ》にてござりますれば、これがちょうどよろしいかと」

「なにゆえ酒を覚えなんだのじゃ」

「舌が鈍くなりますゆえ」

ふむ、と王は肯いた。さきほどまでの明るさはかけらも見受けられず、眉間に深い皺を寄せた表情はまるで修道士のようだとムノンは思った。陛下のこのような顔を見たものは、ヴェルサイユの中にひとりとておるまい。

「その点については、朕も同じ理由からである。しかし、朕が怖れるのは舌先の感覚ばかりではない。朕の五体がいささかでも鈍麻《どんま》すれば、フランスは病む」

「御意《ぎょい》にござりまする。陛下の玉体《ぎょくたい》はフランスそのものにござりますれば」

ワインをなかば飲むと、国王は静かに目を閉じ、祈るような声で呟いた。

「そちを召した理由は、今宵の献立を嘉するためではない」

「存じております、陛下」

燭台の炎の向こうに、憔悴《しょうすい》しきった国王の顔が揺らいでいる。記憶のかけらを呼び集め、言葉を択《えら》びながらムノンは言った。

「七年前にお別れした、あのお方のことを、陛下はいまだ……」

「忘れようものか。そちの料理によって記憶が喚《よ》び醒まされたわけではない。朕は七年の間、かたときも忘れたことはなかった」

「わたくしめにできることがありますれば、何なりと」

国王は恥じ入るように肩をすぼめ、いっそうひそやかな声で呟いた。

「本日の献立を今宵のうちに、愛しき女《ひと》と、ついに認知せざるわが王子とに届けてほしい。さすれば二人は、朕がやむなき公《おおやけ》の事情にて別れねばならなくなったことを、そして今もひそかに恋い慕うていることを、わかってくれるであろう」

ムノンは思いもかけぬ王の申し出に、息を詰めた。

「あのお方は、今いずこに」

「噂によれば、亡き宰相リシュリューの館の隣りに、ささやかなる館を建て、つつましゅう暮らしおると聞く」

「リシュリュー閣下のお屋敷といえば、パリのヴォージュ広場のほとりでございましたな」

「さよう。さる宴の席で、貴族どもが噂しておった。ついに認知せざるわが王子は、すこやかに育ち、おのれの出自すら知らされずに日がなヴォージュ広場で小鳥のごとく遊びおるそうな」

「おいたわしゅうございます。しかし、陛下。ヴェルサイユとパリとは、馬車にても三時間の隔り、これよりお届けいたすとなれば夜も明けてしまいましょう。今宵のうちはちと無理にございます」

「さもあらん」

国王がひとつ肯いたとたん、まるで意が通じたように内庭で馬が嘶《いなな》いた。

「イスラムの王から召し上げた四頭のアラブ馬をそちに与える。灼熱の砂漠を一気呵成《いっきかせい》に駆け抜ける黒い肌の馭者《ぎょしゃ》もともに。さすれば三時間の道のりも、二時間にて駆けおおすことができよう。途中、盗賊に出会わぬとも限らぬゆえ、屈強なるスイス衛兵を護衛につけようぞ」

ムノンの胸はときめいた。敬愛する王のために尽くすことができる。二千五百五十五の献立を完成させ、もはや自分が王のためになしうる仕事は何もないと思っていた。だが、今ついに自分は、他者の決してなしえぬ使命を王から与えられたのだ。

「どうだ、ムノン。この務め果たしてはくれまいか」

「光栄のきわみに存じまする。さらば陛下、わたくしめの望みもひとつ、お聞き入れ下されませ」

「何なりと申せ。黄金か、爵位か」

「いいえ。わたくしめは一介の料理人、富も名誉もいりませぬ。叶うことならわたくしめのレシピを体得しおる弟子をひとり、随行せしめることをお許し下さいませ」

「信頼に足る者であろうな」

「はい。ジュリアンと申す、わたくしめの娘婿にござります」

「よろしい。その者の随伴を許す」

王はさし入る月光に目を向け、嫣然《えんぜん》とほほえんだ。

15

「コマン・トルヴェ・ヴー・ス・プラ？」

お味はいかがですか、と老コンシェルジュは話の途中で訊ねた。低く上品なバリトンは、まるで物語の中に織りこまれた、ムシュウ・ムノンの声のようだった。

「エクセラン」

あえて人々の意見を求めるまでもなく、朝霞玲子が答えた。

オードブルをひとくち食べたとたん、食卓は静かな感動に被われたのだった。メニューには「カシス・ド・ソモン・フュメ」とある。

正直のところ桜井香は「太陽王の晩餐会」と銘打ったディナーのオードブルが、ソモン・フュメ、すなわちスモーク・サーモンではいくら何でも役者不足だろうと思っていた。日本では多少の高級感があるけれども、ヨーロッパでのスモーク・サーモンは、ハムやチーズと同じくらいありきたりで、庶民的な食材なのだ。

しかし、そのオードブルのサーモンは、香が今まで親しんできた味とはあまりにかけ離れていた。ほんのりと温められたサーモンにレモンの酸味と香草のかぐわしさが、音楽のように調和していた。

「ほんとに、エクセラン、ですね」

香は隣りに座る朝霞玲子を見つめて呟いた。

「私も、こんなにおいしいソモン・フュメは初めていただきました。いえ、おいしいと言うより、何だかビックリしちゃって……」

老コンシェルジュのバリトンが、人々の感動を遮った。ピエールが流暢《りゅうちょう》な日本語で通訳をする。

「ドーゾ続ケテオ召シ上ガリ下サイ。三百年前ニハ、ソモン・フュメハトテモ高級ナ食物ダッタソウデス。ルイ十四世モ大好物デシタ」

かつてヨーロッパでの庶民の食生活は、思いのほか貧しかったのだと、香も聞いたことがあった。肉や魚を庶民が習慣的に食べ始めたのはごく近年の話で、食生活の点では魚や穀類を常食としていた同時代の日本人のほうが遥かに恵まれていたのだそうだ。

「キョウノメニューハ、グラン・シェフ・ムノンガ残シタレシピノ忠実ナ再現デス。今カラ三百年前、ルイ十四世モ同ジモノヲ召シ上ガリマシタ――話ヲ続ケテ、ヨロシイデスカ」

人々が肯くのを確かめてから、朝霞玲子が総意を伝えた。

「ウィ・ムシュウ。ジュ・ヴー・ザン・プリ」

老コンシェルジュは真白な口髭《くちひげ》を引いてにっこりと笑い、暖炉の脇の椅子に腰を下ろしたまま、タキシードの襟とボウ・タイを正した。

ソモン・フュメのオードブルに続く献立は、兎《ラパン》のサラダだ。新しい皿を待ちこがれながら、桜井香はさきほど老コンシェルジュが語った一節を、ありありと思い出した。

ヴェルサイユのグラン・シェフ・ムノンは、こう言ったのだ。

(ウサギのレシピにつきましては自信がございます。サラダに用いるのは、生後四カ月未満の子兎でなければなりませぬ。それもシャンパーニュ産の、新鮮な肉でなければ)

大厨房の若い調理人ジュリアンが、司厨長《しちゅうちょう》から思いもかけぬ命令を与えられたのは、他の料理人たちとなごやかに賄《まかな》いの食卓を囲んでいる最中であった。

グラン・シェフ・ムノンは息せききって宮殿から戻るなり、まるで戦場に立つ将軍のように大声で命じたのだ。

「ジュリアン、本日のお膳をさらに二食分ととのえよ。急げ、時間がない」

万が一のために材料の予備は用意してあるが、それを使うのは異例のことであった。料理人たちは食事を中断して、たちまち調理にとりかかった。いったん火を落としたオーブンに薪《まき》がくべられ、大釜の蓋が開けられて、大厨房には時ならぬ喧噪が甦った。

「兎《ラパン》にはナイフを入れるな。舌平目は蒸すだけでよろしい。鳩《ピジョン》と野菜は下ごしらえを」

調理人たちの間をめぐって、グラン・シェフは次々と指示を下した。

「オードブルはどのようにいたしましょう」

野菜籠の中から香草を選び出して、ジュリアンは訊ねた。

「サーモン・フュメは薄切りにして湯煎を。レモンと香草は切らずにそのままだ」

どうやら二食分の料理は、宮殿で供されるわけではないらしい。半調理のままどこかに運ばれるのだろう。

「それと――ジュリアン。君は私とともに来てほしい」

「かしこまりました、グラン・シェフ。服装はどのように」

「調理服のままでよろしい。ただし汚れのない新しい物を」

グラン・シェフ・ムノンは大厨房の神である。いかなる場合でも、調理人がその命令に反すること、あるいは必要以上の質問をすることは許されなかった。

いったいこの料理はどこに運ばれるのだろうか。

「ひとつお願いがあるのですが、グラン・シェフ」

「何だね」

と、ムノンは訝《いぶか》しげにジュリアンを振り返った。

「私事で恐縮ではございますが、仕事が長びいて帰れぬことを、息子に言いきかせてまいりたいのです。今夜は寝物語をひとつ、読み聞かせてやる約束をして参りましたもので」

とたんに、ムノンは鷲のように謹厳な顔をほころばせて微笑した。

「相変わらずの親馬鹿ぶりだな、ジュリアン」

「いいえ、アンリが甘ったれなのです。もう七歳になるというのに、いまだひとりでは寝つけません。私が宿舎に戻るまではベッドにも入ろうとしないのです」

話しながら、ジュリアンは悔いた。神聖な厨房で、母を亡くした子供の話などするべきではなかった。そして――グラン・シェフがアンリの祖父だということも忘れていた。

高い天井から吊り下げられた燭台の灯が、煙抜きの風に揺らぐ。悲しみがたちまち老いたグラン・シェフの微笑をとざした。

「行きたまえ、ジュリアン。宿舎に戻って、私の孫に言いきかせなさい。パパはグラン・パパとともに、パリまで行かねばならない、と」

「パリへ？」

ムノンは答えずに、娘婿の手から香草の束を奪った。

出発の仕度が斉《ととの》ったのは、わずか三十分の後である。

下ごしらえを施された献立は、輝かしいヴェルサイユの食器とともにいくつかの銀の箱に収められた。大厨房の前には、調理人たちがそれまで一度も見たことのない緑色の馬車が止まっていた。

屈強な四頭のアラブ馬が、夜空に向かって真白な息を吐きながら嘶く。乱れる手綱《たづな》を黒い肌の馭者が操っていた。座席の後ろには、鋼鉄の胸鎧をつけたスイス衛兵が二人、槍を立て、剣を佩《は》いて立っている。


銀の箱を積みおえると、グラン・シェフはスイス兵を気遣って声をかけた。

「貴官らは車の外に立ったままパリまで伴をするおつもりか」

答えはない。まるで人形のように、二人の衛兵は背を伸ばしたままである。

「凍えてしまいますぞ。馬車の中にお入りなされ」

真赤な頰髭をたくわえたひとりが、正面を見すえたまま答えた。

「国王陛下のご命令のままに」

彼らがけっして雇主の命令をおろそかにせぬ傭兵であることは、ジュリアンもよく知っている。途方もない給料を受け取るかわり、彼らは国王が死ねと命ずれば、その場で命を抛つ。

グラン・シェフとジュリアンが馬車に乗りこむと、四頭のアラブ馬は枷《かせ》を解かれたように石畳の上を駆け出した。

「何とも乱暴な。これではスープがみなこぼれてしまう」

「大丈夫です、グラン・シェフ。エスパニョール・ソースもオシュポのスープも、コルク栓で密封した瓶《かめ》に入れてあります。むしろ攪拌《かくはん》されて味わいの増すよう、一匙《さじ》のバター・クリームを入れておきました」

「ほう」と、ムノンは頼もしげにジュリアンを見た。

「余計なことでしたか」

「いや。そのことを指示しようとして、うっかり忘れておった。不規則な攪拌を続けると油が分離してしまうことがある。それを防ぐのは一匙のバター・クリームだ。よく気が付いたな」

「はい。以前、フォンテーヌブローの狩にお伴させていただいた折、あなたさまから教わりました」

「よろしい。君は一度聞いたことは忘れない。さすがは私の選んだ婿だ」

グラン・シェフはしばしば自慢げに、「さすがは私の選んだ婿」と口にする。もちろん褒められて悪い気はしないが、ジュリアンは内心、その言い方が嫌でならなかった。

自分はムノンに選ばれて婿になったわけではない。マリーに選ばれて夫となったのだ。

馬車は月あかりの森を疾駆する。秋色に染まった木の葉が、窓から舞いこんできた。

「ところで、アンリは聞きわけたかね」

「はい。グラン・パパとパリまで料理を運ぶのだと言ったら――」

ジュリアンは口をつぐんだ。息子の言葉をそのまま伝えるべきではあるまい。

「どうした。アンリは何と言ったのだね」

「つまらぬことです」

「聞かせてはもらえまいか」

ムノンは孫の言葉を察知している。まるで悲しみをともに分かち合おうとでもするように、老いた岳父はジュリアンの膝に掌を置いた。

「アンリはこう言いました――ママンのところへ行くのか、と」

ムノンは深い溜息をついた。

「で、何と答えた」

「そうだよ、と――」

「一緒に行くと駄々をこねなかったかね」

「伝染病がうつったら、子供はひとたまりもなく死んでしまいます。病気がよくなったら、ママンは帰ってくると言いきかせました」

「いつまでそんな嘘をつくつもりだ」

「私には、真実を伝える勇気がありません。たとえ嘘が罪であっても」

「マリーが死んで、すでに一年が過ぎた」

なにげないムノンの一言が、ジュリアンの胸に応えた。そうだ、妻は死んだのだと、ジュリアンは今さらのように自分に言いきかせた。

息子に嘘をつくことで、自分もそう信じようとしている。悲しみから免れようとしている。マリーは伝染病に罹《かか》ってしまったが、今もパリの療養所に隔離されて、生きているのだと。そしていつの日か病が癒《い》え、あの黄色い薔薇のような華やいだ笑顔のまま、ヴェルサイユに戻ってくるのだ、と。

「薔薇は、しおたれてしまいました」

「そう。もう二度と再び、私たちの庭に咲くことはない。だから、ジュリアン。君もさぞ辛かろうが、嘘はもうやめたまえ。真実を語る日が遅ければ遅いほど、アンリの悲しみは増す」

そうではないと思う。嘘をつき続ける限り、母はアンリの胸の中に生きている。

「私にはとてもそんな勇気はありません」

「初めから勇気を持っている者などいない。勇気とは生み出すものだ」

「ならば、グラン・シェフ。あなたさまからお伝え下さいますか。たったひとりの孫に、おまえの母はもうこの世にはいないのだと、言っていただけますか」

ムノンは顔をそむけ、深い森の木《こ》の間《ま》がくれに馬車の後を追ってくる満月を見上げた。三角帽《トリコルヌ》の庇《ひさし》を上げ、しばらく物思いに耽《ふけ》ってから、ムノンは体じゅうの息を吐きつくすほど無念そうに呟いた。

「私にそんな勇気があるものか」

「勇気は生み出すものだと」

「勇気に限らず、新しい力を生み出すには、もう齢をとりすぎてしまった。だがジュリアン、君はまだ若い。勇気をふるってほしい」

馬車の向かう先はパリではなく、涯《は》てもない奈落の底ではなかろうか。ともに若くして妻を失った二人の料理人が、あてどもなく夜の闇を彷徨《さまよ》っているような気がしてならない。

「ひとつ提案があるのだが、聞いてくれるか」

「何なりと」

俯いたジュリアンの耳に、思いがけぬ声が聴こえた。

「後添《のちぞい》を娶《めと》りたまえ、ジュリアン」

「ご冗談を」

と、ジュリアンは苦笑した。もし冗談でなければ、師であり岳父であるグラン・シェフは自分を試しているのだろう。

「冗談ではないよ、ジュリアン。私は若くして妻に先立たれ、男手ひとつでマリーを育てた。君に同じ苦労を味わわせたくはない。むろん、たったひとりの孫にも、マリーと同じ淋しい思いをさせたくはない。心から君の再婚を願っている」

「お断りいたします。私はあなたさまと同じ人生を選ぶつもりです」

ジュリアンは本心からそう言った。今もマリーを愛している。未来永劫《えいごう》、その愛が滅びることはあるまい。自分はたしかにグラン・シェフ・ムノンの後継者に選ばれたが、妻を押しつけられたわけではなかった。ムノンに弟子入りした十五の齢から心ひそかに、マリーを愛し続けてきた。

「あなたさまはいまだ、私のことをわかってはおられない」

愛し合っていたのだと言いかけて、ジュリアンは口を噤《つぐ》んだ。今さらそんなことを言ったところで始まるまい。マリーは死んでしまったのだから。

「アンリには父である私の口から、いずれ真実を告げましょう。勇気をふるう日が何年先になるかはわかりませんが、いつか必ず――」

来たるべき日を想像しただけで、ジュリアンの胸は潰れる。アンリは泣くだろう。せめて母の死顔を見たいと言われたら、長い間の嘘もありのままに告白せねばなるまい。

そのときのアンリの落胆と衝撃を考えれば、安易な幸福など求めてはならないとジュリアンは思う。男手ひとつでアンリを育て上げる苦労は並大抵ではあるまいが、それは嘘の代償だ。

「ジュリアン。わが最良の弟子にして、わが息子よ――」

闇の中で痩せた頤《おとがい》を揺らしながら、グラン・シェフ・ムノンは改まった口調で言った。

「君は私の完成させた二千五百五十五の献立のあらかたを、すでに身につけた。ヴェルサイユの若きグラン・シェフとして真紅のナプキンを頸《くび》に飾る日も、そう遠くはあるまい。だが、ジュリアン。人生のすべてを、私に学んではならぬ」

ジュリアンは答えなかった。

「私は、この先の君の苦労を見るに忍びぬ。新しい妻を、アンリの母を迎えてくれ」

「重ねてお断りいたします、グラン・シェフ」

ジュリアンはきっぱりと言った。やはり師は、自分のことをわかってはいないと思う。二千五百五十五種のメニューとともに自分が学びとったものは、栄光のグラン・シェフ、ムシュウ・ムノンのすべてであった。

「私があなたさまに弟子入りした十六年前、あなたさまはいまだ、一介の料理人にすぎませんでした。ヴェルサイユの厨房は宰相《さいしょう》マザランがイタリアより伴った司厨長、サルバトーレの支配下にありました」

「ふむ。パスタとカツレツしか知らぬ、あの無能な男のことだな」

「もしあなたさまがサルバトーレにかわって大厨房を差配なさらなかったなら、今日のフランスの栄光はなかったと私は信じております」

「何を、大げさな」

言いながらムノンの表情がわずかにほころんだのを、ジュリアンは見逃さなかった。

他人の目も耳もない馬車の中で、今までけっして口にしなかった自分の胸のうちを語りつくそうとジュリアンは思った。

「あなたさまは三食の御進膳と同じ献立を、マリーに食べさせておられましたな」

ムノンはぎくりと身を起こして、真顔になった。

「それは不敬に当たる行いではないぞ。子供の味覚は正直であるから、私はわが娘に試食をさせていたのだ。同時に育ち盛りの子供の体で、わが献立の栄養を確かめていた」

「存じております。だがしかし――」

「しかし、何だね。はっきり言いたまえ。私は怒らぬ」

「おそらく――グラン・シェフのお心のうちはちがった。順序が逆でした」

「何だと？」

「あなたさまは、父親が子に与える誠実さのすべてをつくして、マリーに美味なるもの、滋養となるものを食べさせ続けておられたのです。あらゆる素材を模索し、懸命に考え、愛情のかぎりをつくして、あなたさまはマリーの食事をお作りになった。そうした偉大な愛によって作り上げられた献立が、ヴェルサイユの王侯を仰天させ、ついにはあのイタリア人の料理人を失脚せしめたのです」

平静を装ってはいたが、ムノンの狼狽《ろうばい》は明らかだった。音楽家のように繊細な魂を持つ師は、心が揺らいだとき決まって口髭を撫でる。

「あなたさまには、大厨房のグラン・シェフになろうなどという野望は毛ばかりもなかった。いや、ブルボンの栄光とまで謳《うた》われた二千五百五十五種のフランス料理を築き上げるつもりも、実はなかった。あなたさまはひたすら、マリーに美味なるもの、滋養となるものを食べさせ続けておられたのです」

「何を言う。私はただ国王陛下のために――」

「ノン」

と、ジュリアンはムノンの言葉を遮った。

「私がそうと確信する理由を、お聞き願えますか」

馬車は森を抜け、たちまちムノンの顔は月光を浴びて青ざめた。きつく目を閉じ、審判の声を聞くかのように、老いたグラン・シェフはひとつ肯いた。

「二千五百五十五という献立は、三百六十五回の晩餐が七年かかってひとめぐりする数でございます。マリーは八歳のときに母上を失い、十五歳になった同じ日に私の妻となりました」

ムノンの体が、柔らかなベルベットの座席に沈んで行く。瘦身を支えていた骨と肉がとろけるように、その体は小さくなった。

「気付いていたのか、ジュリアン」

「はい。なにゆえ亡き母上のご命日に結婚をするのかと、ふしぎに思っておりました。しかし答えを得たのは――」

解答に思い当たったときの慟哭《どうこく》を、ジュリアンはまざまざと思い出した。妻の死に際して毅然《きぜん》とした態度を失うことはなかったが、長い間の謎が解けたそのときだけは、声をあらげて泣いた。

「答えを得たのは、マリーの死んだその夜のことでございました。息子に——アンリに食事を与えなければならぬと思ったのです。そしてこの先、アンリの食事は私が調《あつら》えねばならぬのだと。亡き母の愛にまさる愛をもって、美味なるもの、滋養となるものを食べさせ続けようと私は誓った。アンリが自らの手で火と水とを十分に使えるようになるまで、いったい何年かかるのだろう。四年、五年、六年か。その年数に三百六十五の日数を掛けていくと、七年目に、二千五百五十五の数が現れました。それは——あなたさまの献立の数、ブルボンの栄光、フランスの誇りと称《たた》えられた、偉大なるグラン・シェフ、ムシュウ・ムノンの献立の数でした」

泣くな、と岳父はひとことだけ叱った。

しかしその老いた眦《まなじり》からは、涙がとめどなく伝い流れているのだった。グラン・シェフはまばたきすらせずに、悲しみに爛《ただ》れた目を闇に据えていた。

「私は……公《おおやけ》なるものと私《わたくし》なるものとを、ずっと混同して生きてきた。その結果をブルボンの栄光などと称えられれば、今さら罪の重さに押し潰されるような気がする」

「ノン、ノン、ノン」

ジュリアンはムノンの肩を摑んで揺すり立てた。

「それは違います、グラン・シェフ。あなたさまは罪など犯してはおられない」

「なぜだ。私はマリーに食べさせたものを、ついでに国王陛下に進膳していたのだぞ」

「国王陛下はマリーとともに、至上の愛を召し上がっておられたのです。畏れ多くもルイ十四世陛下は、わずか四歳の御歳に父王を亡くされました。母君はあの宰相マザランと道ならぬ恋に陥《お》ちるほどの、奔放なる御方にあらせられます。そうした不遇な国王陛下が太陽王と崇《あが》められるほどに国威を宣揚なされ、国民から敬われておられるその力のみなもとはすべて――」

「口が過ぎるぞ、ジュリアン」

言い過ぎではないと思う。心が愛に満ちていなければ、大王たる資格はない。ではいったい誰が、ルイ王に愛を与えたというのか。

父王か。母たるスペイン王女か。宰相マザランか。ヴァチカンか。

太陽王ルイ十四世の周囲には、愛のかけらすら見当たらぬではないか。貧しい農民の子にも等しく与えられる愛が、ルイ王の周辺にはただの一滴すらもありえなかった。

涙を拭い、確信をもってジュリアンは言った。

「たとえマリーのおこぼれであろうと、あなたさまの愛はフランス全土を統《す》べるのに十分でございました。私は二千五百五十五の栄光のメニューとともに、あなたさまのお心のすべてを引き継ぎたいと思います」

冷たい秋の夜風の吹き入る窓に、マリーのおもかげが甦る。

父の助言に順《したが》わぬのは、けっしておまえに対して操《みさお》を立てているからではないのだと、ジュリアンは亡き妻を悟《さと》した。真に美味なるものはすなわち愛である。二千五百五十五種の豊饒《ほうじょう》なる愛を引き継ぐことのできるものは、この地球上に自分をおいて他にはいない。マリーの命、そして大いなる悲しみと引きかえに、神はその資格を私に与えたのだと、ジュリアンは思った。

馬車はいくつもの森を過ぎ、丘を越え、パリに向かう二十キロの道のりを疾駆する。

やがて星空に彩られた地平の彼方に、くろぐろと蹲るブローニュの森が見えた。

それにしても、国王と同じ今夜の晩餐を口にする者とは、いったい誰なのだろう――。


「サテ、ミナサマ。十七世紀ノ偉大ナ料理人、ムノンノサラダヲ、ドウゾゴ賞味下サイ」

老コンシェルジュの手ぶりまで真似て、ピエールが言った。

精妙に切り刻まれた温野菜の上に、細く優雅な兎肉が載せられている。現代のサラダとはいささか趣が違うが、テーブルに置かれたとたんにあたりを染めた香気は、十分に人々の食欲を誘った。

「早見君。僕は君の語学力を見直さねばならないようだね」

ナイフとフォークを手にとると、北白川右京はかたわらの編集者に微笑みかけた。天性のものか作家的演出であるかはともかくとして、この流行作家のしぐさはいちいち色っぽい。

「ね。ね。やっぱりムノンというのは料理人の名前でしょ。それもルイ王朝期のグラン・シェフ！」

「はしゃぐな、早見君」

と、北白川右京先生は早見リツ子をたしなめた。

「口は災いのもとというたとえは、君のためにあるようなものだ」

「は？　……」

「知っていたのではなく、当たったというわけか。これが音羽社の谷や文芸四季社の香取だったら、いかにも当然知っていたかのようにふるまうだろう」

「わたくし、そんな器用なまねはできませんわ。知ったかぶりをして、もし万が一それがまちがいだったら、傷つくのは作家じゃないですか」

リツ子は悲しい気持ちになった。不器用な性格で損をしていることはよく知っている。だが今さら、持って生まれたキャラクターを改められるものではない。

「いただきましょ、先生」

二人は同時にフォークを口に運んだ。

「あっ」

「おっ」

アイウエオのア行五音をとたんに呟いたのは、二人だけではなかった。テーブルを囲んだ全員がほとんど一斉に、「あっ」「いっ」「うっ」「えっ」「おおっ」と口走ったのだった。

十七世紀の偉大な料理人、ムノンのレシピにかかるラパンのサラダとは、そういうものだった。

「う、う、うめえっ！」

ひとこえ叫んだなり、金沢貫一はナイフを投げ置いて、サラダをザバザバとかきこんだ。

「ちょっと、ちょっと貫ちゃん。いくら何だってそれはないでしょ。カップラーメンじゃないんだから」

「うるせえ。こんなうめえものを、まどろっこしく食えるかってんだ。うめえっ、ああっ、うめえ！」

老コンシェルジュはにこやかに笑いかける。

「ウィ、ウィ、セ・サ・ムシュウ――」

ピエールが言葉を添えた。

「イッコウニカマイマセン。実ハルイ十四世モ、オイシイモノハ、シバシバ手ヅカミデオ食ベニナッタソウデス。マルデ、子供ミタイニ」

人々は手の動きを止めた。

早見リツ子の胸にうかんだものは、豪華絢爛たるヴェルサイユの一室で、大勢の侍臣や女官たちに見守られながら食事をむさぼり食う太陽王の姿だった。

「子供みたいに……」

ルイ十四世のことをよくは知らない。だがおそらく王は、食事という形で自分に与えられる唯一の愛を、ナイフもフォークも投げ捨ててむさぼったのだろう。そしてその滋養と美味とが、そっくりフランスの活力になった。

食卓をめぐる人々の誰もが、同じことを考えたにちがいない。

16

昏《く》れなずむヴォージュ広場の端に立って、少年は灯りのともり始めた館の窓までを見上げた。真四角の大きな広場を、煉瓦造りの館がぐるりとめぐっている。

そのうちのいくつかの家からは、いじめっ子たちが見張っているにちがいない。広場の向こうに家のアーチ門は見えているけれど、芝生の上を走ってそこまでたどりつくより先に、あいつらは館から駆けだしてきて自分を捉《つか》まえるだろう。

きのうと同じように、マロニエの実をぶつけられて瘤《こぶ》を作るかもしれない。いや、もしかしたらおとついのように、噴水の池に突き落とされるかもしれない。

もう少し暗くなるまで待って、木蔭づたいに帰ろうかと少年は思った。

でも、すっかり日が昏れてしまえば、ママンは心配する。毎日セーヌ川に石を投げて、ひとり遊びをしていることは知っているから、川で溺れてしまったと思うかもしれない。

少年は広場をめぐる回廊の柱の蔭に膝を抱えて、ママンの待つ館の温かな灯を見つめた。

マロニエの林と芝生とを隔てたほんのすぐそこなのに、少年にとってはインドかアラビアのように遠い。

半分しか曲がらぬ片方の膝を撫でると、悲しい気持ちになった。あいつらと同じ足を持っていたなら、怖れることなど何もないのだ。いやたぶん、いじめられることもないだろう。みんなと一緒にこの広場で、玉投げをしたり鬼ごっこをしたりして、楽しく遊んでいるにちがいない。

あいつらが悪いんじゃなくて僕が悪いのだと、少年は思った。

いつだったかママンに、曲がらぬ膝のことを訊いた。生まれつきこういう足なのだと思っていたのだが、そうではなかった。赤ん坊のころ、誤って床に落としてしまったのだそうだ。言いながらママンは、「ごめんね、ルイ」と泣き出してしまった。このことはもう二度と口にするまいと少年は思った。

月が昇ると、回廊には柱の縞模様ができた。光と影。あいつらが光なら、僕は影。

「よいしょ」

少年は立ったり座ったりするとき、老人のような声を出す。そうして力をこめなければ、膝は言うことを聞いてくれない。

回廊をぐるりと回って帰る力は、もう残っていなかった。川風に冷えきった膝はズキズキ痛んで、一直線に家へ帰らなければ、どこかで倒れてしまうに決まっている。

歩き出す前に、少年は腰を器用に屈めてマロニエの実を拾い、ポケットに詰めこんだ。あいつらがやってきたら、これで戦ってやる。喧嘩になったらかなうわけはないけれど、ガキ大将のオーギュストに大きな実をぶつけて、子分たちがひるんだすきに逃げればいい。ママンの名を呼びながらアーチ門までたどりつけば、ママンはきっと棍棒を持って飛び出してきてくれるだろう。やっぱり回り道はしない。木蔭に隠れるのもよそう。月あかりのヴォージュ広場をまっすぐにつっ切って、おうちに帰る。

ママンが待っている家。近所の人たちがなぜか「王妃の館《シャトー・ドゥ・ラ・レーヌ》」と呼ぶ、僕のおうちに。

小さなルイは走った。秋の川風に冷えきって、すっかり動かなくなった右足を芝生の上に曳きながら、ぜんまい仕掛けの人形のように走った。この月あかりの下では、舞台に飛び出た道化のようなものだ。あいつらはフォークもナイフも、本も鉛筆も、何もかもほっぽり出してそれぞれの館から駆け出してくるに決まっている。

もっと速く。もっと遠くへ。一メートルでも、五十サンチでも先へ。

捉まりそうになったらオーギュストの顔にマロニエの実をぶつけて、アーチ門に駆けこもう。もっと速く。もっと遠くへ。

小径《こみち》の石ころに利き足を取られて、少年は転がった。立ち上がろうにも、息が上がってしまった。

これじゃクモの巣にかかったチョウチョみたいなものだ。じきにあいつらはあちこちからやってきて、踏んだり蹴ったり、頭に砂をかけたりする。でも、もう動けない。

ふいに大きな手が少年の両脇を抱え、ふわりと立ち上がらせた。怖ろしいオーギュストかと思ったが、降り落ちてきた声は大人のバリトンだ。

「行き倒れの子供かと思ったら、何だい、ちっちゃなルイ《プティ・ルイ》じゃねえか。けつまずいて転んだのか。さ、泣くな。可愛い顔が台無しだぜ」

「こんばんは、マ・ブルゴーニュのおじさん」

鞠《まり》のように肥えた赤ら顔は、ヴォージュ広場の片隅にビストロを構える、「マ・ブルゴーニュ」の店主マイエだった。

「はい、こんばんは。おまえはいつも礼儀正しいね。泣きながらでも、こんばんはか。よしよし、もう歩かなくてもいいぞ。おじさんがママンのところまで送って行ってやろう」

おじさんのたくましい腕は馬車のようで、汚れた白衣にはチーズの匂いがしみこんでいた。もう大丈夫だと思ったとたん、ルイはよけい悲しくなって、おじさんの首にかじりついて泣き出した。

「おいおい、何がそんなに悲しいんだ。足が痛いのか」

「足も、痛いけど――」

おじさんは歩きながら、熱いパンに触れるようにやさしく、ルイの右足を撫でてくれた。

「オーギュストのやつが」

「え?」

と、おじさんは月あかりの広場を振り返った。

「誰もいねえぞ」

「もうじき、くるよ。館の窓からね、僕の帰りを待ち構えているんだ」

「オーギュストって、ボア男爵様の末のおぼっちゃんのことかい。まだ七つか八つのくせにうすらでかくって、軍服を着りゃあ立派な兵隊にも見えそうな、あのガキ大将のことか」

「うん、オーギュストのやつはね、いじめっ子なんだ。僕を見つけると、どんな遠くからでも走ってきて、マロニエの実をぶつけたり、首に嚙《か》みついたりする」

「へえ……」

おじさんは広場の西の角にそびえる、ボア男爵家の館を見上げた。

「考えすぎだよ、プティ・ルイ。おじさんはいましがた、ボア男爵様の館に焼きたてのロースト・チキンを届けてきたところだ。いくらあいつだって、夕食のテーブルをそっちのけでおまえをいじめにきたりするものか」

「じゃあ、フィラントは？　ジャン＝シモンは？」

「どこの館でも、今ごろは夕食の真最中だ。どうかしてるぜ、プティ・ルイ」

そうかもしれない。自分はありもせぬ幽霊か悪魔みたいに、あいつらを怖れているのだ。

「でも、怖いよ……」

「よしよし、今度おじさんが叱っといてやる。弱い者いじめはよせってな」

「やめてよ、おじさん。そんなことをしたら、よけいいじめられる」

マ・ブルゴーニュのおじさんは、パリ一番の大男だ。一歩ごとに、「王妃の館」のアーチ門はぐんぐん近づいてくる。まるで夜空を駆ける魔王のようだ。

「みんな、おまえのことが好きなんだよ」

意味がわからずに、ルイはおじさんの青い瞳を覗きこんだ。

「好き、って？」

「おまえがあんまり可愛らしいから、どうしていいかわからないのさ。抱きしめるのも変だし、キスするのもおかしいだろ。だからぶったり嚙みついたりする」

「ちがうよ。オーギュストもフィラントもジャン＝シモンも、僕のことが嫌いなんだ。おまえなんかどこかへ行っちゃえ、って言うもの」

「そのうちわかるさ。あと二年か三年して、みんな十歳になれば、好き嫌いをちゃんと言えるようになる。おまえのそのブロンドの巻毛や、スペイン人のような灰色の瞳を、美しいとほめたたえてくれるよ。今はどうしていいかわからなくて、髪を引っぱったり、目に砂をかけたりするだけだがな」

「二年か、三年？」

「そう。二年か三年」

「とても耐えられないや。そのうち髪はぜんぶむしられちゃって、目もつぶされちゃうかもしれない」

「もし広場でひどい目にあったら、おじさんを呼べ。いつでも助けに行ってやるから」

「ほんと？」

「ああ、ほんとだとも。兵隊だったころには三度も戦争に行って、スペイン人やオランダ人をこてんぱんに叩きのめした。おじさんは強いんだぞ」

マ・ブルゴーニュのおじさんが、実はフランスの英雄だという噂は本当かもしれない。戦争でたくさんの手柄をたてたので、貴族たちが住むヴォージュ広場に、ビストロを開くことを許されたのだそうだ。

おじさんは古い軍歌を唄いながら、石を組み上げたアーチ門をくぐった。

天井から吊り下がったランプの下の、青銅の門扉を開けて館の中庭に入る。

「マダム！　マダム・ディアナ！　おぼっちゃまのお帰りだぜ。あんたの息子の、ルイ・ド・ソレイユ・ド・フランスがお帰りになったぞ」

おじさんの濁《だ》み声は石畳の中庭に谺《こだま》した。四方の壁をみっしりと被う蔦《つた》や、クレマチスやバラの花までがいっせいに震えるような大声だった。

「やめてよ、おじさん。そんな呼び方はしないで。僕、その名前が好きじゃないんだ」

「どうして。けっこうな名前じゃないか。ルイ・ド・ソレイユ・ド・フランス！　この世にふたつとない名前だぞ」

フランスの太陽の子、ルイ。いったい誰がこんなとんでもない名前を付けたのだろう。大王様と同じ「ルイ」だけでも恥ずかしいのに、「フランスの太陽」だって。

ゼラニウムの赤い花に囲まれた窓が開いて、ママンが顔を出した。ママンの名はディアナ。月の女神、ディアナ。

ルイを腕からおろすと、マ・ブルゴーニュのおじさんは帽子を脱いで、騎士《ナイト》のように膝をついた。

いつでもこうだ。おじさんはママンと顔を合わせたとたん、かちかちにかしこまってしまう。

「おやおや、あんまり帰りが遅いから探しに行こうと思ってたのよ。申しわけありません、シェフ。送っていただいて」

「あ、いや……」

おじさんは帽子を後ろ手に揉《も》みしだきながら黙ってしまった。

「さ、おなかすいたでしょう。きょうは私たちにとって特別な日だから、ごちそうが用意してあるのよ。おいで、ルイ」

特別な日って、何だろう。誕生日でもないし、クリスマスでもない。

「あの……マダム……マダム・ディアナ……」

おじさんは立ち上がって、ぼそぼそと呟いた。

「特別な日だったら、チキンか七面鳥でもお持ちしますぜ。あ、もちろんお代はいらねえです。祝福の気持ちってことで」

「けっこうです」

と、ママンは突慳貪《つっけんどん》に言った。

「だが、特別の日だったら……」

「けっこうです！　お気持ちだけ、いただいておきますわ」

「へえ……さしでがましいことを言っちまったみてえだな。なら、プティ・ルイ。おやすみ」

「ボンヌ・ニュイ・ムシュウ。メルスィー」

ルイの頭を撫でると、おじさんは中庭から出て行った。すごすごとアーチ門をくぐる後ろ姿は、まるで疲れ果てて退却する兵隊のようだ。

ママンは近所の人と付き合わない。

ヴォージュ広場の館に住まう人たちがお日様なら、ママンは月。みんなが光なら、ママンは影。でもママンは、パリで一番美しい。


「わあい！　ごちそうだ、ごちそうだ、ごち……」

階段の手すりをすべり降りて、地下のダイニング・ルームに尻餅をついたとたん、ルイはテーブルの上の「ごちそう」を見て、うんざりした。

燭台の下にあるものは、いつに変わらぬパンとチーズ。「ごちそう」というのはたぶん、小さなスープ皿に盛られたジャガイモだらけのシチューのことだろう。

ほかにふだんとちがうところは、クリスマスや復活祭や誕生日のお祝いのときだけ敷かれる青いテーブル・クロス。

「ねえ、ママン。特別の日、ってなあに？　きょうはクリスマスでもないし、僕の誕生日でもないんだけど」

よじ登るようにして椅子に座ると、ルイはお祈りの前に訊ねた。

胸元からクルスを出しかけて、ママンは少し考えるふうをした。

「……ともかく、特別の日よ」

「だからァ、いったい何なの？」

「天にましますわれらが父よ、きょうのみめぐみ、日々の糧《かて》を――祈りなさい、ルイ」

「いーやーだっ。きょうが何の日か教えてくれなきゃ、お祈りなんかしない」

ママンはクルスを握って指を組んだまま、今度はじっくりと考えるふうをした。こうなると、ママンの間《ま》は長い。群青の夜空を月が移ろうぐらい静かにゆっくりと、ママンは考える。

「ママン……寝ちゃったの？」

「いいえ。きょうが何の日か、思い出していたのよ」

「それで、思い出してくれた？」

「ええ、思い出したわ。きょうは、たった一度だけ親子そろって食事をした記念の日よ」

「それ、おかしいよ。ママンと僕はいつも一緒に食事をしてるじゃないか」

「ちがうわ、ルイ。あなたとママンと、もうひとり、パパも一緒に」

パパ、という言葉を耳にしたとたん、ルイは考えるより先に思わず首をすくめた。父のいない少年にとって、その言葉は禁句だった。自分が口にしたこともなかったし、もちろんママンから聞いたためしもない。

いきなり鉄砲で胸を撃たれたような気がして、ルイは俯いた。

「あなたがまだほんの赤ちゃんだったころ、たった一度だけ三人でテーブルを囲んだの。それが七年前のきょうよ」

「でも……去年はこんなことしなかった」

ルイはようやく言った。大きな声を出したら、胸に撃ちこまれた「パパ」の鉄砲玉が暴れて、死んでしまうかもしれないと思った。

「ママンは毎年心の中でお祝いをしていたわ。口に出さなかっただけ」

「じゃあどうして、きょうに限って言ったのさ」

こんな話は聞きたくなかった。一生ずっと、ママンの胸にしまっておいてくれればよかったのに。

「それは……あなたの帰りをとても心配していたからよ。待っている間、七年前のきょうのことを、ずっと考えていたの。それに、あの大嫌いなマ・ブルゴーニュのシェフが、あなたを送ってきたりするんだもの。子供をだしにして家の中に入らせないためには、きょうが私たちにとって特別の日だということを言わなければならなかったのよ」

どうしてママンは、近所の人に対してこれほどまでに頑《かたく》ななのだろう。ヴォージュ広場をぐるりとめぐる貴族の館の住人たちはともかくとして、マ・ブルゴーニュのおじさんはママンに好意を持っている。できれば仲良くなりたいと思っているにちがいない。おじさんには家族がいないから、きっと淋しいのだ。

「マ・ブルゴーニュのおじさんは、とってもいい人だよ。やさしいし、強いし、おじさんはスペインとの戦争で勲章を三つももらった、フランスの英雄さ」

「おだまり、ルイ」

ママンは指をテーブルの上に組んだまま、険しい声で言った。

「軽はずみなことを口にしてはなりません。フランスの英雄は、ひとりだけです」

「ひとり、って？」

「あなたのパパよ」

呪わしい言葉が再びママンの唇を震わせたとたん、ルイは身を躱《かわ》すように椅子から飛び下りた。

「ごはんなんか、いらない。僕はお祝いなんかしないよ」

棒きれのような足を曳いて、ルイは地下のダイニングから逃げ出した。よいしょ、よいしょ、と声に出して自分を励ましながら、階段を昇った。

ママンは何度かルイの名を呼んだが、追ってはこなかった。

中庭から青々と月光の射し入る廊下を歩く。ママンは貧乏なのに、家だけは貴族の館のように立派だ。だからヴォージュ広場の住人たちはこの邸を、「王妃の館《シャトー・ドゥ・ラ・レーヌ》」と呼ぶのだろう。それはもしかしたら、貧乏な寡婦と父のない少年に対する、ひどい嫌味かもしれないけれど。

使われていない部屋のドアをいくつもやりすごして、ルイは廊下のつき当たりにある寝室に向かった。

ドアを開け放たれたまま月光を呑みこむ空部屋は、どれもがらんとしている。ルイが物心ついたときには、どの部屋にも立派な家具が入っていたのだが、ユダヤの商人たちがひとつずつ持ち去ってしまった。

椅子やテーブルやベッドや絵をお金に替えて、ママンと自分が生活をしていることはルイも知っている。

確実に増えて行く館のすきまを、月光が埋める。こんな暮らしが長く続けば、大人になる前にこの館を出て行かなければならなくなるだろう。

寝室に転げこむと、ルイはドアに錠をおろした。疲れ切った体をベッドに投げ出す。

パパがフランスの英雄だって。

意味のわからぬママンの言葉を思い返すと、胸の底から歓喜が湧き上がってきた。両手と自由な片足を鳥の翼のように打ち振ってルイは笑い、それから枕に顔を埋めて、大声で泣いた。

きょう教わったこと――。

日の昏れるまでセーヌ川で石投げをしていてはいけない。思いすごしの恐怖心を抱いてはならない。

オーギュストもフィラントもジャン＝シモンも、本当は僕のことが好き。ちょっと信じられないけど。

そして――フランスの英雄であるパパは、七年前のきょう、たった一度だけ僕と食事をした。

忘れないうちに、ノートに書きとめておこう。

人間は嫌なことを都合よく忘れてしまうから、偉い人になりたかったら辛いことや悲しいことは、きちんと書きとめておかなければいけない。サント・マリー教会のお坊さんが、そう言っていた。

ルイはベッドに腹這いになって、ノートをつけ始めた。しかし小さなルイにとってきょう一番辛いことは——口にすらしなかった「パパ」という言葉を、文字に書かねばならぬことだった。

鉛筆を舐め、ルイは顎《あご》が痛むほど奥歯を噛みしめて、ようやくその言葉を文字にした。

長い廊下を、ママンの足音が近付いてくる。ドアのすきまに燭台の灯が映った。

「ルイ。灯りを持ってきたわ。ドアを開けなさい」

「いいよ、お月さまが明るいから」

なるべく平静を装って、ルイは答えた。ママンの顔は見たくなかった。

「ごめんなさい、ルイ。気を悪くしたかしら」

「べつに……眠たくなっただけ」

「ドアの外にパンとチーズを置いておくから、お食べなさい。じゃあ、おやすみルイ。ボンヌ・ニュイ」

「ボンヌ・ニュイ・ママン」

足音が立ち去りかけたとき、ルイはベッドに身を起こしてママンを呼び止めた。どうしても訊いておかなければならないことがあった。

「待って、ママン。僕にひとつだけ教えて」

ドアの向こう側から、後ろ向きのくぐもった声が返ってきた。

「パパのことなら、教えるわけにはいかないわ」

「ノン」と、ルイは目をきつくつむった。

「そんなの、知りたくないよ。僕の知りたいことはね、僕の名前をいったい誰が付けたかってこと」

ルイ・ド・ソレイユ・ド・フランス。フランスの太陽の子、ルイ。

ルイが不自由な片足を曳きながらヴォージュ広場を歩けば、いじめっ子たちは唄いながら後をついてくる。オーギュストが歩兵隊長のように音頭をとり、フィラントやジャン＝シモンや、ほかの貴族の子供らが声高々と合唱する。

フランスの太陽の子　ルイ
おやおや　そのあんよはどうしたの
スペイン兵に鉄砲で撃たれたのかい
フランスの太陽の子　ルイ
だったらとっととセーヌ川を渡って
アンヴァリッドの廃兵院に行けばいい
フランスの太陽の子　ルイ
そうすればおまえもフランスの英雄
きっと王様がキスしてくれる
フランスの太陽の子　ルイ
なんじ　わが愛する子よ、ってね

「教えてよ、ママン」

子供らの戯《ざ》れ歌が頭の中をぐるぐる回って、ルイは涙ぐんだ。唇を噛んで洟《はな》をすする。

「パパよ。あなたの名前は、パパがつけた。生まれたばかりのあなたを抱くと、晴れ上がったバルコニーに走り出て叫んだの。ルイ・ド・ソレイユ・ド・フランス！　なんじ、わが愛する子よ、って――」

それだけを言うと、ママンは歩み去ってしまった。ドアの外に悲しみの黒い影を置き去りにして。

「太陽の子なんかじゃないやい」

涙を噛みつぶして、ルイはひとりごちた。

大げさな名前の由来など、訊かなければよかった。本当はパパのことを知りたかったのに、ママンに釘を刺されて妙なことを訊いてしまった。そして、大好きなママンを悲しませてしまった。

僕はちっちゃいけど男なのだから、ママンを守ってあげなければならないのに、とルイは思った。

あすの朝、いじめっ子たちがまだ起き出さぬうちにサント・マリー教会に行って、お坊さんに懺悔《ざんげ》をしよう。

それからルイは、ドアをそっと開けてママンの置いていったパンとチーズを取り、路地に面した裏窓を開いて口笛を吹いた。

夜露に濡れた石畳の道に、尻尾を振りながら野良犬たちが集まってくる。

「たんとお食べ。喧嘩しちゃだめだよ」

これくらいの施しで、ママンを悲しませた罪は消えないだろうけれど——。


老コンシェルジュの昔話に耳を傾ける人々の食卓に、かぐわしい魚料理が運ばれてきた。

「サテ、コノ舌平目ハ、ルイ太陽王ノオ好ミノレシピヲ、忠実ニ再現シタモノデス。バタートワイント、ブラック・ペッパーヲ使ッテ、蒸シ焼キニシタソウデスケド——」

ピエールの通訳を聞きながら、人々はもどかしげにナイフとフォークを操った。もはや能書きなどどうでもよい、というのがこの料理の味に魅せられた彼らの、偽らざる心境である。

ひとくち食べたとたん、下田ふさ子はうなだれてしまった。

「どうした、ふさ子」

いけない、笑わなくちゃ。

思うそばから胸が詰まって、ふさ子は夫の顔を見上げることもできなくなった。

「こら。しゃんとしないか。みなさんの前じゃないか」

心配するというより、夫はびっくりしている。

「だって……すごくおいしいんですもの」

「いくらうまいからって、何も泣くことはないじゃないか」

夫に涙を見せたことはない。悲しみの分だけいつも笑ってきた。だが、とうとう耐えられなくなった。四十六年間の人生の終わりに自分を待ち受けていたこの食事の、天のもののようなおいしさは、あまりに皮肉だった。

この料理を作った遠い昔のシェフの顔が、まるで旧来の知己のように、はっきりと思いうかんだ。

栄光のグラン・シェフ、ムシュウ・ムノン。痩せて背が高く、頭はすっかり禿げ上がっているが、口髭は美しい銀色だ。悲しみの水をたたえた、深い淵のようなブルーの瞳。神経質そうな、節張った細い指。

「ああ……うまいね、これは」

ひとこと呟くと、夫はナイフとフォークを置いてしまった。テーブルをめぐる人々はみな申し合わせたように目を閉じていた。おそらく、どの人の瞼の裏にも、寸分たがわぬムシュウ・ムノンの顔と姿とが甦っているにちがいなかった。

「私、呪文がとけちゃったみたい」

「呪文？　――何だね、それは」

「三十年近くも前に、岩波先生が私にかけて下さった呪文よ。このお料理を口に入れたら、それがとけちゃった」

二人が結婚をするとき、夜間高校の教師は言ってくれたのだ。ずっと笑っていろ、と。

「もういいよ、ふさ子。ありがとう」

夫はそう言って、目を閉じたまま頭を下げてくれた。

人生に何ひとついいことのなかったこの人を支えて生きて行くには、ずっと笑っていなければならなかった。妻としてほかにできることは何もなかった。

「うそよ。やっぱりとけてない」

ふさ子は背筋を思いきり伸ばして微笑んだ。

「私、あなたに嫌われたくないもの。ブスだけど笑顔がいいって、岩波先生が言ってくれたから」

心臓が止まるまで、この人と手をつないで笑っていようとふさ子は誓った。

17

クレヨンの痩せた背中を羽交《はが》いじめに抱きすくめながら、近藤誠は声を殺して泣いた。

もともと涙脆《もろ》いたちである。しかも四十の峠を越してからは、いよいよモロくなった。人間とはふしぎなもので、年齢とともに意固地になって行く性格とはうらはらに、なぜか涙脆くなる。

探しあぐねた恋人が、カーテンを隔てたすぐそこで物語の通訳を務めている。オカマの心中いかばかりかと思うにつけ、近藤の胸は張り裂けそうになった。しかも、老コンシェルジュの語るその物語が悲しい。いや、正しくはまださほど悲しくはないのだけれど、このさきものすごくかわいそうな話になりそうな気がする。近藤誠を泣かすためには、「予感」だけで十分なのだ。

足の不自由な少年、ルイ。月のように気高くも美しい母との、二人きりの暮らし。

話はまだ何が何やらさっぱりわからないけれど、この状況はともかく悲しい。ものすごくかわいそうだ。ヒック、ヒックとすすり上げながら、近藤は闇の中でワイン・グラスを傾ける〈影《ネガ》〉ツアーの人々を見渡した。

こいつら、よくも平気で酒など飲んでいられるな。いや、こいつらはまだマシだ。カーテンの向こうでは〈光《ポジ》〉ツアーの連中が楽しげに食事をしている。やはり金持ちは薄情なのだろう。

「おや？　――あの音は何でしょう。カーテンの向こうから、ヒック、ヒックと」

いかん。泣き声が聴こえてしまった。ツアー・コンダクターらしい女の声が、あわてて言いわけをする。

「あ。鳩ですわ、鳩。換気口に巣を作っていて、ねえ、そうですよね、ムシュウ・デュラン」

早口のフランス語で何やら応酬があり、どうやら近藤のすすり泣きは鳩の鳴声ということになったらしい。

俯いたまま、クレヨンが肩ごしにハンカチを差し出した。ありがとう、と胸の中で呟き、レースの飾りがついた紫色のハンカチを受け取ると、近藤はやおら洟をかんだ。

「おや？　――あの音は」

「あ。猫が鳩を狙っているのですわ。ね、ね、そうですよね、ムシュウ・デュラン」

再びフランス語の応酬のあとで、近藤の洟をかむ音は猫の鳴声ということになった。

すまん、すまんと、近藤は闇の中で周囲に頭を下げた。人々はみな一様に眉をひそめ、人差指を唇に当てている。

振り返ると、クレヨンが険しい目で睨みつけていた。ハンカチを指さす。

（あなた、人のハンカチでいきなり洟をかむって、どういうことよ）

と、クレヨンの目は語っている。

（すまん。洗濯して返す）

（いらないわよ、バカ）

クレヨンはプイと後ろを向いてしまった。

他人のハンカチで洟をかむのはいけないことなのであろうかと、近藤は深く悩んだ。善意に甘えてはならないのか。それとも涙が清らかなもので、洟は不潔なものなのだろうか。まあそれはイメージとしてわからんでもないが、だとすると目が清潔で鼻が不潔ということになりはすまいか。

　これはいわれなき差別だと近藤は思い、鼻の尊厳と名誉のために、今いちど派手に水洟をかんだ。


時ならぬ馬の嘶《いなな》きに、小さなルイは目覚めた。

夢だろうか。いや、ちがう。アーチ門の外から「マダム、マダム・ディアナ」と囁くようにママンを呼ぶ声が聴こえる。

見知らぬパパが黄金の馬車に乗って、館にやってくる夢を見ていた。顔はのっぺらぼうだけれど、パパはまるで大王様みたいなベルベットのガウンをまとい、白いタイツをはき、ブロンドの巻毛のかつらをかぶっていた。

「ボンソワール、マダム。マダム・ディアナ」

ママンを呼ぶ男の人の声は、館の中庭に谺して、まるで悪魔の囁きのようだ。もしかしたら、悪魔がママンを攫《さら》いにきたのかもしれない。

とても怖いけれど、僕は男の子なのだからママンを守らなければならないとルイは思った。ベッドから起き出して、暖炉の火かき棒を握る。

不自由な片足を曳きながら月あかりの廊下を歩くうちに、ママンを呼ぶ声はいっそうおどろおどろしく、大きくなった。

襟元からクルスを抜き出し、聖言を唱えながらルイは中庭に出た。玄関からアーチ門までのまっすぐな小径《こみち》の両側には、ペチュニアの赤い花が咲き乱れていた。

「だあれ？」

クルスを胸元にかざして、ルイは闇の中に目をこらした。青銅の門の外に、二つの影が佇んでいる。

「あなたさまは？」

と、瘦せた影が訊き返した。

「僕の名は、ルイ」

言い終わらぬうちに、二つの影は片膝を折って蹲ってしまった。帽子を胸の前で揉みしだくようにしながら、片方の影が言った。

「これはこれは、殿下がじきじきにお出ましとは、畏《おそ》れ多いかぎりにござります。それがしの名はムノン。これに控えまするは、弟子のジュリアンにござります。どうか手前どもが参上いたしましたむね、お母上さまにお報《しら》せ下さりませ」

やっぱりこいつらは悪魔だと、ルイは思った。サント・マリー教会のお坊さんが言うには、悪魔はいろいろなおべんちゃらを口にしながら、人間に近付いてくるのだそうだ。二人ともまるで宮廷料理人みたいな白い服を着ているけれど、その下にはきっと尻尾を隠しているにちがいない。

「お願いがあるんだけど」

慄《ふる》えながら、ルイはようやく言った。クルスも聖言もききめはないみたいだし、火かき棒を振り回してもかないっこない。でも一生懸命にお願いすれば、悪魔だって聞いてくれるだろう。

「ママンを連れて行かないで。ヴォージュ広場の人たちも、誰も連れて行かないで。僕を連れて行って下さい」

悪魔たちは顔を見合わせた。どうしようかと考えているみたいだ。

「オーギュストもフィラントもジャン＝シモンも、大きくなったらフランス軍の将校になってスペインと戦う。でも僕は足がこんなふうだから、兵隊にはなれないんだ。だから僕を連れて行って。お願いします」

どうしてだろう。悪魔たちは感心したような溜息をついた。

「おっしゃることの意味がよくわかりません。何をそんなに怯えておいでなのですか、殿下」

「悪魔は真夜中に馬車に乗ってやってきて、罪もない人たちを地獄に連れて行くんでしょう。それがおじさんたちの、お仕事なんでしょう?」

悪魔たちはもういちど顔を見合わせて、くすっと笑った。

「では、ひとつお訊ねいたします。殿下はどうしてお母上さまやお友達の犠牲になろうとなさるのですか」

「ママンが大好きだから」

「お友達は？」

「そんなに好きじゃないけど、僕なんかよりずっと、フランスのために尽くすことができるから。オーギュストもフィラントも、ジャン＝シモンも」

口髭を生やした悪魔はびっくりした顔をして、「ノン、ノン、ノン」と言い続けた。言いながら白衣の袖で瞼を拭った。もちろん、嘘泣きにきまっているけれど。

「それはちがいます、殿下。あなたさまはフランスにとってかけがえのない、尊い御方《おんかた》にあらせられます。国民の犠牲になどなってはなりません」

サント・マリー教会のお坊さんが言った通りだ。悪魔はおべんちゃらを言いながら、とてもうまく聖書の教えを否定する。

言葉をえりすぐって、ルイは言った。

「イエス様がみんなの犠牲になって下さったのだから、僕だって同じことをする。みんなのためになるのなら、命なんて惜しくはないよ」

「トレビアン！」と、悪魔たちは口々に叫んだ。

「何とすばらしい。あなたさまはヴェルサイユにおられるご兄弟のみなさまとは、比べようもござりませぬ。まさしく、ルイ・ド・ソレイユ・ド・フランス。フランスの太陽の子、ルイ！」

「もういいよ。おべんちゃらはたいがいにして、僕を地獄に連れて行って」

ルイがそう言って潔く進み出ようとしたとき、燭台のあかりが背中にともった。

いけない。ママンが起きてきちゃった。

「来ちゃだめだ、ママン。こいつら、悪魔なんだよ」

ママンはにっこりと笑って、ペチュニアの咲く小径を歩いてきた。

「おや、こんな夜更けにどなたかと思ったら、これはお懐かしい」

ルイはわけがわからなくなった。ママンと悪魔はお友達。いや、そうじゃない。このおじさんたちは、悪魔じゃないんだ。

「お懐かしゅうございます、マダム・ディアナ。かれこれ七年ぶりでございましょうか。それにしても、齢はとりたくないものですな。今しがた、殿下に悪魔とまちがえられました」

ムノンが「殿下」と口にしたとたん、ママンは「わー！」と大声を張り上げて言葉を遮《さえぎ》った。

「は……何か？」

「わー！」

「お父上様とそっくり――」

「わー！　わー！」

「何とご聡明な王子――」

「わー！　わー！　わー！」

ママンはアーチ門に駆け寄ると、扉の格子《こうし》から手を伸ばしてムノンの首を引き寄せた。

「……グラン・シェフ。それを言うてはなりませぬ」

「は？　どういうことでしょう」

「あの子は何も知らないのです。出生の秘密については、何ひとつ」

「ええっ。まことでござりますか、それは」

「だから言葉には気をつけて。ところで——このような真夜中に、いったい何の御用でしょう」

「はい、マダム。実は陛下が、今宵ヴェルサイユでお召し上がりになった献立を、マダムと殿下にお届けせよと——」

いったいママンとおじさんは何をボソボソ話しているのだろう。

ママンは病んだ白鳥のように片手を挙げてよろめき、くるりと身を翻《ひるがえ》すと中庭の空にかかった満月を仰いだ。

「ああ、何と畏れ多い。あのお方は、今日という日を覚えていて下さったのですね。う・れ・し・い」

ママンはしばらく月を見つめ、それから花のしおたれるように俯いて、顔を被ってしまった。まっしろな腕を涙が伝い落ちる。

「ママン。何だかよくわからないけど、嬉しいの？　それとも悲しいの？」

「両方よ。同じくらい嬉しくて悲しい」

ママンは笑いながら泣いていた。そんなことって、あるのだろうか。嬉しくて悲しいことなんて。

「マダム・ディアナ。ともかくこの門扉《もんぴ》をお開け下さい」

ママンが錠を解くと、青銅の門は唸《うな》りをあげて左右に押し開かれた。

わあっ、とルイは叫んだ。ヴォージュ広場からアーチ門の闇をくぐって現れたのは、黄金で縁取られた深緑色の大きな馬車だ。

「セ・スュペルブ！　すごいや、こんなの見たことない」

きらびやかな飾りをつけた四頭のアラブ馬。馭者は魔人のような黒い肌で、馬車の後ろには胸鎧と甲をつけ、槍を立てた二人の衛兵が身じろぎもせずに立っている。

「セ・スュペルブ！　セ・スュペルブ！　セ・ラ・プルミエール・フォア・ク・ジュ・ヴォワ・サ！　ねえ、ママン、すごいよ。こんな馬車、大王様だって持ってない」

ママンは愕《おどろ》くかわりに、まだ泣きながら笑っている。

「いいえ、プティ・ルイ。大王様はもっとすてきな馬車をいくつもお持ちですよ。さあ、着替えをしていらっしゃい。きょうは私たちにとって特別の日。おいしいものをたんと召し上がれ」

次々と運ばれてくる夢のような料理は、ルイにものを考えさせてはくれなかった。

料理人たちがいったい誰で、どこからやってきたのか、そんなことはどうでもよかった。ムノンという年老いたシェフと、その弟子らしいジュリアンというコックは、館の厨房にたくさんの鍋や器を運びこむと調理を始めたのだった。

輝かしい銀の器に盛られて前菜のサーモンが供されたとき、これは食べ物ではなく蠟細工にちがいないとルイは思った。

兎のサラダ。舌平目の蒸し煮。どの料理もほっぺがおちるほどおいしかった。

夢にはちがいないけれど、夢ならデザートが終わるまで覚めてほしくはない。

やがてメイン・ディッシュが運ばれてきた。大きな銀の器をジュリアンが捧げ持ち、目の前の皿にムノンが自ら盛ってくれた。

肉と野菜が、見たこともない真黒なソースで煮こんである。

「とてもいい匂いがするけど、何だか真黒で気持ちが悪いよ」

ムノンはやさしい笑顔をルイに向けた。

「はい、殿下。じゃなかった、プティ・ルイ。黒いのはエスパニョール・ソースでございます。スペイン風のブラウン・ソース。本日は鳩肉と野菜のオシュポを、このように仕立てました。まずは一口、お召し上がり下さいませ」

ルイはスプーンを手にとって、おそるおそるオシュポを口に入れた。

「うわ、おいしい。真黒だけど、すごくおいしい」

ホホッ、とママンが笑い、ムノンと瞳を見かわした。

「あなたのお口に合わないはずはないのよ、ルイ」

謎めいた母の言葉に、ルイはスプーンを止めた。

「どうして？」

答えずに微笑み続けるママンにかわって、ムノンが言った。

「それは、殿下。じゃなかった、プティ・ルイ。あなたさまのお体にはスペインの血が流れているからなのですよ」

「わー！」

と、ママンはまたムノンの声を途中から遮った。でも、ぜんぶ聞こえちゃった。

僕の体にスペインの血が流れている。どういうことだろう。ママンはパリ生まれのパリ育ち。亡くなったおじいちゃんは宰相リシュリュー卿にお仕えしていた生粋《きっすい》のパリっ子。もちろん、おばあちゃんも。

ということは――。

ルイはナプキンをはずして姿勢を正した。亡くなったおじいちゃんが言っていた。人にものを訊ねるときは、背筋を伸ばしてまっすぐに目を見なさい、って。

「ママン。僕の質問にきちんと答えて」

どうしちゃったんだろう。ママンの唇はクレマチスの青い花の色だ。二人の間に挟まって、シェフも立ちすくんでしまった。

「ああ、それにしても、何ておいしい鳩のお肉」

「ごまかさないで、ママン。パパのことは何も訊ねません。僕も聞きたくはないし、ママンも話したくはないだろうから。でもね、僕の体の中にスペインの血が流れていて、だからこのエスパニョール・ソースが口に合うんだなんて、そのことはちゃんと聞いておきたいんだ」

ムノンが立ちすくんだまま、しくしくと泣き始めた。弟子のジュリアンはオシュポの器を抱いておろおろしている。

「スペイン人はお嫌いですか」

と、ムノンは洟をすすりながらようやく言った。

「嫌いだよ。だってスペインはフランスの敵じゃないか。アンヴァリッドの廃兵院にいる人たちは、みんなスペインとの戦争で傷ついたんだろう。それに、マ・ブルゴーニュのおじさんはスペインとの戦で手柄をたてて、フランスの英雄になったんだ。オーギュストもフィラントもジャン＝シモンも、みんな言ってる。大きくなったらフランス軍の将校になって、ピレネーを越えてスペインに攻めこむんだって。僕は……一緒に行けないけど……」

ルイは俯いて不自由な片足をさすった。膝が曲がらないから、テーブルの下に木箱を置いて片足を投げ出している。

「いいですか、プティ・ルイ。あなたさまのおばあさまは、スペイン人なのですよ」

ムノンはいきなり言った。ママンはまた「わー、わー」と素頓狂《すっとんきょう》な声を上げたが、ムノンは怯《ひる》まなかった。

「ちがわい。僕のおじいちゃまはリシュリュー卿の執事だった。おばあちゃまもお邸で働いていらしたんだ。二人ともセーヌ川で産湯をつかったパリっ子だよ」

「いいえ。そちらのおばあさまではなく、お父上の――」

「パパの？」

「そうです。あなたさまのおばあさま、アンヌ・ドートリッシュ様は、スペインからお輿入《こしい》れになりました」

わー、わー、と遮り続ける声をそのまま泣声に変えて、ママンはテーブルの上に俯《うつぶ》してしまった。

「ということは、パパはスペインとフランスとの混血なの？」

「さようでございます。ですからあなたさまの体をめぐっている血の四分の一は、矜《ほこ》り高きエスパニョールなのですよ」

皿の中の真黒なソースが自分の体をめぐるいまわしい血に思えて、ルイは悲しくなった。

「セ・タンクロワイヤーブル……」

信じられないよ、とルイは力なく呟いた。

ピレネーを越えることはできなくても、スペイン兵がパリに攻めこんできたら、命がけで戦おうと思っていたのに。ママンや女の人たちを、僕が守ってあげようと思っていたのに。

「もうひとつ、訊いていいですか、ムシュウ・ムノン」

「何なりと」

つらい質問だけれど、目をつむってはならない。背筋を伸ばしてまっすぐに相手の目を見なさいと、おじいちゃんが言っていた。

「あのね、ママンが言うには、僕のパパはフランスの英雄なんだって。それ、ほんと？」

「ほんとうですとも。あなたさまのお父上は、比類なき英雄にあらせられます」

「だとすると、スペインとも戦ったんだよね」

「はい。常に陣頭に立たれ、塹壕《ざんごう》をいくつも飛び越えられました」

「ノン！　そんなの嘘っぱちだ」

ルイはテーブルを叩いた。

「だって、変じゃないか。半分はスペイン人のパパが、どうしてスペインと戦うことができるのさ」

「だからこそ英雄なのです。比類なき英雄なのです。あなたさまのお父上は、血と戦い、運命と戦い、常に勝利されてきました。見えざる敵、おのれの内なる敵と戦う者こそ、真の英雄なのです」

ムノンの言葉に、ルイは打ちのめされた。

パパのことは考えないようにしていた。考えてしまったときは、憎むようにしていた。なぜなら、それしか方法がなかったから。

大人になったらいつか探し出して、足腰の立たぬほどこらしめてやろうとも思っていた。でも、パパが英雄ならばとうていかなわない。

ママンは泣き続けている。これ以上ママンを悲しませるのはよそうとルイは思った。

「よくわかりました。わがままばかり言って、ごめんなさい」

そう言ってうなだれるルイの足元に、ムシュウ・ムノンは帽子を脱いで蹲《ひざまず》いた。

「セ・ビアン。セ・マニフィック。あなたさまはすばらしい。何と聡明な、何と気高いお方でしょう」

　ムノンは言いながら、棒きれのようなルイの足を愛おしげにさすり、ぽたぽたと涙を落とした。つぎはぎだらけのズボンを通して、涙が肌にしみた。

　僕の敵は、いじめっ子たちじゃないんだとルイは思った。見えざる敵、おのれの内なる敵と戦う者こそが、真の英雄なのだから。

　もう二度と自分の弱さや不幸を、動かぬ足のせいにするのはよそう。

　僕は、フランスの英雄になりたい。


　ちょうどそのころ――。

　ヴェルサイユの寝室で、英雄は怖ろしげな声を上げて目覚めた。ベッドからはね起きると同時に、控えの間から衛兵と侍従たちが駆けこんできた。

「陛下、いかがなされました」

　羽根蒲団で額の汗を拭うと、大王は太い息をついた。

「悪い夢を見ただけじゃ。案ずるな」

「僧を呼んで悪魔払いをいたしましょうか」

「それには及ばぬ。さがれ」

　侍従たちは畏《かしこま》って、黄金の扉の向こうに消えた。

　ルイ十四世、つまり第十四代ルイ・ド・ブルボンの寝所は、真夜中でも昼のように明るい。豪奢なシャンデリアのほかに、壁回りには夥《おびただ》しい数の燭台がともされている。それらの灯は黄金でうめつくされた室内で巨大な炎のように膨らみ、さらに大鏡と庭に面したガラス窓に爆《は》ぜ返って、すべてを真夏の午後のように明るませているのだった。王は闇を憎んでいた。

悪い夢を見た。

いや、実は夢ではない。記憶だ。遠い日の怖ろしい記憶がくり返し夢となって現れる。それもわが身に起こった不幸であるならば、時が忘れさせてくれよう。しかしわが子の上にもたらされた突然の不幸は、永遠に忘れ去ることができない。

(マダム・ディアナ。王子を抱かせてたもれ)

妻がディアナの部屋を訪れてそう言ったとき、自分はなぜ気づかなかったのだろう。妻は世継ぎとなるかもしれぬわが子を、心の底から憎んでいるのだと。

母と宰相マザランが、后《きさき》と決めたスペイン人の従妹《いとこ》。スペイン王フェリーペ四世の王女、マリー・テレーズ。いつもスペインふうの黒衣を身にまとい、ある日から突然フランス王妃となった、夜の闇のように暗い女。

(さあ、ディアナ。かわいい王子を后にも抱かせてたもれ)

母もそう促した。太后と后、この二人のスペイン女の申し出を、ヴェルサイユの片隅に慎ましく暮らすディアナが、亡き宰相リシュリューの執事の娘にすぎぬディアナが、拒めるはずはなかった。

王子は魔の手に委《ゆだ》ねられた。黒衣の袖を翻してみどり子を抱くと、マリー・テレーズは日ざかりのバルコニーに歩み出た。

(ルイ・ド・ソレイユ・ド・フランス。フランスの太陽の子、ルイ。まあ、何てすばらしい名前でしょう)

后のかたわらには母がおり、その周囲を太后づきの衛兵が固めていた。王子がバルコニーの先端から真夏の庭に向かって、まっさかさまに落ちるさまを、大王もディアナも見てはいない。ただ、人垣の間から芝居じみた叫び声が上がっただけだった。

(ああ、何ということ。鳥の影におびえて、王子が暴れてしまった)

ディアナは失神し、大王は立ちすくんだ。すべてはわかりきったことであるのに、二人のスペイン女を責める者はいなかった。王子の身に起こった突然の不幸は、太陽の仕業であると誰もが信じたのだ。

その場にムノンがいたのは、折しも昼食の時刻だったからだろう。大王とマダム・ディアナと王子は、ささやかな食事のテーブルを囲もうとしていたのだった。

(王様。わが姪御《めいご》を恨んではなりませぬぞ。お世継ぎは必ずや、これなるマリー・テレーズが産んだ王子でなければなりませぬ)

母は命ずるように言った。

そのときムノンが、バルコニーに駆け出して叫んだのだ。

(何をなさったのです。太后様、お后様、いったいあなたがたは、いま何をなさったのです)

(さがれ、下郎)

と、二人のスペイン女は声を揃えた。衛兵の槍がムノンの白衣の胸に向けられた。

(さがりませぬ。王様もディアナ様も、しっかりなされませ。目の前で起こったことを、ごらんなされませ)

ほう、と母はムノンを見くだした。

(そちも貴族たちのように、ブルボンの世継ぎは純血のフランス人でなければならぬ、と考えおるのか。無礼であろうぞ。これなるルイ王もスペイン王家の血を引いておられるではないか)

(いいえ、太后陛下。そのような畏れ多いことはゆめゆめ考えてはおりませぬ。子は親の宝にござりまする。国の宝にござりまする。あまねく世の宝にござりまする)

王はようやく我に返って、バルコニーから駆け下りた。気丈な幼な子は泣きもせず、ぼんやりとヴェルサイユの青空を見上げていた。庭の植栽《ボスケ》が手を伸べて、王子を受け止めたにちがいなかった。

(よかった、無事であったか)

しかし、抱き上げたとたん、王子は火のついたように泣き始めた。片方の膝が砕けていた。

――ベッドの上で汗を拭いながら、王はきつく目を閉ざした。

たといフロンドの乱の恐怖の一夜を忘れても、あの夏の午後の出来事は生涯自分を苦しめるだろう。

朕《ちん》は悩んだ。朕はルイという一人の男である前に、国家であった。フランスの具体であった。フランス国民が太陽と仰ぐ、ブルボンの王であった。国家の平安のためには、愛する王妃と王子とをヴェルサイユから追うことのほかに、選ぶべき道はなかった。
心の底から愛していたのに。

18

厨房の後片付けをおえて二階の居間に上がると、ムノンは親しげに声をかけた。

「ディアナ。殿下はつつがなくおやすみかね」

中庭から射し入る月の光の中で、マダム・ディアナは燭台も灯さずにぼんやりとしていた。

「はい。まるで悪魔に魂を奪われたように、たちまち眠りに落ちてしまいました。妙な夢を見なければいいのですけれど——」

「妙な夢、とは？」

エプロンをはずして、ムノンはディアナの向かいに座った。

「ヴェルサイユの夢」

ムノンは掌を眉庇《まゆびさし》にかざして、射し入る月光から目をかばった。

「どうして君は、それほどまで頑《かたく》ななのだね。聞くところによれば、陛下の御意《ぎょい》を受けた侍従たちが、たびたびこの館を訪れているそうだが」

さあ――と、ディアナは溜息をつきながら首をかしげた。

ふとしたしぐさが死んだ娘を思い起こさせる。ムノンは胸苦しさを感じた。幼なじみのマリーとディアナが、ヴォージュ広場で仲良く遊び戯《たわむ》れていた日々は、まるできのうのような気がする。

平和な時代だった。ブルボンの王家はまだルーヴル宮に住んでおり、リシュリュー卿の執事だったディアナの父も、母も、このヴォージュ広場の一隅に暮らしていた。ムノンの妻とディアナの母はことさら仲が良く、父親どうしも兄弟のような付き合いだった。

「こうしていると、しみじみ二人きりになってしまったと感じるね。みな、死んでしまった」

「私には、あの子がいます」

自分にもマリーの遺したアンリがいる。婿のジュリアンも。しかし、フロンドの乱によってパリが攫《かきみだ》される前の、あの平和なヴォージュ広場の風を知っているのは、自分とディアナの二人きりになってしまった。

「私はね、ディアナ。きょう久しぶりでお健《すこ》やかに成長なさった殿下にお会いして、なるほど、と思った」

「どういうことですの?」

「国王陛下が、しばしば使者をおつかわしになる理由がわかった。侍従たちはヴェルサイユに戻ると、みな口を揃えて陛下にご報告するのだよ。あの王子はすばらしい。太陽のような御子《みこ》にあらせられます、とね」

「梨のつぶてですわ」

「そう。梨のつぶて。使者の報告を聞くたびに、陛下はまた新たな使者をおつかわしになる。君は彼らを追い返す」

ディアナは月光に照らされた顔を、窓辺のゼラニウムに向けた。指を伸ばして、赤い花びらをつまむ。

「陛下のお気持ちが、私にはわかりません。あの子をヴェルサイユに連れて行って、いったい何をさせようというのかしら」

「それは——」

と、ムノンは言い淀んだ。国王の望みを、ディアナが知らぬはずはない。

「ねえ、グラン・シェフ。あのお方はいったい、何をお考えなのかしら」

「畏れながら、ヴェルサイユにあらせられる王子たちは、みな賢くはない。体もさほどご丈夫ではない。陛下はお世継ぎにふさわしい王子を欲しておられる」

ディアナの白い指が、ブチリとゼラニウムの茎を折った。ブチリと何かが切れた。

「何をいまさらっ。スペイン女の尻に敷かれて、私とあの子をヴェルサイユから叩き出したのはどこのどいつ！」

どこも変わらない。このブチ切れ方は、子供のころとどこも変わっていない、とムノンは呆れた。

「ディアナ、私の言い方が悪かった。お静まり、お静まり。畏れ多くも国王陛下に対し奉《たてまつ》り、どこのどいつはないだろう」

「ドイツもフランスもくそくらえだわっ。あの子をお世継ぎに、ですって？　賢いのはあったりまえよ。あのスペイン女のマリー・テレーズとこの私とじゃ、畑がちがうじゃないの、畑が。顔もちがう頭もちがう、性格もちがう」

たしかにちがう。ディアナはパリ一番の美人で、頭もいい。教養もある。性格のよしあしは別にしても、ともかくマリー・テレーズのように、陰険ではない。

「スタイルもっ！」

ディアナは椅子から立ち上がると、ドレスの裾をつまんで爪先立った。

「わかった。わかったよディアナ。千人の男たちに君と皇后とのどちらを選ぶかと訊ねたら、千人が千人、君を望むにちがいない」

ディアナは美しい眉を吊り上げ、まるでこの理不尽がグラン・シェフの責任であるかのように声をあららげた。

「ではなぜ、なぜ陛下はあの女をお選びになったの。マリー・テレーズの意のままに、私と息子をヴェルサイユから追い出したの。私は皇后にとって代わろうなどとは思わない。国王陛下の愛を、独り占めしようとも思いません。だのに陛下は、私と息子を捨てた」

「ちがうよ、ディアナ。それは君の誤解だ。君らがあのままヴェルサイユにいたら、きっと大変な災難が降りかかったろう。陛下は君と、君の大切な息子ルイ・ド……ええと、何てったっけ」

「ルイ・ド・ソレイユ・ド・フランス」

「その、ルイ・ド……」

「プティ・ルイでけっこう」

「そ、そうか。そのプティ・ルイ殿下の身の安全のために、君たちをヴェルサイユから泣く泣く追ったのだよ」

「ノン！」と、マダム・ディアナはムノンの声を遮った。

「ジュ・ヌ・コンプラン・パ。あなたのおっしゃることはぜんぜんわからない。そりゃたしかに、私たちはあのスペイン女に憎まれてはおりましたよ。でも、国王が私たちを守れぬはずはない。それを、何ひとつ努力を払うわけでもなく、いきなりヴェルサイユから出て行けだなんて。私にはあの人の愛情など、とうてい信じられませんわ」

ムノンは返す言葉を失った。ディアナの言うことはいちいちもっともである。だがそれは人間としての常識、パリの一市民の常識にしかすぎない。国王は人間を超えた国家そのものであり、ましてやパリ市民ではなかった。

ルイ王はまったく政略上の理由から、スペイン王フェリーペの娘を皇后として迎え入れねばならなかった。そしてまた王自身も、スペイン王女アンヌ・ドートリッシュの子であった。

真の犠牲者は愛を裏切られたディアナでも、皇后の手で膝を砕かれたプティ・ルイでもない。人間であることを許されぬ国王にほかならないと、ムノンは思う。

「ねえ、ディアナ」

遠い昔、運命の波にからめとられる前の少女にそう呼びかけたように、ムノンは親しげにディアナの名を呼んだ。

「私たちは二人きりになってしまった。あのころ、平和で幸福なヴォージュ広場の館に暮らした家族は、もう誰もいない」

父や母や、幼なじみのマリーのことを思い出したのだろうか。ディアナの大きな瞳はみるみる涙をたたえた。

「よく考えてほしい。あのころのヴォージュ広場が、どうしていつもあれほど明るい光に満ちていたのかを。私たちが飢えることも病むこともなく、楽しく健やかな日々を送っておられたのかを」

聡明なディアナにわからぬはずはない。たがいにわかりきった説諭《せつゆ》を、あえてしなければならぬ身は辛い。だが、年寄りの説諭とはそういうものだ。

「戦がなかったからなのだよ。先帝陛下はスペインから妻を娶《めと》り、平和を実現した。すなわち私たちの幸福は、先帝ルイ十三世陛下がもたらしたものだった。フランスとスペインという両大国が、ピレネー山脈を境に国土を接するかぎり、フランス王はスペイン王女を皇后に迎えねばならない」

「でも、戦争はなくならないわ」

「たしかに。宿敵なのだから、戦が絶えないのは仕方がない。ただし、たがいの国土を荒廃させるような、滅ぼし合うような戦にはならない。それはなぜ。王家が親類だから――」

ディアナは泣きながら肯いた。その涙が、けっして王を憎む涙ではなく、今も変わらぬ愛情の涙なのだと思うと、ムノンの胸は痛んだ。

「陛下は、スペイン人の母も、スペイン人の妻も捨てるわけにはいかないのだよ。それは、平和を捨てることだから。国民の幸福を捨てることだから。そして、その母と妻とが君たちを殺したいほど憎んだとしたら、いかに陛下が君たちを愛していたとしても、ほかに方法はなかった。ヴェルサイユから放逐して、いっさいの交りを断つほかに、君たちを守る方法はなかったのだよ」

ディアナにとっては、わかりきったことだろう。膝の砕けたみどり子を抱いてヴェルサイユの野に放たれたとき、すでにディアナは国王の立場のすべてを知りつくしていたと思う。

それでも心やさしいディアナは、今初めて悟ったかのように、泣きながら肯いてくれる。

昔、ヴォージュ広場のたそがれどきによくそうしたように、この娘を力いっぱい抱きしめてやりたいとムノンは思った。ムノンおじさん、苦しいからやめて、とこの娘が泣き出すぐらいに。

「ムノンおじさん――」

ふいに、ディアナは昔のままの呼び方をした。

「ひとつだけ聞かせて。あの人はなぜ、今さら私の子がほしいとおっしゃるのかしら」

「それはね、ディアナ。殿下にお会いした侍従たちがみな口を揃えて、殿下の賢さやお人柄のよさを、陛下にご報告するからなのだよ」

「おじさんも、ヴェルサイユに戻ったらきっと言うのね。プティ・ルイ様こそ、ブルボンのお世継ぎにふさわしい、って――」

王から訊ねられれば、たぶんそう答えるだろう。プティ・ルイが王太子《ル・グラン・ドファン》にふさわしい人物であるかどうかは、出会いのほんの一瞬でわかったのだから。

幼い王子は夜更けの訪問者を悪魔だと信じ、勇敢にも火かき棒をたずさえて戦おうとした。その勇気だけでも、ブルボンの王にふさわしい。

しかも、母をかばい、友をかばい、ヴォージュ広場に住まうすべての人々になりかわって、わが身を地獄に連れて行けと言った。片足の不自由な自分が人々のためにできることといえば、この命を投げ出すことしかないのだ、と。

「たしかに、王太子にふさわしい。陛下から訊ねられれば、ほかにお答えのしようはないよ。ヴェルサイユの王子たちに失望なさっておられる陛下が、聡明な王子にご興味を抱かれるのは当然だと思うが」

ムノンの話を聞きながら、ディアナは嘆くことをやめ、窓辺のゼラニウムに指を伸ばした。まずい、と思う間に、白い指がブチリとゼラニウムの茎を折った。

「サイッテーだわっ！　何が太陽王よ、何がフランスの英雄よ。ルイ・ド・ブルボンが聞いて呆れるわ！」

「シッ、声が大きいぞ、ディアナ。何と畏れ多いことを」

「王様だろうが何だろうが、私の愛した男に変わりはない。子供の父親に変わりはないわ。最低の男、最低の父親、ちがう？　ムノンおじさん」

「お静まり、お静まり。いいかねディアナ、陛下は国家そのものなのだよ。世継ぎを求めるということはつまり、国家の行く末を定めることなのだ。なあんだ、全部わかっているのかと思ったら、ぜんぜんわかっていないんじゃないか」

キッ、とディアナはムノンを睨みつけ、手折ったゼラニウムを鼻先で激しく振りながら怒鳴った。

「わかっているわ。ぜーんぶわかってますとも。たしかに陛下はフランスの具体、世継ぎを求めるということは、フランスの未来を決めることよ。ただし——」

この娘はなぜ女に生まれたのだろうとムノンは思った。

「ただし、私はフランスの、いえ世界中のすべての女性になりかわって言うわ。女にとっての家庭は、すなわち国家そのものなのよ。愛する女に妻としての幸福を与えることのできない男に、国家を論ずる資格などない。まして王たる資格などないわっ！」

月明かりの中でムノンは言葉を失い、ひたすら瞠目《どうもく》するばかりのミミズクになった。

「ディアナ……」

「ヴェルサイユに戻ったら、太陽王ルイ・ド・ブルボンに伝えて。王妃ディアナは今もあなたを愛しています。七年の間、あなたのまぼろしを見ぬ日はなく、あなたの夢を見ぬ夜はなかったと。しかし私は、おのれの内なる恋心に屈服し、愛する人のなすがままになるような卑しい女ではありません。私はあなたを愛するのと同じぐらい、身勝手なあなたを呪っています。あなたがフランスの未来のために私の子を望むならば、私は私の信ずる世界のために、プティ・ルイを連れてフランスを去ります。信念と良心をあなたに売り渡すくらいなら、祖国があのスペイン女と、バカな王子どもの手で滅んでもかまわない。スコットランドで羊でも追いながら、そのザマを笑いとばしてやるわ！　——では、ボンヌ・ニュイ、ムシュウ・ムノン。私たちのためにおいしい食事をありがとうございました。おやすみなさい」

ドレスの裾をつまみ、ヴェルサイユのエチケットそのままの優雅なお辞儀をすると、マダム・ディアナは居間から出て行ってしまった。

「どうなさいました、グラン・シェフ。何かあったのですか」

入れかわりに居間に入ってきたジュリアンが、呆然とソファに沈みこむムノンの肩を揺すった。

「いや、何でもない。君が知る必要のないことだよ」

「し、しかし、バカな王子どもとか、王たる資格がどうのこうのとか、フランスが滅びるだの何だのと——」

「心配するな、ジュリアン。マダム・ディアナは冗談がお好きなのだ」

「それにしても冗談がすぎましょう」

ムノンは肩に置かれた娘婿の手を握り、しばらく考えるふうをしてから、溜息とともに呟いた。

「ただ、今の私にはっきりと言えることは——陛下が国家の具体ではなく、愛に忠実なひとりの男性であったならば、フランスはスペインどころか、世界をわがものとしていたであろうな。おそらくはかつての神聖ローマ帝国の版図《はんと》を回復し、陛下はかのシャルルマーニュ大帝の再来と謳《うた》われたであろう」

さわやかな朝の空気の中で、王は目覚めた。

一晩じゅう開け放したままの窓からは、澄み切った秋の風が吹き入ってくる。たちまちはね起きてダンスを踊り出したい気分なのだが、そうはいかない。「小さなおめざめ」から「大きなおめざめ」に至る二時間の儀式を、厳密にとり行わねばならぬ。こと細かな規則《エチケット》は王自身が作り、ヴェルサイユはすべてそのエチケットの通りに動いているのである。

午前七時。まず寝室の片隅に寝ている当番の侍従が目覚め、折畳みベッドを片付け、儀式の準備にとりかかる。王はとっくに目が覚めているのだが、エチケットに順《したが》い、寝たふりをしていなければならない。

召使いが暖炉の火を入れる。上級時計師がやってきて時計のねじを巻き、上級かつら師が、「朝のかつら」と「一日のかつら」の二つを運んでくる。

午前八時。侍従長が王の耳元で静かに、「陛下、お時間でございます」と告げる。

しかし、ここでガバッと起き上がってはならぬ。なるべくものうげに、できることならもう少し眠りたいという感じをうまく演出しつつ、しばらくの間グダグダとしていることがエチケットなのである。そう。多少怠惰であるということは、優雅さの条件であり、「べつに何もせず寝ていてもいっこうにかまわないのだが、王は国民たちのために快楽を捨て、きょうも一日働くのだよ」という意味をこめて、しばらくの間グダグダとするのである。

乳母がやってきて、王にお目覚めのキスをする。続いて、外科医長と内科医長がご機嫌を伺いながら、王の背中をマッサージし、肌着を取り替える。

ここでようやく、王は目覚める。控えの間に集合した正装の貴族たちに向かって、侍従長が宣言をする。

「第十四代ルイ・ド・ブルボン陛下は、ただいま小さなお目覚めを迎えられました。ご体調は本日もつつがなく、精気に満ち満ちておられます」

何人かの選ばれた貴族たちが寝室に入ることを許される。王はベッドの上でお茶を飲みながら、朝の挨拶に応える。

次に、王は寝間着から部屋着に着替え、「朝のかつら」をかぶる。理髪師が髭をあたり、かぐわしい香水を肌にふりかける。それから、「おめざめの儀」のうちで最も名誉な仕事を与えられた者が、便器を捧げ持ってくる。彼は王のかたわらで一部始終を見届け、後始末をする。

午前九時。いよいよ着替えである。侍従が王の脱いだ部屋着を拡げて持ち、カーテンにする。選ばれた貴族のひとりひとりが、王の装いを捧げ持って差し出す。レースのシャツ、ズボン、上着、靴、ハンカチーフ、勲章、剣、杖、そして最後に手袋。

カーテンが取り除かれると、人々はそこに出現した王の威容に、けっしてシャレではなく、「おお」と感嘆の声を上げる。

「第十四代ルイ・ド・ブルボン陛下は、ただいま大きなお目覚めを迎えられました。では、朝のご挨拶を――」と、侍従が言う。

こうして二時間に及ぶ儀式はひとまず終わる。

本当は王自身、ものすごく面倒くさいと思っている。しかし、昔から宮廷に伝わっている儀式ならいざ知らず、自分で定めたエチケットなのだから、どんなに面倒でも順うほかはなかった。要するに、身から出たサビであった。

王の定めたエチケットを御《おん》自《みずか》ら書き記した規則書は、聖書よりも厚く、どのような法典より仔細をきわめていた。ヴェルサイユの生活はエチケットによってがんじがらめにされていたから、規則書を丸暗記している者は法律家のように尊敬され、裁判官としての権威も持っていた。つまりヴェルサイユでは、エチケットに詳しく、またけっしておろそかにはしないということが、最大のエチケットなのであった。

王はなぜ、これほど偏執的に、いやむしろ病的と思えるほどエチケットにこだわるのだろう――口にこそ出さなかったが、貴族も従者も、みなこの疑問を懐《いだ》いていた。しかしほんの少し考えれば、誰もが正解を思いつくことができた。

まず、幼いころに経験したフロンドの乱の恐怖から、貴族という貴族をてんで信用していない王は、彼らを早朝から深夜まで自分の目の届くヴェルサイユに縛りつけ、なおかつがんじがらめのエチケットを強要して、それ以外の物事は何ひとつ考えられぬようにしているのである。

これはたしかに現実的な効果をもたらしている。貴族たちは国内の領地はもちろん、パリ市内の邸宅にもめったに帰れない。エチケットを踏みたがえることは失脚を意味する。彼らは貴族という称号を持った、エチケット・バカになるほかはなかった。

こうなるとまともに国事を考えることができるのは、王自身と、会議の卓を囲むごく限られた閣僚や側近だけである。かくて一見バカバカしいエチケットは、結果的にルイ十四世の専制政治を保障することになる。

もうひとつの理由は、あんがい第一の理由より先に人々が考えつく。

王は王母アンヌ・ドートリッシュと、王妃マリー・テレーズという二人のスペイン女性に対し、フランスの厳正さ、真摯《しんし》さ、誠実さを、見せつけているのである。

しかし、見せつけることすなわち主張も、度を越せばただのあてつけである。

自らがスペイン人とフランス人の混血であり、なおかつスペイン女性を妻に娶らねばならなかったルイ王は、内心スペインとスペイン人を蛇蝎《だかつ》のごとく忌み嫌っていた。つまり王の定めたおびただしいエチケットは、自らの血を完全に否定しようとする、王の意思表示でもあった。

もっとも――よく考えてみればフランス人もスペイン人も同じラテン民族で、ひたすら自由と適当さとを愛する本質的性格を持っているのであるから、ルイ王の思想と行為とにはかなりの無理があるのだが。

さて、信心深い王は壮大な「おめざめの儀式」をおえると、眷族《けんぞく》を従えて宮殿内の教会へと向かう。

初めて見た者は誰しも腰を抜かすほど豪華で巨大な教会の、祭壇を遥か彼方に望むバルコニーに立って、王はあまり願いごとはせず、ひたすらミサに出席している貴族たちの姿を確かめる。

きわめて視力が良く、射撃の名手でもあるルイ王は、祭壇に向かって祈りを捧げる人々の芥子粒《けしつぶ》のような後ろ姿を眺めただけで、すべての参会者を確認することができる。

ミサが終わると、王は寝室に隣接した「閣議の間」に入り、政務を開始する。

閣僚たちの意見はきちんと聞く。適切な質問もする。しかし決断は常に王の意志であり、いったん結論を口にすれば何人《なんぴと》たりとも異議を唱えることは許されなかった。

その日――王の様子はいつにも増して明るかった。いつだって明るい王がいつにも増して明るいのだから、それはほとんど始末におえぬ明るさだった。

閣僚たちの意見を聞きながら、ほぼ三十秒に一度の割合でギャグを連発し、そのつど全員が偉大なる王のウイットを賞《ほ》め讃えねばならないから、閣議はちっとも進まなかった。

いったい何があったのだろうと、大臣たちは訝《いぶか》しんだ。王のとりとめもない明るさは、心の闇をそうして照らしているのだということを、長いつきあいの彼らはみな知っていた。

その日の閣議は、のっけからどうしようもないギャグで始まった。

閣僚たちが顔を揃えると、王はいきなり椅子から立ち上がって、左手を腰に当て、右手をいざなうように人々に向かって差し向け、白いタイツをはいた脚をダンスのポーズにクロスした。

「コマン・タレ――」

言いかけて口をつぐみ、「ヴー」と尻で言ったのだ。ギャグの発想そのものは凡庸であり、必ずしもウイットに富んでいるわけではなかったが、称讃すべきはその「ヴー」の音が、口で言ったのとほとんど同じに聞こえるくらいの正確な「vous《ヴー》」だったのだ。しかも、括約筋の微妙な調節により、「vous?」と尻上がりの発音になっていた。

こうした際の笑い方はたいそう難しい。とっさに爆笑するのは非礼であり、かといって笑わないのはもっと非礼である。

一瞬の間を置いてから、まず宰相コルベールが「トレビアーン」と呟き、拍手を送った。それを合図に閣僚たちは、口々にルイ王のユーモアのセンスを讃え、笑うというより驚嘆をあらわにしつつおごそかに笑う。そして笑いながら、ブルボンの栄光とルイ王の知性とを、称讃し続けねばならないのであった。

座がようやく静まってから、コルベールは会議を始める際のエチケットである、規則書通りのお辞儀をした。大臣たちはみな片膝を折って、宰相に倣《なら》った。

宰相という職務の難しさは、毎朝このときに、王の喜ぶような日替りのおべんちゃらを、上品かつ文学的に口にせねばならないことであった。前宰相マザランほど言葉が巧みではないコルベールは、毎夜就寝前の一時間を、このおべんちゃらを考えるために費やしていた。

しかし、この朝のセリフには自信があった。

「国王陛下に申し上げます。ちかごろパリ市民の間で、陛下が何と呼ばれておられるか、ご存じでしょうか」

ルイは尊大きわまりない高笑いをし、あてずっぽうをいかにも当然のごとく言った。

「ファーッ、ファァッ、ファァッ！　わかっておるわ。神聖ローマ帝国の、シャルルマーニュ大帝の再来とか言うておるのであろう」

この有能でエネルギッシュな王に、謙虚さのかけらでもあったなら、きっとシャルルマーニュのような大王になるだろうとコルベールは思う。

「いえ、そうではありませぬ、陛下。パリ市民たちはみな口を揃えて、ルイ十四世陛下を『太陽王』と讃えておりまする」

おお、と閣僚たちの間にどよめきが起こった。

「はあ?」

と、ルイ王は気の抜けた声を出した。

「青空に赫々《かくかく》と照り輝く日輪。力と慈愛とに満ち溢れた、太陽のごとき大王にあらせられる、と」

コルベールは懸命に補説を加えた。ちょっと言い過ぎであったか。おべんちゃらが見えすいてしまったか。

「やめよ、コルベール。朕が太陽王じゃなどと、そのような……」

王は眩《まば》ゆげに灰色の瞳をこらし、ブロンドの巻毛のかつらに隈取《くまど》られたその端正な顔を、窓辺に輝く真午《まひる》の太陽に向けた。

「朕は、けっして太陽王などではない。そのような王であろうものか」

人々は感動した。王の口から謙虚な言葉を聞いたのは、誰にとっても初めてである。とりわけ、王の傲慢さには日ごろウンザリとしているコルベールは、感動のあまり涙を流した。

「陛下こそ、偉大なるブルボンの矜《ほこ》り。フランスの英雄――」

「そんなこと、わかっておるわい」

「は？」

と、コルベールは顔を上げた。見上げる龍顔《りゅうがん》にはやっぱり、謙虚さのかけらもなかった。

「ヒャーッ、ヒャッ、ヒャッ！　何が太陽王じゃ。見当ちがいにもほどがある」

「……と、申しますと」

「朕は太陽王などではない。太陽じゃ」
ゲ、とコルベールはあまりの尊大さ、あまりの傲慢さに舌を巻いた。
「太陽そのものであるからして、かような力と慈愛とに満ち満ちておるのじゃよ。ヒャーッ、ヒャッ、ヒャッ、ヒャッ！」

19

キャフェのテーブルに肘《ひじ》をつき、目覚めきらぬ顔を掌で支えながら、桜井香はぼんやりと朝のバスチーユ広場を見つめていた。

なかば葉を落としたプラタナスの影が、舗道を斑《まだら》に染めている。清らかで冷たい、水のような風が頬を撫でて過ぎる。パリの朝は、けっして人に気ぜわしい思いをさせない。

焼きたてのクロワッサンに熱いカフェ・オ・レ。通りに張り出した白いテントの下では、出勤途中の人々がのんびりと朝食をとっている。

無為に過ぎていった十八年間の朝について、香は考えねばならなかった。とりわけ、不実な男に捧げられた十年間の朝について。

ベッドで目覚めたとたん、いつも同じことを考えた。

(なぜあの人は私の隣りにいないの?)

それは覚めきらぬ頭でしか考えることのできぬ、素朴な疑問だった。

誰よりも愛していると、世界中で一番愛していると、あの人は一晩に百回も言ってくれた。だのに夜が明けたとき一緒にいてくれたことは、数えるほどしかなかった。あわただしいセックスをおえると、まるで憑《つ》きものが落ちたかのように、あるいは一仕事をおえたかのように、そそくさと帰っていった。

溜息をつきながらベッドを脱け出し、男の匂いの残るバスルームでシャワーを浴び、朝食と引き替えに念を入れて化粧をする。一分間に三度も時計を見ながら駅に向かい、満員電車に体を押しこむ。そして出社すれば、またあの男と顔を合わせる。もちろん二人の関係など誰ひとりとして知らぬ、上司と部下として。

「ひどいよ、宮本さん」

熱いカフェ・オ・レを吹きさましながら、香は呟いた。声にすることのできなかった言葉を口にすると、ほんの少し胸が軽くなった。

きっぱりと別れるか、会社を辞めて今まで通りの関係を続けるか——宮本の要求は二つに一つだった。

しかし、香の選択はそのどちらでもなかった。十八年間勤めた会社を辞め、十年間親しんだ恋人ともきっぱりと別れる——たぶんそれは、宮本にとって最も都合のよい、願ってもない結論だっただろう。

えっ、と声に出して愕いたとたん、恋人の口元に一瞬うかんだ微笑を、香は見のがしはしなかった。

「誤解しないで、宮本さん。あなたの幸福のために、じゃないわよ。私自身のためにそうするの」

クロワッサンを一口かじって、香は目の前の恋人に言うように呟いた。言いたくても言えなかった言葉が、とめどなく唇から溢れ出た。

「あのね、宮本さん。あなた、四十二歳から五十二歳までの男の十年間と、二十八から三十八までの女の十年間が、釣り合うと思う?」

面と向かってこう言えば、宮本は何と答えただろう。たぶん薄い唇をひしゃげて笑い、こんなふうに答えたにちがいない。

(おたがい一生を決める十年間だったのは同じことさ。君が傷つき、悩んだのと同じだけ、僕も傷つき、悩んだよ)

「うそ」

香は大声で独りごちた。

「あなたは何ひとつ傷ついてはいない。たいして悩んだこともなかったはずだわ。その証拠に、私と別れたあとのあなたの人生がどう変わったというの。私はすべてを失ったわ。愛情も、仕事も、生活もね」

キャフェで朝食をとるフランス人たちは、香の独り言をさして怪しむふうはなかった。東洋人の役者が、朝から台詞の稽古をしているとでも思っているのだろう。

ふいに、やさしい掌が香の肩を抱いた。

「ボンジュール。どうかなさいましたか」

栗色の長い髪を朝の風になびかせて、朝霞玲子が立っていた。

「いえ、べつに。ちょっと愚痴を言っていただけです」

「ご一緒して、いいかしら」

玲子は香に並んで腰を下ろすと、手を挙げてギャルソンを呼んだ。

「聞こえちゃったみたいですね」

「ノン」と、玲子は細い顎を振った。独り言は、たぶん聞かれてしまったと思う。

「ダイニングに姿が見えないから、近くのキャフェだろうと思って探しにきたの。大丈夫よ、時間はまだありますから」

カフェ・オ・レを注文すると、玲子はバッグの中からスケジュール表を取り出した。

「きょうはヴェルサイユ観光。九時半にリムジンが迎えにきます」

ヴェルサイユ、と聞いたとたんに、香はひやりとした。昨夜、老コンシェルジュが語り、ピエールというフランス人青年が流暢な日本語で通訳をした昔話が、ありありと甦ったのだった。王妃の館《シャトー・ドゥ・ラ・レーヌ》にまつわる美しくも悲しい物語は、託された宝石のように香の胸に残っていた。

「ごめんなさい、玲子さん。私、さっきダイニングに下りたら、みなさんがあんまり幸せそうに食事をしてらしたから――」

下田さんご夫妻、金沢さんとミチルさん、北白川先生と早見リツ子さん。百五十万円のパリ・ツアーに参加した幸福な人たちが、微笑みながら朝食をとっていた。ボーイに勧められた片隅のテーブルに、ひとりぼっちで座る気にはなれなかった。

「あら、どうして？」

玲子はふしぎそうに訊ねた。この説明は難しい。

「私、みなさんとはちがうから。こんな贅沢なツアーに、ハイミスがひとりで参加するって、何だか悲しいでしょ」

カフェ・オ・レを運んできたギャルソンに映画スターのような微笑を返して、玲子は首をかしげた。才色兼備のこの人には、しょせん自分のような女の淋しさなどわかるはずはないと思う。

「あのね、桜井さん――」

細巻のタバコに火をつけて、玲子はプラタナスの葉叢《はむら》を見上げた。

「他人の幸福をうらやむのって、とても不幸なことよ。少くとも女の幸福は、男から与えられるものじゃないわ」

心のうちを見透かされたような一言に、香は肩をすくめた。

「でも、私はあなたみたいに美人じゃないし、背も低いし、頭もよくはないもの」

「ノン！」と、玲子は叱るように言った。

「そんなことは、何ひとつとして幸福の条件にはならないわ。幸福になる秘訣はただひとつ、自分は幸福だと信じることよ。自分を不幸だと思っているうちは、幸福なんて永遠にやってこない」

強い人だと思う。不幸の体験がなければ、こういうことは言えないだろう。十年間、誰にも言えなかった愚痴をこの人に聞いてもらいたいと香は思った。

「玲子さん、私ね――」

言いかけて、香は唇を噛《か》んだ。記憶は魔物のようだった。口に出したとたんに、体の奥深くに巣食う獰猛《どうもう》な獣が、心臓をひき裂いてしまうだろう。

「男に、捨てられたの。十年も付き合った恋人に、まるでボロ屑《くず》みたいにね、捨てられちゃったの」

それだけをようやく言って、香は自分自身を抱きしめた。

「それは、おたがいさまよ。男も、女も」

えっ、と香は顔を上げた。

「おたがいさま、って?」

「愛し合ったんだから、別れたあとのダメージは同じ。要は捨てたと思うか、捨てられたと思うかのちがいじゃないのかしら」

「あの人、そんな人じゃないもの。私に捨てられたなんて、思うはずないわ」

「そうかしらね……男はみんな見栄っ張りよ。勝ち誇ったような顔をしていても、中味はボロボロ」

赤い唇の端にタバコをくわえたまま、玲子はおかしそうに笑った。

もしかしたら、宮本もあんがい傷ついているのかもしれない。身辺の整理をしろと専務に命ぜられなければ、香を手放すこともなかったと思う。

だとすると、宮本の提案をすべて斥《しりぞ》けて会社を辞めた自分は、宮本を捨てたことになりはすまいか。

「幸福と不幸は神様がコントロールしているわけじゃないわ。人間が選んでいるわけでもない。ひとりひとりが、幸か不幸かを勝手に決めているだけ」

言いながら玲子は、バスチーユ広場の中央にそそり立つ巨大な円柱を見上げた。その頂きには、秋空に翔《はばた》くような天使の像があった。

「玲子さんにも、こういう経験って、あるんですか」

「あるわよ、山ほど。でも私は見かけによらず気が小さいから……」

笑顔がしぼんでしまった。円柱に沿って視線を足元に落とすと、玲子は悲しげに呟いた。

「捨てきれないの。そうすることがたがいの幸福だとわかってはいても、捨ててしまうことができないのよ。だから幸福や不幸を、勝手に決めることすらできない」

最低の女ね、と玲子は自分を嘲るように笑った。

緑深いブローニュの森を、オンボロバスは走る。

予算の都合上、タダ同然でチャーターしたバスは、インドまで百回も往復したというツワモノだ。とりあえず、バスの形はしているが、かろうじてバスの姿はとどめているが、時速三十キロ以上になると、乗客たちはみな爆発の予感に恐れおののいた。

「だから電車のほうがいいと言ったじゃないか。おい、戸川さん。このまま走ると、いったい何時にヴェルサイユに着くんだね」

温和な岩波老人が文句を言うのはよくよくのことである。他の乗客たちはすでに文句も言い疲れて、うんざりとした顔を窓の外に向けていた。

「ちょっと待って下さい。いまドライバーに訊いてみます」

近ごろ売り出しの「ムトゥ」にウリふたつのインド人ドライバーは、妙に明るい。歌いながら笑いながら、「ノー・プロブレム！」と答えるだけである。

時刻は午前九時を過ぎている。このまま爆発せずに走り続けたとしても、ヴェルサイユに到着するのは昼になるだろう。帰りは電車にしようと戸川は思った。

「それより戸川さん、朝ごはん食べさせてよ。あたし、おなかがへって死にそう」

クレヨンがたしかに死にそうな声で言った。〈光《ポジ》〉ツアーの客たちがダイニングで朝食をとっている間にホテルを脱け出し、途中で弁当を食う、というのが〈影《ネガ》〉ツアーの恐るべきスケジュールである。

「はい。ではこれから〈王妃の館《シャトー・ドゥ・ラ・レーヌ》〉特製のお弁当を配ります。予定ではロンシャン城の芝生で、と思っていたんですけど、ちょっと時間が押してますから車内で食べて下さい」

実はホテルの特製などではなかった。出がけにそこいらのキャフェで買ってきた、ソモン・フュメのサンドイッチである。

ミネラル・ウォーターとともに配る。相当の不平は覚悟していたのだが、人々は黙って食べ始めた。

戸川も空腹を感じていた。昨夜はまんじりともせずに今日の行動について考え続けたのだった。サンドイッチを一口かじる。まずい。ものすごくまずい。パンは石のように硬く、サーモンは生臭い上に、舌がしびれるほど塩辛い。

「おおっ、うまい。これはうまい！」

一番うしろの席で、近藤誠が大声を上げた。客たちは苦しげに肯きながら、黙々とサンドイッチを食べ続ける。

戸川はおそるおそる振り返って、丹野夫妻に訊ねた。

「あの、丹野さん。まずくないですか、これ」

相変わらず朝っぱらから黒ずくめの丹野二八は、パンをかじりながら低い声で答えた。

「そういう訊き方をするな。食い物というのは、うまいと思えばうまい。まずいと思えばまずい」

妻が補足する。

「そうよ。今はこれしかないんでしょうに。だったら、おいしいと思って食べるしかないわ。ああ、おいしい。何ておいしいサンドイッチなの！」

申しわけないと戸川は思った。このツアーの客たちは、要するにそういう人たちなのだ。ツアコンの苦労を、まずい朝食とともに呑み下してくれる。

ふいに携帯電話が鳴った。

〈もしもし、戸川君。いまどこ？〉

歯切れの良い玲子の声を耳にすると、ホッと気持ちが和らぐ。

「ええと、ブローニュの森の、ロンシャン城の近くです」

〈ええっ、何ですって！〉

「は？　……予定のコースですけれど。ちょっと時間がかかっちゃったから、朝食はバスの中でとってます」

〈ちょっとじゃないでしょうに。ホテルからそこまで、どうして一時間半もかかるのよ〉

「このバス、三十キロぐらいしか出せないんです。途中で二回エンコしたし。高速道路にも乗れないから、ゆっくり行くってドライバーが言ってます」

舌打ちのあとで、玲子は長い溜息をついた。

〈困ったわね……〉

戸川はスケジュール表を開いた。パリからヴェルサイユまではわずか二十キロ、途中で朝食をとってもとっくに到着していなければならない時刻である。

一方の〈光《ポジ》〉ツアーは九時半にホテルを出発し、二台のリムジンでヴェルサイユに向かう。トリアノン・パラスでお茶を飲みおえるころには、先着した〈影《ネガ》〉ツアーの一行は宮殿内の見学を終わって庭園に出ているという手筈だった。

〈わかったわ。じゃあこうしましょう。私たちが先に行くから、そっちはなるべくゆっくりき

て〉

「順序を逆にするだけですね。なあんだ、簡単じゃないですか」

〈簡単だと言うんなら、今度こそミスのないようにやってよ。いいわね、戸川君。そっちのヴェルサイユ到着は十一時以降。その時間には私たちは、見学コースのずっと先を進んでいるわ〉

ヴェルサイユに行ったことはないが、どうやらそこは多少の時間差があれば、けっして顔を合わせることのないほど広大な宮殿であるらしい。

「了解。まちがっても二時間以内に到着することはありません」

〈オーケー。じゃあ、こっちも出発するわ〉

電話を切ると、戸川はしばらく放心したように、フロントガラスに翻るブローニュの緑を見つめた。

自分はいったい何のために、こんな危険きわまる仕事の片棒を担いでいるのだろう。一歩間違えば、詐欺罪の共犯者にちがいない。

会社のためではない。社長《ボス》の言いなりに仕事をする玲子の力になりたかったのだ。

ひどい話だと思う。玲子はそれほどまでに社長を愛しており、自分は玲子を愛しているのだから。


長い独演会のような会議をおえると、ルイ太陽王は居室に戻って午餐《ごさん》をとった。

このところ年齢とともに体重が増えたので、王はダイエット中である。もっとも、世界一の健啖家《たんか》である王の食卓には、ダイエット中とはいえおびただしい量の食物が並ぶ。四種類のスープ。雉子《きじ》の詰め物《ファルシ》。山鶉《やまうずら》。鴨。羊。ハム。三種類のサラダ。山盛りの固ゆで卵。ケーキ。果物。そしてデザートには決まって、見るだけで頭の痛くなるような果物の砂糖煮《コンポート》が供された。

王はそれらのことごとくを舐《な》めるように平らげ、おまけに水で割ったワインを一リットルも飲む。

ダイエットを決意する前は、この倍の量をペロリと食べていたのである。かと言って、実際は本人が気に病むほど肥えているわけではない。要するに王は、摂取する膨大なカロリーをきちんと消費しているのだった。

王の午餐を見守る重臣や側近たちはみな、（王様は太陽王などではなく、太陽そのものなのだ）と思った。

王としての仕事は午前中で終わるので、午後から深夜にかけてはひたすらカロリーの消費が王の務めとなる。たいていは服を着替えると、狩か遠乗りに出かけるが、この日はあいにく西空から厚い雲が流れていたので、宮殿の庭を散歩することにした。

もちろん、散歩とはいっても、付き従う人々にとってはなまなかなものではない。

荘厳かつ広大なヴェルサイユの庭園を、王は縦横無尽に歩き回る。しかもその歩度の速さは、軍隊の行進に等しかった。

宮殿のファサードに面した「水の前庭」を抜け、三つの噴水を配した「ラトーヌの花壇」をめぐると、やがて全長三百三十五メートル、幅六十四メートルに及ぶ「王の散歩道」に出る。

このあたりまで来ると、伴《とも》の者たちはみな王の歩みから取り残されてしまう。しかし王は、息せききって後に続く従者たちなどまったく意に介さず、緑の芝生の上を大運河に向かって歩く。

初めて目にする者は誰もが彫像のように立ちすくんでしまう「アポロンの泉水」のほとりに跪《ひざまず》いて、老いたグラン・シェフは王を待っていた。

「フランスの英雄にして偉大なるブルボンの王、ルイ十四世陛下におかれましては、本日もご機嫌うるわしく、恐悦至極に存じまする」

上衣《ヴエストウ》の胸に手を当てて、ムノンはエチケット通りの挨拶を述べた。

「よい、よい。面倒な儀礼などどうでもよい」

王は青いマントを翻して後ろを振り返り、やおらムノンの腕を摑んで立ち上がらせた。

「な、何をなされます、陛下。料理人の腕を摑まれるなど」

「苦しゅうない。ともかく舟へ」

「舟、でございますか?」

アポロンの泉水の向こうには、地の涯《は》てまでも続く大運河が開けている。汀《みぎわ》に一艘の小舟が舫《もや》われており、いかめしいスイス衛兵が立っていた。

王はムノンの腕を引いて、泉水のほとりをめぐった。

「人がいてはまずい。朕は、そちが昨夜見聞きしたもののすべてを、ありのままに聞かねばならぬのじゃ」

王の表情には仁慈《じんじ》のかけらも見当たらなかった。幼いころからおのずと備わっていた悠揚たる王者の風格を、王はかなぐり捨てていた。焦りと苛立ちとが、端正な顔を被いつくしていた。

「見よ、ムノン。朕の行くところ、ヴェルサイユに住まう貴族のすべてが追うてくる。后《きさき》も、王子たちも、女官どももも」

「陛下のお出ましになるところ、すべてのフランス国民が付き随《したが》いまする。それこそ太陽王のご威光というものでありましょう」

「なるほど、太陽王の威光か。草木が陽光に向こうて靡《なび》くように、人はみな朕の後を追うというわけじゃな」

「御意《ぎょい》にござりまする」

ムノンを抱きかかえるようにして小舟に飛び乗ると、王は自ら櫂《かい》を操って岸から離れた。

「朕の命令じゃ。何人《なんぴと》たりともこの汀より先に進んではならぬ」

スイス衛兵は答えるかわりに、槍を十字に交えて立ち塞がった。

「陛下にお訊ねいたします。われらが剣と槍の先に進まんとする者は、いかがいたしましょうや」

と、衛兵のひとりが言った。

「かまわぬ。王子や宰相といえども、その剣と槍とで殺せ」

しばらく櫂を使ううちに、小舟は追い風に乗って滑り始めた。河岸の森は秋色に染まっており、風は冷ややかで心地よかった。

アポロンの泉水のほとりや、大運河の汀には、王の後を追ってきた貴族たちが集まり始めていた。

「畏《おそ》れ多いことでござりまする。みなみなさまをさしおいて、料理人の私めが陛下のお伴をするなど……」

やがて貴族たちの華やかな衣裳は、花壇の花の色に紛れてしまった。王を呼びしたう声は鳥の囀《さえず》りとなり、風に消えていった。

小舟は水面《みなも》を被う朽葉《くちば》を押し分けて進む。いつしか二人は、黄金《こがね》色の水面のほかには何もない運河のただなかに、ひっそりと漂っていた。

「ねえ、ムノン」

ルーヴル宮で暮らした幼いころの声で、王はムノンに訊ねた。

「ディアナは、僕の気持ちをわかってくれたかな」

「もちろんですとも、陛下。ディアナ様もプティ・ルイ殿下も、たいそうお喜びでした」

「よかった――」

と、王は体じゅうの息を吐きつくし、気弱げな笑みをうかべた。

「侍従や貴族たちの報告は信用できない。あいつらは、おべんちゃらばかり言うから。でも、ムノンの話なら信じられる」

生き物である限り、太陽におもねるのは当たり前だとムノンは思った。人間であったころの太陽王を知っている者は、みな死んでしまった。少くともこのヴェルサイユで、幼いころの王を知る者はいない。フランスという国家を一身に背負い、権威とエチケットとで身を鎧《よろ》う以前の、気弱で心やさしい少年を知る者はひとりもいない。

「ねえ、どうだった。ディアナは今も僕を愛しているの？」

「はい。ディアナ様は口にこそお出しになりませんでしたが、私にははっきりとわかりました」

「ほんと？」

「ほんとうですとも。ディアナ――いえ、ディアナ様は、私にとってはわが子同然です。心の中は手に取るようにわかります」

王は舟べりに手を伸べて、マロニエの朽葉のひとひらを水面から掬《すく》い上げた。

「うれしいな。とっても、うれしい」

「それに――プティ・ルイ様はお噂にたがわぬすばらしい王子にあらせられます。むろん、おべんちゃらではありませんよ。幼いころの陛下に、うりふたつです」

「僕に？」

「そうです。聡明で心やさしく、邪《よこしま》なるものに立ち向かう勇気をお持ちです。ただひとつ陛下とちがうところといえば――」

このことだけは言っておかねばならぬとムノンは思った。王を責めるつもりはない。だが、それを言わなければ、あの美しい少年のすべてを語り伝えたことにはなるまい。

「片方のおみ足が、ご不自由にあらせられます」

ハンカチーフを出すいとまもなく、王はマロニエの葉で瞼を被った。

「やっぱり、そうか。さすがにそのことばかりは、誰も伝えてくれなかったよ」

「口にできるはずはありますまい」

「歩けるのか」

「かろうじて。しかし、片方のお膝は棒のように曲がりませぬ。軍人になりたいのだが、この足では役に立たないと、しきりに嘆いておいででした」

マロニエの葉で顔を被ったまま、王は肩を慄わせて泣いた。

「ほかに、何か言っていたか」

「はい。スペイン兵が攻めてきたら、パリを守って戦うのだと。フランスの栄光のために戦って死ぬのだと、おおせになりました」

王は声を絞って慟哭した。

「動かぬ足を曳いて、スペイン兵を倒すというのか。フランスのために死ぬというのか」

事実を伝えるほかに、料理人の自分が意見を口にすることは僭越《せんえつ》だと思う。だがムノンは、どうしても言わねばならなかった。

「陛下。私見をお許し願えますか」

王は泣きながら肯いた。

「プティ・ルイ殿下は、畏れ多くもお后様《きさき》のお産みになった王子様がたとは、較べようがありませぬ。なにとぞ、ヴェルサイユにお迎え下さりませ。ルイ・ド・ブルボンの称号にふさわしい王子は、あのプティ・ルイ様をおいて二人とはおいでになりませぬ」

太陽の子は、太陽でなければならない。父王が築き上げた国家と王権とを支え続ける力がなければ、フランスはたちまち滅びるとムノンは思った。

「伝え聞くプティ・ルイの評判が本当ならば、そうしなければならないと思っている。思ってはいるのだけれど……」

偉大な母アンヌ・ドートリッシュ。そして皇后マリー・テレーズ。スペイン王家から迎え入れられた二人の黒衣の女。その存在は王にとって、世界平和の鍵を握る恐怖そのものにちがいない。

王の苦悩を思うにつけ、ムノンは胸が引き裂かれる気がした。

「プティ・ルイ様は、はっきりとおっしゃいました。フランスの栄光のために、スペインと戦うのだ、と」

「僕の体の中には、スペインの血も流れている」

「それはプティ・ルイ様とて同じことです。しかし、そのようなことは問題ではございますまい。陛下はブルボンの王、国民のすべてが太陽と崇《あが》める、フランス国王なのです」

自分は王を追いつめているとムノンは思った。だが、言わねばならない。歴代の宰相リシュリユーが、マザランが、コルベールが建言《けんげん》しえなかったことを、自分は言わねばならない。なぜなら自分は、あらん限りの愛情をもって王を育て上げた、グラン・シェフなのだから。

ムノンは唇を嚙みしめて、鈍色《にびいろ》の雲が垂れこめるヴェルサイユの空を見上げた。


（以下 下巻）

初出「メイプル」
1998年5月号～1999年11月号

浅田次郎(あさだ　じろう)1951年東京都生まれ。
1995年『地下鉄《メトロ》に乗って』で第16回吉川英治文学新人賞を、
1997年『鉄道員《ぽっぽや》』で第117回直木賞を、
2000年『壬生義士伝』で第13回柴田錬三郎賞を受賞。
他の著書に、『蒼穹の昴』『プリズンホテル』
『天切り松 闇がたり』『サイマー！』などがある。

王妃《おうひ》の館《やかた》
(上)

2001年7月30日　第1刷発行

著者／浅田次郎《あさだじろう》
発行者／谷山尚義
発行所／株式会社集英社
東京都千代田区一ツ橋2-5-10　〒101-8050
電話／03-3230-6100(編集部)／03-3230-6393(販売部)／03-3230-6080(制作部)
印刷所／大日本印刷株式会社
製本所／加藤製本株式会社
定価はカバーに表示してあります。

 ISBN4-08-774537-6　C0093